通往幸福的漫漫长路

A Long Walk To Happiness 下

一个“灰姑娘”的真实故事

澳大利亚·墨尔本
朱玲 著

世纪文睿 Century Literature

世纪出版集团 上海人民出版社

目　录

第二部
我的后半生：澳大利亚·墨尔本

第二部

我的后半生：澳大利亚·墨尔本

第一章

昨日永不重复、今日亦不相同
到达澳大利亚墨尔本的第一天
（1987 年 9 月 5 日）

终于能够坐下来喘一口气了。

这是 1987 年的 9 月 4 日，此刻，我坐在从广州飞往澳大利亚墨尔本的飞机上，生平第一次坐国际航班，心里有些紧张。

机舱里几乎百分之一百的乘客是来自大陆的，身边不断地有人提着大包小包挤过狭窄的过道；耳边到处是嘈杂的人声，夹杂着许多地方的方言，声音最大的总是广东口音的那一拨人，也许是因为他们地方语音的特点，即便是在说话，外来人看他们好像老是在吵架似的。上个月在北京的澳大利亚大使馆领签证的时候，好像也是这一伙人，在使馆里大声说话，把我的脑子都快要震裂了，当时我真想对着他们大叫一声：“在公共场合请不要大声说话，别让澳洲人看低了我们。”当然，我最终什么也没说，因为我深知，靠我一个人是无法改变一些人的习惯的。

说上海话的那拨人相对要文明多了，各自将大小行李硬塞到头顶的行李架上，遵纪守法地系上了安全带，小声对边上的邻座开始了自我介绍，飞机才刚起飞，我座前的那两位同乡似乎已是多年的老朋友了。

我没有对我的邻座说话，她好像是最后一刻才匆匆赶到的，我朝着她抿嘴展示了一个礼节性的笑容，立刻又闭上了眼睛，进入了一个仅属于我的世界，周围所有的噪音和人声都似乎远离我而去了。

我的小腹在隐隐作痛，身体也一阵阵发冷，我真希望能够找一件衣服盖在身上，抵挡一下机上空调发出的刺骨的冷气，但却突然意识到，刚才在过关出境的时候，因为超过了限定能带的重量，被海关将包中的外套取出拦下了，同时取走的还有我的那床被子。我打了一个寒战，将双手交错着搭在肩上，用微弱的体温来给自己一点温暖。

我的身下在流着血，大量大量的血，我不敢移动身子，生怕鲜血会冲出厚厚的垫纸，蔓延到我的裤子上，那可太令人尴尬了。

今天清晨，我从睡梦中被电话铃声惊醒，朦胧中拿起电话，传来了刘医生急切的呼声：

“你的验血报告出来了，是阳性，你要立刻来医院做手术！”我惊呆了，简直不敢相信自己的耳朵。

今天是我出国的日子，下午就要坐飞机到广州，再转机去澳大利亚了，可是在这最后的一刻，竟然说我怀孕了。这该怎么办？

刘阿姨是我们的邻居，也是妇产科医院的主任医生，前天她来我家为我送行的时候，我和她提及例假已经晚了一周了，于是她立刻让我去医院验了个血。当时只是想，也许因为最近北京上海来回跑取签证，再加上精神紧张造成的，验血也只是想给自己一个证明，可以无牵挂地上路，根本就没有想过会怀孕。

因为在过去的几年里，我和肖明的关系已经冷到了冰点，几乎没有任何肌肤之亲。一个月之前，当我终于拿到签证，订好机票以后，他才意识到我是真的要离开他了，也就是那仅有的一次告别性的接触，竟然又在我的腹中孕育出了一颗生命的种子。

刘阿姨是对的，除了立刻做手术以外，我别无选择。我这是要到一个完全陌生的国家和城市去学习，去开始我的新生活，怎么可能腹中怀胎呢？到时候我该怎么生活，拿什么来养活这个孩子呢？

不出国也是不可能的了，为了这一天，我已历经了太多的精神磨难，欠下了不知该如何偿还的经济债。但更重要的是在我的内心，我已经与周围所有的人，也和我所熟悉的一切告过别了，我绝不能走回头路！于是我连一个人都没告诉，独自去了产科医院。

产科医院用来做流产的手术台是一张冰凉的、银白色的金属床，我感到自己是那样无助地躺在那里听任别人的摆布。要不是刘阿姨的关系，我是绝对没希望在当天就做手术的，因为排队做这个手术的妇女很多。

流产的手术竟然是不给打麻药的，整个过程我都清醒着，紧咬着握成拳头的双手，竭力不让自己失声尖叫起来，直刺腹中的疼痛是那样令人难以忍受。一阵剧痛之后，紧接着的便是一阵冰凉的冲洗，我感到自己就像是屠宰场上的一只动物，所有做人的尊严和女人的骄傲，都在那一刻消失殆尽了。

“我们没有找到任何胚胎的迹象。等会儿将你的血再次送去做个化验，看看有什么异常，你到时看化验报告吧。”做完手术后，医生例行公事地对我说，又转向了另一个病人。

我又冷又疼地穿上衣服，脚步缓慢地独自迈出医院，艰难地向家中走去。

“没有找到胚胎？这是什么意思？难道我没有怀孕，白白受了这场苦吗？为什么？为什么上帝要把所有的苦难都降临到我的身上？难道我承受的还不够吗？这究竟是谁在开这个玩笑，这个责任应该由谁来负呢？”我一边走，一边在心里发着无声的愤怒。

回到家，我无力地瘫倒在床上，还有三个小时我就要去机场了，看着屋角边堆积着的行李，却没有任何力气来继续整理和封箱，我悲哀地闭上了眼睛。

突然，一双熟悉的小手抚摸着我的脸庞，怯生生地问道：“妈妈，你生病了吗？”

我睁开眼睛，搂住了刚刚爬上床来的亲爱的儿子小天天，憋了一上午都没有流下一滴眼泪的我，此时的泪水却像开了闸门的洪水，止不住地一泻而下。

“妈妈，你为什么哭啊？你很疼吗？你出血了吗？”

我闻声立刻起身一看，床单全部都被鲜血染红了，小天天惊恐地看着眼前的这一幕，用他的小手捂住了自己的眼睛，他才刚满四岁啊。

上帝啊，在这世上最最不能使我放下的，便是我最最亲爱的宝贝儿子，此时他所关心的只是他的妈妈是否有病痛，但是他却一点也不知道，最爱他的妈妈今天就要离开他了，将他留给爸爸和爷爷奶奶，去为他的将来，也为了妈妈自己的将来，寻找一条新的生活道路。我不知道这一走何时才能回来，也不知道是什么样的前景在等待着我，但是有一点我是坚信不疑的，那就是，我的出走将是一条不归之路，有一天，我会回来接他，我亲爱的儿子。一想到与儿子的分离之苦，身上的苦痛就刹那间不算什么了。

我深情地搂住儿子，他将一个红色的音乐盒放到我的耳边说道：

“妈妈，我给你听小蘑菇音乐吧，听了你就不会疼了。”

那是他奶奶从美国回来的时候带给他的礼物，里面是非常好听的钢琴曲，是儿子最心爱的玩物。我含泪对他微笑着点头，在小蘑菇的音乐声中，我暂时忘记了我的疼痛。

小天天好像预感到了什么，趴在我的床前一步也不离开。

“妈妈，你病了怎么去澳大利亚呀？你为什么非要去呢？”

“因为妈妈想去看看大墙外面的世界，也想为小天天去创造一个未来。”

“澳大利亚比天还远吗？”

“不，它只是在海的那一边。”

“但是天天还是不想妈妈去。”

“妈妈很快就会接天天去，很快！”

“你保证，你发誓！”

“我保证，我发誓！”

尽管这誓言是如此的苍白无力和虚无飘渺，但小天天还是很认真地相信了。我的心在流泪。

直到我站在机场的关口前，小天天才似乎意识到了问题的严重性。他忿忿地甩开了我的手，躲在奶奶的背后，用他那双黑亮的眼睛沉默地凝视着我，任我千呼万唤，就是不肯投入我的怀抱。我知道他在生我的气，他是在故意疏远我，制造这冷漠惩罚我。

临踏进关口的那一瞬间，才听到身后传来他声嘶力竭的哭喊声：“妈妈你回来，我要妈妈，我要妈妈呀……”

“你想要用餐吗？”空中小姐的声音一下把我从自己臆想的世界中拉回到现实中。该是吃晚餐的时候了，可是我却一点食欲都没有。

“你该吃点东西，不然的话，飞机飞一夜，你会饿坏的。你脸色很苍白，是病了吗？”见我对空中小姐摇头，我的邻座突然出声说道。

我很感激邻座女孩的好心，立刻点头要了晚餐。同时又为自己只顾沉思冷落了别人而感到非常羞愧，于是立刻转向邻座作自我介绍：

“我姓朱，是从上海来的。你呢？该怎么称呼你？”

“你就叫我小方吧，也是上海人。哇！你的普通话说得真好，在机场的时候我就注意到你了，我还以为你是北京人呢，气质真好！”我的邻座女孩说道。

我是绝对没有想到会在这样的时候，听到来自一个陌生人的赞美，不禁苦笑了一下，有些好奇的问道：

“你怎么会在机场就注意到我了呢？”

“我在上海机场门口见到你和你儿子正在告别，你们两人都哭得好伤心啊，让人都不忍心看你们。那个抱走你儿子的人是你先生吗，长得挺帅的，大高个子的那个？因为听你们都说普通话，气质挺像演员的，我当时就在猜想你是干哪一行的？”

小方在那里详细描述着当时的场景，刹那间，儿子的哭喊声又开始充斥了我整个的脑海，那种声嘶力竭、绝望痛苦的哭声和无助哀怨的双眼，就像一个被抢下的镜头，活生生的，永永远远地刻在了我的心里。

小方的声音又将我拉回到了飞机上的现实中。

“妈妈一直担心我到澳洲后会没什么朋友照顾，特地关照我在机场观察一下，看看有谁看上去是可结交的人，所以我才注意你，可没想到我就坐在你边上，真是太巧了！”

小方快嘴爽直地一泄而出。我挺佩服她可以那样的自来熟，看来刚开始几小时我的闭目无言一定是把她给憋坏了。

我们一面在机上用餐，一边互相开始小声交谈起来。当我们得知彼此是向同一个学校报到的时候，立时使我们的关系更加密切起来。

“你有朋友在墨尔本吗？”小方关心地问道。

“没有。”我茫然地摇了摇头。因为直到此刻，我的心还全部在上海，在儿子身上，丝毫没有一丝空间去容纳其他。

“啊，那你到墨尔本后谁来接你？你又住哪里啊？”小方关切道。

“学校不是会有车来接的吗？到时候他们也许会安排？”我不是很肯定地说。

说实话，因为不会英语，我也读不懂一大堆的文件上到底都写了些什么（在那个年代没有电脑，无法上网查询资料，也极少有书籍可以让你查询的）。反正船到桥头自会直，总会有办法的。这就是我当时的心态。

“呀，别做梦了！明天我们到达的时候是星期六，外国人的学校周末是不工作的，不会有人来接机！再说，学校的资料上都清楚地写着，你要是需要他们安排接机，是要预付 50 澳币，并且和他们先预约的。你这下可惨，也许得去住几晚旅馆了！”小方心直口快地向我描述了一个可怕的现实画面。

“住旅馆？那怎么行啊？一定很贵吧？”我下意识地摸了一下贴身的衣袋，那里珍藏着我此行唯一所带的外币，100美金！

“还有出租车呢？那也是要钱的呀！否则你怎么离开机场到市区去啊？”

小方说得有板有眼，好像对墨尔本了如指掌，对每一步该干什么也都胸有成竹，不禁令我对她另眼相看。说实话，到目前为止，我还从来没有坐过出租车，更不知道外国的旅馆要花多少钱，心里不禁七上八下地紧张起来。我忍不住问小方：

“那你呢，到时候有人来接你吗？你怎么会对墨尔本这样熟悉的？”

小方突然咯咯地大笑起来，声音清脆响亮得就像个青春的小女孩。

“哈哈……，我的男朋友比我签证早下来，已经在墨尔本三个多月了，我们几乎每周通一次电话。而且他的来信总是将所有的一切描述得很详细，所以我就像是在墨尔本生活了好长时间一样，对那里的情况已经了解得很多。没想到今天真的是用上了。”

小方看着我恍然大悟的神情，不禁有些得意地继续说道：

“明天早上我男朋友会来接我。他同屋的房东已经在墨尔本两年了，自己还有车，所以明天他们会开车来接我。”

哇，才到澳洲两年就已能够买车啊！我暂时忘记了明天该怎么办的苦恼，沉浸在对未来的美好憧憬中。

突然，小方的声音打断了我的遐想。

“这样吧，明天下飞机后，我让我男朋友将你也一起带上，临时在他那里挤一挤，星期一到学校报到后再想办法。你说好吗？”小方爽朗果断地说着，就好像是我的护卫天使，我的心里不禁升起了由衷的感激之情。

“谢谢你，小方，今天幸亏碰上了你，要不然，我还真不知道该怎么办呢！”我想象着孤身一人站在机场的情景，眼眶呼的一热，泪水禁不住涌了出来。

“没什么，出门在外能互相帮助是应该的。再说，我们一定是有缘，因为我也不是那种见谁都愿意帮助的人。至少，我觉得你很特殊，值得我帮一把！”小方由衷地说道。

我相信小方说的是心里话，不禁感到有些受宠若惊，不知道自己的特殊之处在哪里。但不管怎样，我相信又是上帝派人在那里帮助和指点我。我感恩！

一夜坐着睡去，醒来已是早晨，还有几个小时，墨尔本就要到了。

早饭间，前后座的人都开始来和我们打招呼，并作自我介绍。

“我姓申，英文名字叫 Andy。”我前座的那位又高又壮的先生转过身来，对着我和小方热情地伸出了手，自我介绍。

“昨晚听你们说话的口音好像也是上海人，同坐一架飞机也算我们大家有缘，握个手也算大家认识了，出门在外，将来要靠大家多多关照！”Andy 两手躬拳，热情地对我们说。

我虽然也是在上海土生土长，但因为成年后有太多的时间在外地，文工团又是一个特殊的群体，彼此交流都是用普通话。结婚后因肖明爸爸是北方人，所以家中也都习惯以普通话为日常用语。有了小天天后就更刻意只用普通话与孩子对话，包括阿姨在内，所以我自身几乎从没有很强的上海人概念。但是今天在飞往异国他乡的飞机上，这种突然的组合和认同，让我有了一种异乎寻常的归属感。

我想，人都是怕孤独的。

“我也来自我介绍一下吧，我姓吴，你们就叫我 Jenni 好了，英文名字好记点，我也是上海人。”

另一个声音从我们边上的座位隔着过道传来，那是一个容貌姣好、三十岁左右的女子，有着一张非常典型的上海人特征的脸，正在对着我友好地微笑，我赶紧伸出手去接受这友谊的信号。

轮到我做自我介绍了，却感到自己整个属于一个大老土，因为我从来没有想到过需要一个英文名字。看着我有些为难的神情，Andy 立刻出来解围。

“不要紧的，你一到澳洲就会立刻知道为什么要改英文名字了，反正我们现在就叫你朱玲吧。”

Andy 神秘地眨了眨眼，话语中似乎包含着许多不便明说的潜台词……

见我们这一堆人都在互相介绍，许多周边的邻座也开始加入了进来，霎时间，在我的周围结成了一个自然的同乡盟友群。当然，在那一刻，我们都没想到，其中的一些人成了我在澳洲初期生活中不可缺少的朋友，还有些朋友的友谊一直保持到了几十年以后的今天。

“快看，墨尔本到了！”

空中小姐刚刚让我们打开边上的窗盖，机上就有人惊喜地失声大叫起来。于是，机上所有的人，不管是坐在哪个位置的，都争先恐后地往窗外望去。

“哇——，这么蓝的天啊，还有那白云，就好像是电影里的镜头。”有人在由衷地感叹着。

“咦，怎么看不见高楼啊，好像都是乡下的平房？”也有人眼尖，飞机还在几十米的高空，就已能够对地面的状况有了自己独特的见解。

我也开始随之稍稍激动起来了。不是吗？从下飞机的这一刻起，我的生活将走向一个全然的未知！

不像在国内，进了一个单位便几乎成了终身职业，每天都是令人厌倦的昨天的重复，久而久之，心也变成了一潭死水。可是现在，生活每一天都将是一个新的起点和挑战，也许没有了那种习惯了的安全感，但却让我的内心充满了激情。

“从今天起，我要把握好生活给予的每一个机会！”我在心里对自己暗暗说道。

我们终于踏上了澳大利亚墨尔本的领土，海关给我的新护照上盖上了允许入境的印章：5-SEP1987 for Three month（1987 年 9 月 5 日，允许入境三个月）。

我和小方拖着行李，往出口处走去。突然，一声惊喜的呼声传来，一转眼，一个瘦高个的男子站到了我们的面前，一伸双臂，小方已像一只刚找到归宿的小鸟，欢快地哭笑着投入了男子的怀抱。不用说，我已知道这是谁了，不好意思看他们的亲热，稍稍地转过身去，想要给他们留下这宝贵时刻的一点私人空间。

“什么意思，我要带她一起走？她是你的谁啊？”

我的身后突然传来了压低声音的争执声。见面的火热之情还没冷却，小方的男朋友却突然发现自己面对一个棘手的难题，有些不解。

小方将她男友拉到更远一些的地方，双手不断地比划着，口中不停地解释着，男友的眼光时不时飘向我。我当然知道，他们在为了我的去向争执着，心里立时感到非常不安。于是，我走向前去，面对那位年轻人，友好地伸出手道：

“我是朱玲，非常不好意思让你们刚见面就为了我为难，真是对不起！”我转身面对小方，接着诚恳地说：

“小方，你的一片好心我真的心领了。但是我知道，你男朋友也刚来不久，要照顾好你已经不容易了，再加上我是个陌生人，对他也是不公平的！所以，你们先走吧，我会自己想办法的！”我说的是那样的真诚，但心里却对接下来会发生什么一点底也没有。

“我姓张，看来你也是个懂道理的人，我就不瞒你了。”她男友见我的表态，倒也有些不好意思了，于是稍稍犹豫着对我说道：

“你们刚下飞机，对澳洲的一切还不了解，这儿和国内不同，不讲什么人情味。所有的中国留学生都是自己顾自己，一切都是AA制的。现在来的中国学生太多了，什么都要抢，找工作、房子都难，就是自顾自有时还没法顾上，所以我请你原谅！”小张不好意思地说。

我知道他说的是真话。于是便不想再麻烦他们了，刚拿起行李，便听小方在一边叫道：

“我不管你说什么，我就是不能把朱玲一个人扔下，这样我会睡不着觉的。今天如果你不带她一起走，我也就不跟你回去，我们分手算了！我可不想和一个见死不救的自私男人在一起过！”小方的态度坚决而又强硬，看来她是认真的！

正在这时，一直在小方男朋友边上的另一个年长些的男子出来打圆场了。

“哎哎哎——！不要吵了，大家刚刚见面，应该开开心心才是，不要为一件小事伤感情了。”他转身面对我，伸出手来。

“我姓李，是小方男朋友的二房东。”见我的脸上露出了疑惑不解之情，他于是笑着解释道：

“二房东就是我去借来房子，然后再分租出去，让人和我分担租金，所以，我现在是他的房东！”他开玩笑地指了指小方的男朋友小张，又晃了一下手中的车钥匙，继续说道：

“其实，小张说的也是实话。我们现在合租的是一个两房一厅Flat（公寓），他现在睡的还是单人床，我们那里是没有一张空余的床可以让你睡的。不过我知道，我们隔壁房间的房客刚刚搬走，清洁工周五来打扫后没有锁门，说是要让刚洗过的地毯透透风。周末Agent（管房产的公司）又不上班，也不会有人来检查，所以，我想你要是不在意的话，也许可以在那间房间里睡两个晚上，周一去学校报到后再找个固定的住所？”

我不知道该如何表达自己的感激之情，含着泪一个劲儿地点头。不管怎么样，至少他们可以带上我，不会让我独自留在机场。再说，不管是什么样的房间，只要是室内，有个屋顶在头上，我就满足了！上帝助我！

他们的Flat是坐落在Richmond区的一栋三层楼的红砖小楼。二房东在车上对我解释说，英语单词中Rich就是有钱的意思，但是车经过的地区，却让我找不到有钱人居住区的感觉。

他们的房间里既凌乱又拥挤，一看便知是没女人打理的单身汉宿舍。他们慷慨地给我喝了杯热牛奶，切上了几大片面包，涂上了厚厚的奶油，这便是我到澳洲以后吃上的第一顿午餐了。

他们将我带到隔壁的房间里，刚洗过的地毯还散发着浓浓的药水味，但至少是干净的。房里四壁空空，连一张小板凳都没有。从隔壁的小杂货店里买来了一大桶新鲜的牛奶，一摞白面包，再加上一袋橘红色的新鲜的橙子，这就将是我今晚和明天所有的食物了。

天很快就暗下来了。我这才意识到，澳大利亚在南半球，季节和中国刚好相反，离开上海时还是炎热的夏季，9月初的墨尔本却依然是寒冷的冬天。

我将箱子里所有稍稍可以御寒的衣服都找出来裹在身上，因为被褥在广东的海关被拦下了，唯一能御寒的只是一条薄薄的绒毯。我将根本无法抵御寒气和潮气的被单垫在身下，身上裹着那条薄绒毯，没有枕头，问小张他们借了几本书枕在脑后。

原来的房客搬走后便切断了电源，房间里一片黑暗，唯有窗外透进微弱的路灯，才能使我勉强认清自己的方位。我独自蜷缩着躺在依然潮湿的地毯上，小腹部一阵阵的隐痛，暗红色的血不断地往下流，借着窗外的光线，我看到身下的被单已开始被染成了红色。

“呵，睡吧，睡吧，只要睡着了，一切都会忘却了。等太阳再升起来的时候，即将是一个崭新的明天！一切都会好起来的，面包会有的，牛奶也会有的……！”

我不断地鼓励着自己，不断地对自己重复着，就这样渐渐地进入了梦乡。这是我在澳洲这块土地上度过的第一个夜晚。

第二章

在澳洲开始的第一步：学校、找工、生活

（1987 年 9 月—10 月）

我们学校的全称是 Hawthorn Institute of Education（霍桑教育学院），而语言学校则是这个学院的一个部门。

学校设在一个叫 Hawthorn 的高等住宅区域里，而学校所在的 Auburn Road（奥本路），则是一条非常安静和绿树成荫的街。

老师和我们解释说，Hawthorn 这个词在英语里是山楂的意思，但是因为墨尔本最好的橄榄球队之一的 Club 名称也叫 Hawthorn，而他们的标志则是一只展翅待飞的雄鹰，所以，Hawthorn 同时又是鹰的意思。

但对像我这样丝毫不懂英语的人来说，当时唯一能够记住的便是学校的方位和外形，因为你至少要每天可以找得到学校的地址！

因为我的英语程度几乎是零，连英文基本的 26 个字母都背不

全，所以被分配在学习的最低班，需要从头学起。老师是那样可亲和善的一个澳洲女子，但是即便她连比带划教着我们英语，这开初的几天我却一点都没有听进去，心里一直在打着不安的小鼓，不知道晚上该住哪里，又怎样有钱去付下一顿的食物和车钱。

虽然澳洲政府规定，每一个来澳的学生都必须要有经济担保，具保人要在我们到达之前就先付上两千澳元到学校，以确保我们到达后的生活费。但是因为那笔钱是我爸爸向香港的老友钟叔叔临时借的，答应我一到挣了钱就立刻还他，所以在我的观念中，这不是一笔我应该用的钱，我必须从到澳洲的第一天开始，便努力做到自力更生！

中午时候，学校过道的招贴板前，挤满了人头攒动的学生们。从他们的话语中，你可以立刻分辨出哪些是来了几个月已找到房子的二房东，贴上小纸写成的告示中希望找个人与他一起分担租金。

当然更多的是刚报到的人，盲目而又急切地在告示牌上张望着，筛选着，手里不停地在记录着告示上的联系电话和方式。我当然也是这个人群中的一员。

因为是第一天，我还一点没有经验，不知他们所写的区域到底是在哪里。正在独自发愁想找个人问问的时候，一个声音在我边上响起。

“你是今天刚到的这一批的吗？”转身望去，只见一个四十岁左右的成年女子正在对着我微笑。

“哦，是的，今天是第一天，一点也看不懂他们写的是什么，都是英语字母，弄得我都有点懵了，感到自己整个像是个文盲！”非常高兴能有个人愿意和我主动说话，我有些不好意思地实话说道。

“我叫朱玲，从上海来！”不知为什么，我直觉到这是个善良和成熟的女子，于是立刻主动伸出手去自我介绍道。

“我姓陈，也从上海来。不过要比你早两星期。我已在学校安排的澳洲人家里住了几天了，现在想搬出来重新找个地方住。我们交个朋友吧！”

也许她对我也有同样的好感，就这样自然的我们结上了一个小小的同盟。

在这里，不管你过去的职位、经历和家庭背景是什么，大家几乎都是站在同一个起跑线上，对每个人来说，最最重要的第一件事便是找一个合适的住处。

正在这时，两个二十岁出头的年轻男子站到了我和小陈的面前。

“唉，你们两位大姐，想要找房子住吗？我们正好有一间房间空余，愿意和我们合租吗？”

在我们的眼里，这两个毛头小伙子还稚气未褪，尽管他们努力要作出资深老练的样子。

我和小陈（后来我开始叫她陈姐）相视一笑，感到似乎得来全不费工夫，于是陈姐问道：

“你们的房子在哪个区啊？最好是在学校附近的，否则路上太麻烦！”

“唉……你这位大姐可就不懂了，学校的这个地区是墨尔本的中上等住宅区，房价很贵的。房源少，竞争的人又多，除非你很有钱。这里的留学生都是往稍远一些的地区去找房的。我们的房子是在 St Kilda 地区的 Inkerman st.，靠海边的，交通方便，一部电车就到了，而且还好找工。不像这个地区，到处都是竞争的中国学生。”其中一个男孩儿煞有介事地说道，俨然是一个墨尔本通了。

陈姐对我点点头，表示赞同那个男孩的话，于是问道：“要多少钱啊？你们那里有多余的床吗？”

“每周六十澳币，你们两人一起去的话就是一人三十元钱。我们有张空余的床，你们两个要不介意就挤一挤吧。反正都是女生，大家刚出来都是这样做的，可以省钱就最好！怎么样？”

陈姐把我拉到一边，小声地问我：

“你觉得怎么样？他们说得有道理，我这几天一直在这附近找工，都已经找了两个星期了，还是没找到。所以我们也许应该往那个方向去试试看？”

我反正是对区域方向还没有悟出个名堂来，既然他们这些早来者都这样说，看来总是有道理的，我跟着就是了。于是一个劲儿地点头。

边上那两个男孩儿开始沉不住气了，其中一个不耐烦地叫道：

“哎，我说大姐，不要觉得我们是在求你们，要找房子的有的是，我们可以大把大把地抓。但我们特地要自己来挑选一下，就是不要那些娇滴滴的小女孩，到时候讲不清楚。你们看上去成熟些，大家可以互相帮助，但是如果你们不感兴趣，我们也不要浪费时间了，趁早各走各的。”说完，转身便作要走的姿态。

于是我立刻出面拦住他们说：

“好吧，我们相信你们，今天下课后我们一起走好吗？你们可以带个路。我们需要今晚就住进去，行吗？”

“没问题，只要你们到时先交押金就行，我们下课后见！”两个小男孩终于完成了任务，有些顽皮地笑着对我们说。

而我，想到今天终于能够有了一个固定的住处，又突然有了陈姐这样的一个朋友，不禁深深吐了一口气，心里感到了一丝释然，也增加了一点小小的安全感。

下午两点半下课后，他们果然如约在门口等我们，四人一行搭上电车往他们的住所所在的区域驶去。

他们住的那条 Inkerman 街果然离 St Kilda 大街的电车站只有五分钟的路程，交通非常方便。而且，那栋白色的三层小楼的造型看上去也很新颖，与我前两晚寄宿的房子相比，条件显然要优越许多，我心里的一块石头终于落地，心里暗暗庆幸自己的幸运。

可是，等我们进了房间，不禁面面相觑地大吃了一惊。这是一套只有一个睡房的 Flat，靠里间的睡房已经放了两张被褥凌乱的单人床，显然是那两个男孩的卧室。惟有外面的厨房兼客厅的一个转角房间的角落里，放着一张长沙发。

“你是希望我们两个女的睡在厨房里吗？”陈姐问道。

“不要说得那么难听嘛，外国人的会客厅都是连厨房的，你们是住在厅里。”其中一个矮些个子的男子说道，后来我知道他叫 Michael（马克）。他看上去要成熟些，是个很懂得说话的那种人。

“那么你们说有的床呢？就这张沙发叫我们两人怎么睡啊？”陈姐到底要比我直接、老练得多，一语就道出了我的心里话。

高个的那个男孩立刻走上前去，将沙发的顶部一翻，突然间，那张沙发变成了一张较窄的双人床。

“我说你们别急呀大姐！这不是一张双人床吗？我们是不会骗你们的！平时没有人的时候就翻起来，地方可以大一些！”

那时候，我还是第一次看到这种可以折叠的沙发床，不禁赞叹不已。

尽管沙发床太软又窄，第一个晚上就使我的腰很不舒服；而且，因为只有一个卫生间，每次我们要上厕所，都要穿过他们的睡房，但是，与我在冰冷潮湿的地毯上度过的前两个晚上相比，这里已是天堂了，我沉沉地进入了梦乡。

住处暂时解决了，下一个就是找工的问题了。因为每天的吃喝住行，每一步都是需要钱的，而可以供我们自由支配的时间却又是如此有限。

通过与陈姐和男孩们的交谈，我开始了解到自己所面临的现实。当时的澳洲政府规定，像我们这种只持有三个月语言学习特殊类别签证的人，是一定要保持全部的出勤率的。如果学校发现你哪天没有去按时报到上课，缺课率超过了规定的极限，就会马上通知移民局，于是你的签证就会被立刻取消作废，再要交学费延续签证也是不可能的了！

但是，如果你要下课以后再去打工，可以接受你的地方就非常有限了，因为大多数的单位企业都是下午四点半五点钟准时下班的，等你下课赶到那里，只能干上一小时的活，连个车费都赚不回来。

所以，大多数的同学都是往唐人街的中国餐馆跑，那里至少可以上夜班，而且语言又通。只是在我到达之时，已有上万的语言学校学生在短期内涌到了澳洲，而中国餐馆在上世纪80年代的墨尔本，还是局限于唐人街附近的。羹少杯多，真正能在那里找到工作的是寥寥无几，而且，华人的工资总是付得最低的。

我和陈姐决定往我们住家附近的餐馆去找工。在路上，陈姐笑着对我说："你知道吗？我们现在住的这个地区是墨尔本的红灯区，晚上好怕人的！"

"哇——真的吗？红灯区是什么意思啊？是有很多妓女在路上走吗？我们怎么可以看得出来呢？"我不禁大惊小怪地叫出声来。

从小在中国长大，只有在小说里和电影里才看到过妓女，现在自己突然被告知置身于其中，立刻惶恐不安。

“嘘！！小声点，别让外国人笑话！”陈姐到底要比我见过大世面，遇事沉着稳重得多了。我遇到她真是幸运！

她对我接着说：“St Kilda 地区很大的，从这里开始到海边那一块都是的，你白天是看不见她们的，都在睡觉，只有到了晚上才出来。我上个星期有个熟人带我到海边去转了下，是他告诉我的！”

我恍然大悟地点了点头，心里仍然有着一种莫名的恐惧和兴奋，毕竟这是一件在国内从来没有碰到过的事。我想象着法国作家小仲马小说中茶花女那样的高级妓女，还有在香榭丽舍大道上行驶的马车。

“别作白日梦了，我们时间非常有限！快赶路吧。”

陈姐把我从想象的梦幻中叫醒。哦，当然，这里不是 18 世纪的法国，我太浪漫了！

我们沿着靠海边的那条主要商业大街，一家一家的饭店问上门去，只是到了这个时候，我才惊异地发现，陈姐的英语竟然是那样的流利和动听。

“哇……你的英语怎么会说得这样好？”我羡慕地问她。

“我是上海外语学院英语系毕业的，英语是我的第二语言。”陈姐毫不隐瞒地回答。

“啊！那你为什么还要来上语言课呀？多浪费钱啊！”我有些不明白。

“我先生也是英语专业的，已经去美国一年了，可我的申请每一次都被拒签，我想因为是夫妻，他们怕我们会留在美国不走！所以，一听说澳洲开放，我就先到这里来了，过一段时间看看，或者他过来，要不我再想办法从这里申请去美国。但现在关键的是要找到工作，没钱什么都是在做梦，你说呢?”陈姐一面说，一面又跨进了一家饭店。

这已是我们今天进入的第四家小饭店了，我已不抱什么希望。

这是一个小小的Pizza店，前半部只有四五张小桌子，几个澳洲人在那里悠闲地喝着咖啡。陈姐显然对于找工作已经非常有经验，直接往后面的厨房走去。一个高瘦精干，有着一头深褐色头发的男子闻声迎了出来。

“Can I help you？”(我能帮助你吗?）　这是陈姐后来为我翻译的。

“We are looking for a job！”(我们想要找一份工作！)

“What can you do？”(你们能干些什么?）店主笑着问道。

“Anything！ Kitchenhand or Wash dishes！”(任何工作都行！我们可以做服务员、厨房帮工或者是洗碗工！)

“Waitress？ Good！ Has she got experience？”(服务员?很好！她有经验吗?）店主的眼光转向我，我一点都不知道他们在说些什么，但可以感觉到与我有关。

“No，She can’t speak English！ That will be me！”(不，她不会说英语，是我可以做服务员！）陈姐对店主解释。

“You？ No，you are not suitable！ We need someone younger and prettier，like her！”(你?哦，你不太合适，我们需要年轻漂亮些的！就像她！）那个店主用嘴往我那里努了努，突然爆发出一阵大笑。

还没等我弄明白是怎么回事，陈姐已经拉着我立刻转身冲出门去，一边走，一边愤愤地大骂：

“这个倒霉的意大利流氓，一看就不是个好人。幸亏我和你在一起，要不然你被人卖了也不知道！”陈姐对我完整地复述了一遍刚才的对话，顿时使我不寒而栗。

“真的，太谢谢你了！可是你怎么知道他是意大利人的呢？”在我的眼里，凡是高鼻子大眼睛的都是澳洲人，根本分不清谁是谁！

“啊呀，你真傻，什么也不懂！凡是开Pizza店的百分之一百是意大利人。再看他的头发和眼睛，一个典型的西西里黑手党的样子！”

陈姐真是太伟大了，我对她佩服得五体投地！

天都已经快暗了，我们又被拒了几家，都快走到这条街的尽头了。

“再坚持一下吧，这最后的两家没希望的话，我们明天就要去另外一条街了，至少不用再回到这里来！”

陈姐对我晃着手中的地图，上面密密麻麻地画着她已去过的地区和街道，上面都是一个个红色的大叉。我不禁暗暗捏了一把冷汗，对接下来的那几家也就没什么信心了。

又是一家Pizza店，店面要比前面的那家开阔明亮些，店主也似乎要和蔼可亲得多。当他了解了我们的来意后，想了一下说道：

“我这儿有个洗碗工的空缺位，因为他明天要回国去了！”他指了指身后那个正在水池子前洗碗的黑头发外国孩子说。

“但是我只能将工作给一个人，你们却有两个人！”店主看了我一眼，又转向陈姐说道。

当陈姐将店主的话翻译给我听后，我立刻毫不犹豫地对陈姐说：

“这个工作当然是你的，赶快接下来吧！这只是我第一天找工，你已找了两个星期了，我今天已经学到很多，明天就可以自己去找了。”我推着陈姐走向店主，因为无法说英语，不得不用我的手势向店主示意接受陈姐。

“No，no！Not Her，That will be you！！You got the job！”（不不！不是她，是你，你得到了这份工作！”）店主突然笑着对我说道。

当陈姐失望地将店主的话翻译给我听的时候，我只是傻傻地愣在那里，不知该怎样去反应。我的心里没有一丝欣喜，相反地，是对陈姐感到非常的愧疚，仿佛我做了什么对不起她的事。以至于后来店主对她交待明天的工作时间和注意事宜，我都不知道他们在说些什么。

回来的路上，我们两人都沉默着，又累又沮丧，我只想大哭一场，心里一个劲儿地痛恨自己的无能，连一句英语都听不懂，也说不来，还要抢走陈姐的工作！

“请你原谅！陈姐，我不知道他们为什么要这样做！我又不会说英语，为什么他们反倒要我呢？我也不去了吧！”

“因为你年轻，长得又漂亮呀！”陈姐有些酸酸地说。

我也不怪她，大家都累了一天了，到哪里都是她在说话，我只是个跟屁虫罢了，即便她要发个牢骚也是应该的。我苦笑了一下，无奈地摇了摇头，没有说话。见我没有反击，陈姐倒为自己的激烈感到不好意思了，赶紧道歉道：

“对不起，这不是你的错，我不应该将怨气出到你头上来！说什么傻话，当然要去的啰！好不容易找到个工作，怎么可以放弃？你先找到也好，要不然剩你一个人，连句话都说不来，怎么找工作啊？哑巴打手势吗？”她开着玩笑道。

我们想象着她描绘的情景，都乐得哈哈大笑起来，空气也一下子轻松愉快了许多。虽然我们才彼此认识了两天，但是在这样一个特殊的环境和时间段里，却已仿佛认识了几十年。有了彼此，我们都感到自己不再孤独！

第二天再到学校上课，不知谁已经打听到了我们昨天招工的情况，于是在午休吃饭的时候，小方跑来对我说道：

“你知道吗？大家都在传你的找工奇迹呢！你是我们学校创纪录的第一名——来墨尔本后第一天就找到工作的人！看来你真是个幸运的人！”

我不知道该说什么，但是心里确在暗暗地祈祷，也许，上帝真的是听到了我的呼声，派人来帮助我。为什么每一次我都能碰到无私相助的贵人呢？我在心里默默感谢！对飞机上结识的小方，也对帮我找工的陈姐。我感恩！

那天下午两点半，学校的下课铃声刚刚响起，我就箭一般冲出校门去。通过昨天的带路，我已经能够轻松地找到车站和住宿的地方。我要赶紧先回去，好好睡一觉。因为直到昨天晚上我才弄明白，我的这份工作是需要通宵工作的，也就是说，是要从每天晚上的六点一直工作到第二天早上六点。如果我下午不睡一会儿的话，晚上肯定熬不过去。要知道，睡眠对我来说一直是最最重要的，每晚八点半就上床看书，九点半关灯睡觉是我在上海家中已经养成的习惯。可是现在，为了生活什么都顾不上了！我要抓紧每一分钟休息好！

Pizza 店的老板似乎非常高兴看到我来上班，对我比划着，大声地说着需要我干的活。虽然我听不懂，但自信是个悟性很强的人，所以，用不了一会儿，我就完全了解了自己的工作范围和职责。

有碟子和杯子堆积起来的时候，我就去洗碟子。但如果没有太多客人的时候，我就到小阁楼上的和面间里，帮助另一个做 Pizza 的工人做厨房的下手。

阁楼上的小厨房非常窄小，空气中夹杂着很浓郁的奶油味和另一种奇怪陌生的味道。

“Cheese !!”店主对我大声地不断重复这个字眼，我终于醒悟到这是指抹在 Pizza 表面的一层白色东西。后来我才明白，这就是小说里读到过的外国人吃的奶酪。我终于学会和记住了这个英语单字。

我真饿啊，胃里面一个劲儿地泛着饥饿的酸水，手脚也因之而变得冰冷。因为睡了几个小时走时太匆忙，我根本没时间吃点东西便赶来上班了，心想这里是个 Pizza 店，怎么样老板也总会给点吃的。但是现在已经快晚上八点了，老板连问都没问过一声我是否吃过晚饭，也许，外国人都是指望你自己吃过晚饭才来上班的？即便上班的时间是晚上六点？

我羞于开口问他们要吃的，也不知道该怎样说。

店主递过一条长长的法国式面包，教我先将两头的尖角切掉，扔到桌子底下的垃圾桶里去，然后将它们切成一小段一小段的，在上面抹上厚厚的黄油和带绿色佐料的蒜蓉，放进烘箱一烤，那股香脆的味道真是令人垂咽不止。

我见店主在前台打招呼，他的帮工在外面的烘箱前忙碌，趁人不注意，飞快地从垃圾桶里拣起我刚刚遵嘱扔掉的面包头，蹲在地上狼吞虎咽般地将它们吞下肚去，因为没有水，又咽得太快，最后一口干涩的面包堵在我的喉咙口就是下不去，我只得用手指头放进自己的嘴中，硬行打着恶心将面包吐了出来。

这一个过程只用了几分钟，却使我感到有一个世纪那样漫长，我为自己的偷窃行为感到非常羞愧，即便这是些作为垃圾的废料。但是，因为是在没有征得主人允许的情况下做的动作，我就像个罪

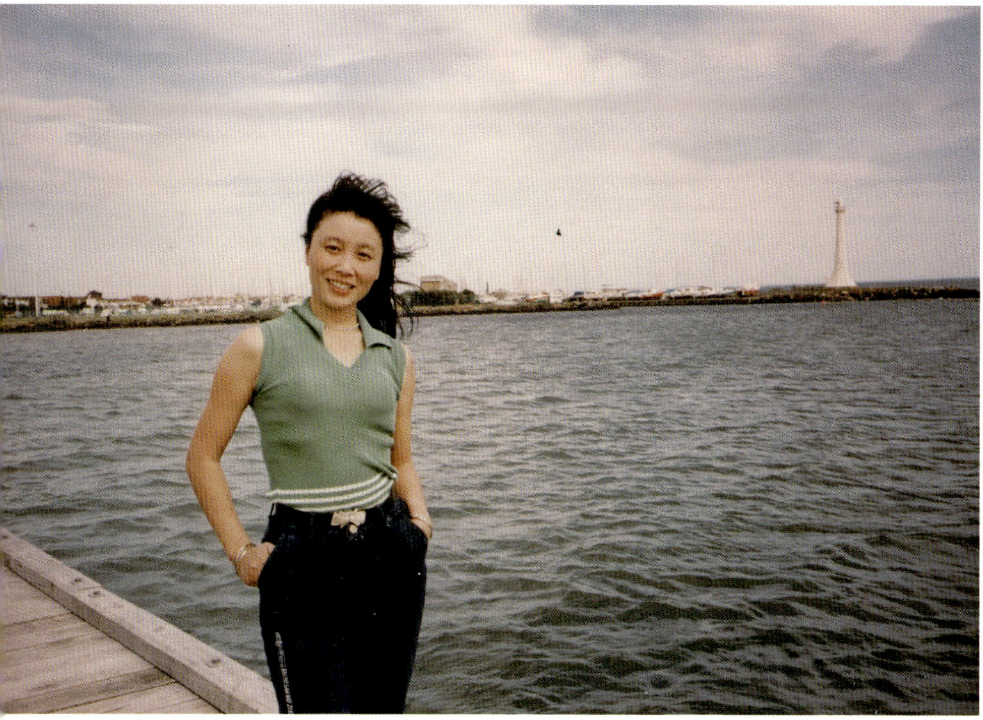

初到澳洲第一周，到海边拍的照，当年的底片已找不到了，翻拍的照片质量很不好，但只能留下这点珍贵的回忆了。

1	3
2	4

1、2　初到澳洲时留下的一些旧照。全新的国家和不可知的未来，生活虽简单困苦，但心中却充满了无尽的遐想和希望。

3　因为没有固定住所，也没钱买床，我借来一张气垫床，给自己安了一个临时温暖的窝。

4　那时候的我每天工作十几个小时，每周工作七天，希望早日还清债务，并能付掉家人要来澳洲的学费，显得又憔悴，又黑瘦，但我的好老板简爱对我的友好，给我的心中点亮了光明的灯。

这是我下班后在家加班踩缝纫机，地上到处堆满了要缝制的裁片，我的每一分钟都希望在创造收入，但还是万幸地留下了这些照片。

到澳洲后的第一个生日，第五次搬家，彻底隐藏起来了。

犯那样抬不起头来。当店主回到厨房里来的时候，一切又已恢复正常。他没有发现垃圾桶里少了那些面包头，而我，至少暂时有食物充了一下饥。

到八点半以后，前面的店堂里开始忙碌起来了，不断地有人进来买 Pizza，带走或是坐在店堂里吃。水池子里的盆子开始堆积成一座小山了，店主叫我开始洗盘子和咖啡杯。

洗涤的地方真小，服务生通过墙边上的一个小窗口，不断地将脏盘子递进来。我的手脚快，一转眼，水池里已是空空的了，排列得整整齐齐的洗净的杯盘竖立在架子上。

我有些累了，用眼睛征求着店主的意见，希望能够稍稍坐一会儿。店主示意我就在楼梯边坐下。于是我直了直弯得已经开始酸疼的腰，透过那个小口，往前面的咖啡店里望去，一对情侣，正在低声倾心地交谈，男子伸出的手掌里，握着的是女子交出的信任的手。

另外还有几桌客人也在吃着 Pizza，不断地谈笑着，说着我听不懂的话题。啊，要是在几天前，在上海文艺会堂的咖啡店里，坐着享受的应该是我，可是，才几天的时间，我的生活已从高峰掉到了最底层。

我抬头看了一下墙上的日历，突然意识到今天是 9 月 9 日，也就是说，我到澳洲才是第四个晚上，可是，我所经历的一切，似乎已如几个世纪那样长。而我，在所有的留学生中还是属于幸运的，真不敢想象，比我情况更差的那些人该怎么熬过去。

才过了五分钟，店主已经示意我重新站起来工作。不休息还不觉得，刚刚坐了五分钟就很难站起来了。我突然意识到，我才刚刚做了小产手术五天啊，就要这样站个通宵，连一顿热饭都吃不上，我会将自己的身体彻底毁了的！但是我必须站起来，继续工作！

好在那晚的客人并不多，到了凌晨两点的时候，再也没电话铃响来预订 Pizza，也没有人再走进店里来。于是老板示意我歇工，从他的账台前抽出几张钞票。

“拿着，这是你今晚的工资！”我接过去，发现是两张二十元的澳币，一共四十元钱。我不知道澳洲当地这一行的工资应该是多少钱，也忘了问陈姐当时说好的工资是多少，感激地对老板点头谢过，转身独自出门往家的方向走去。

呵，我一共工作了八小时，也就是说我每小时的工资是五块钱。这四十块澳币等于两百四十元人民币（一块澳币约等于六块人民币），相抵于我在国内两个半月的工资。哇，只工作一天就可以赚这么多钱啊，我的心里充满了欢乐，一路小跑步往前走去。

深夜的街道很暗，路灯幽幽地照射在树梢上，在地上投下了一个个可怕的阴影。我从小就是一个害怕黑暗的人，又是第一次在外国独自走这样陌生的夜路，心里不断地打着小鼓，咚咚的心跳声好像都会被人听见，我快步地走着。

突然，我发现对面马路上有个人影一闪，心里一紧，更加迈大了脚步。可没想到，那人竟穿过马路径直朝我走来，路灯下，可以看出他是一个体型健壮的高个男子。我吓得几乎屏住了呼吸，张望前后左右的马路上空无他人，即便我要叫唤也没人可以听见。急中生智，我突然看到前面几步远的地方是个公用电话亭子，我紧跑几步一下冲进了电话亭，立刻关上了门。

我顺手抓起了电话机，胡乱拨着电话，作出在给人打电话的样子，装模作样地与人说话。电话亭的玻璃门外，那个神情猥琐的高个男人不断地对我作着手势，似乎在询问着什么。我指了指电话，又摇了摇手，连我都不知道自己在表达些什么，然后背过身去不再看他，希望在电话亭里这样的强灯光下他不敢做什么，如果我在里面，他不打碎玻璃的话也进不来。

过了好一会儿，我才敢偷偷回过头去，发现这个人已经走了，远远的马路尽头可以看到他的背影。我这才松了口气，立刻夺门而出，飞快地小跑，一口气跑回住处，深深地庆幸今晚没有遭大难。这时已是凌晨三点多钟，我赶紧躺下睡一会儿，早上还要赶去上课。

早上八点，当大家起床后得知了我碰到的事，都为我捏了一把冷汗。

Michael 说：“我想那人肯定是把你当妓女了，所以才会上前来找你。这条路是太危险了，你以后可不要再去那里上班了！”

经他这么一说，我才恍然大悟，觉得他分析得有道理。不去上班当然是不可能的，我也不能因为这么一点事就打退堂鼓。我得想个办法！

当我得意地将昨晚收入的四十澳元给大家展示的时候，没想到 Michael 竟大惊小怪地大叫起来：

“呀，你受骗了！怎么才五块钱一小时啊，至少要八到十块钱的，这个老外看你不懂英语，欺负你的！再说是加夜班，澳洲政府有严格规定的，他应该多给你才是。”

我疑惑地转向陈姐，想知道 Michael 说的是否是真的。陈姐不是非常确定地说，那天店主似乎问过是否是工作签证。因为好像学习签证是不能工作多于一定时间的。后来店主说没问题，他会付现金给我，于是陈姐也就没有多追问该是多少钱一小时。

我谢谢 Michael 的提醒和一片好心，但是能够有一份工作，至少生活费没问题，我已经非常满足了！我不想去和店主争议。

早上九点，又开始了一天的学习，到第二节课的时候，我的眼皮已经开始打架，老师说的一切我都没有听进去，只想找个角落让我美美睡上一觉，再硬撑也无法集中精力了。

下午两点半一下课，又是拼命往家跑，希望能够睡上至少两个半小时，因为五点半又得起来赶去上六点钟的班。

这样的恶性循环，又没有好的东西吃，每天只是牛奶面包，最多加一个橙子，或是煮个鸡蛋加点盐。几天工作下来，我的身体开始支撑不住了，头脑整天昏沉沉的，耳朵嗡嗡发着鸣响，眼睛周围更是熬成了两个黑黑的阴影圈，我都不敢照镜子了。

店主倒是和蔼可亲得多了，从第三天开始给我八块钱一小时。而且，当我像个哑巴似的对他比划着那晚的险遇后，他居然明白了我在说什么，于是，每天半夜工作结束后，他便会自己驾车送我回去。对他来说也许是徒手之劳的五分钟路程，却使我再也不用担惊受怕了。

更幸运的是，如果不太忙的话，他总是让我早点回家休息，这样虽然还是夜班，至少我可以有连续五个小时的睡眠时间，尽管还是远远不够，但与开初的几天相比，我已经觉得是天堂了！

我总是相信，人的本性还是善良的，不管你是哪一个国籍的人。我在澳洲的第一个老板，虽然也是个意大利籍的外来移民，但对我来说却是个非常好的老板！

就这样学校、工作、睡觉，一个月的时间就像飞一样很快过去了。老师教的几个英语单词，一转身就忘了个精光。倒是在上班的时候老板不断对我重复的几句话，反而牢牢刻在了我的脑子里——“Hot water！”（热水），“Good afternoon.”（下午好），See you later（再见）等等……

收到了家中的第一份来信，除了日常的家庭琐事和小天天的成长故事以外，其中最让我难忘的是这样的一行字：

隔壁的刘阿姨让我转告你，医院出来的化验结果没有找到你怀孕的证据，一定是当初的化验结果与别人的弄混了，才使你做了一次不必要的手术。她感到非常对不起你，尽管她当时是一片好心！

我看了以后简直不敢相信自己的眼睛，仅因为一个不称职的化验员弄错了验血者的名字，致使我遭受了这样莫名的痛苦，实在是太令人气愤了！但是在这同时，我当然不会去责怪刘阿姨，她是那样一个好心如母亲般的医生，没有她的关怀，万一真有事也是不堪设想的。事情既已发生，只能往积极的方面去看，至少，这件事已有了一个结局，我可以往前看了。

从表面上看来，过去的一个多月是平静、有规律，更是富有成效的一个月。因为我不但顺利地解决了我的住处、工作问题，同时也开始平衡好了学习和工作的关系，口袋里稍稍有了一点钱，不再像刚来时那样有危机感了。陈姐在我之后也找到了工作，我们同住的四个人，都忙于自己的工作和学习，极少互相见面，倒也相安无事。

星期天早上，难得大家都在家，于是便都一起围坐一圈吃早饭，Michael突然问我道：

“玲姐，你对自己的将来有什么打算？”

我一时没有思想准备，不知道该怎样回答：“你指的将来是什么意思？是学习吗？当然要继续下去咯！”

“那三个月的签证到期以后呢？你还要去付1700澳元，才可以再拿到三个月的签证。可你要打多少小时的工才可以交得起这些学费啊？再除掉每周的房钱和伙食费、车费，剩下的就已寥寥无几了。这样每三个月的循环一次，你都是为学校在打工，这样的生活到哪一天才是头呢？”

Michael说的句句都是事实，我不是不想，而是从来没有敢，或者也没有时间去正视这些残酷的现实。

“那你有什么建议吗？”我不是很肯定地问道。

“你结婚了吗？”边上那个高个的男孩Jimmy（杰米）直率地问道。

“当然结婚了啰，孩子都已经四岁半了！”我不假思索地说，略去了期间所有的哀怨和故事。

“啊，那你就一点戏都没有了。”Michael在一边插嘴说道。

“没戏是什么意思？”我有些听不懂他们的俗话。

陈姐在一边插进来说道：“啊呀，你这个人是怎么在上海生活的，连这种行话都听不懂。上海俚语的没戏就是没希望的意思！”

陈姐接着又转身对着Michael说：“我也是结过婚的了，为什么会没戏呢？”

“因为现在的中国留学生在澳洲，一共只有三条路。第一是继续打工交学费，读到大学毕业有工作了，或许还能找个雇主提名申请移民。但是像你我这样的英语程度，是连小学都毕业不了的，所以这条路走不通。”

见我们听得聚精会神，Michael有些得意地继续说道：

“第二是结婚移民，单身的女孩子个个都在想办法找当地人嫁出去，不管是华人、越南难民还是澳洲人，语言不通也没关系，只要能拿到身份就行！像我们这种男人，既没钱又没学历，要想找个当地女孩子是很困难的，所以现在有很多人在办假结婚，花上一笔钱，假同居两年，还要把对方的生活习惯背得滚瓜烂熟，否则的话，移民局分开问话的时候，如果你连对方的牙刷是什么颜色，或者最喜欢的食物是什么都不知道的话，肯定会被拒签，所有的钱就都白花了，还浪费了两年的时间，最后还要被驱逐出境。所以，我想这条路也走不通。你们已经结过婚的人当然就更没希望了。”

Michael 喝了一口茶，又继续说道：“那么最后剩下的一条路便是黑掉！”

我不解地插嘴问道：“什么是黑掉啊？我不太懂！”

Michael 和 Jimmy 相视一笑，Michael 摇了摇头对我笑道：

“说真的，有时候我们看你很成熟，很坚强，但在社会经验的许多方面，你又单纯得像个刚从学校里出来的学生，社会经验太少了！像你这样的人其实是不应该出来的！要受人欺负的！”

我不知道他们说的社会经验到底指的是哪方面，也许是因为我长期在地方和部队的文工团里生活，而文艺界或文学界的人大都是自视清高，比较理想化的人。但不管怎样，现在要搞清楚最后的一条出路是至关重要的。我和陈姐都恳求 Michael 赶快说下去。

“下面我要说的话是需要你们绝对保密的！你们必须发誓！”

我和陈姐都严肃地举起了右手，认真地点着头，Michael 于是接着说道：

“从现在开始到你们的签证到期还有一个多月，你们要赶紧想办法找到一个长期固定的工作，最好是不要在中国人的圈子里，这样就不会有人告你们，然后从熟悉的人当中完全消失掉，不要让任何人知道你在哪里工作。拼足命狠狠地干上几年，赚一大笔钱！”

“在这个期间，我们最大的希望就是澳洲政府会有一次大赦，把所有的黑民都接受为当地的居民，这样我们就可以全部留下了。美国前年就大赦过一次，大家都在传说澳洲政府在1990年也会有一次。当然这都是大家理想化的愿望，真的会不会只有听天由命了，如果大赦不到，你又觉得自己已经赚够了钱，实在熬不下去了，就找个机会让人去报告移民局，让他们把你抓走，这样至少你回去的机票移民局会替你付的，一举两得！”

Michael说得有声有色，煞有介事，我们就好像在听一个东方夜谭的神奇故事。我连大气都不敢出，觉得自己真是幸运，有这样一个人来为我们分析目前的形势和前途，真是受益匪浅。不过是否真的要这样做，我心里一点底都没有。

陈姐立刻表示她不能黑掉：“我还要到美国去和我爱人团聚呢，黑掉了就不能申请了！”

“我也要好好想一想该怎么办！因为我出来的目的不仅仅是赚钱，还是为了儿子的前途，我是想把他尽早接出来的，没身份的话就不行了！”我不是很确定地说。想到当时在上海出来前那样的一片雄心壮志，在此时此刻竟然变得如此幼稚可笑了。

“总会有办法的！如果在我来之前的那么多人能生存下去，我也一定能！上帝啊，请帮助我吧，请给我指明一条可行的路。”我在心里暗暗地祈祷着。

第三章

生活的新转机

（1987 年 10 月—11 月）

今天是周末，不需要去学校，我也要到晚上才去上班，突然想到 City（市中心）去看看。

自从到墨尔本来以后，每天忙于工作学习，我还没有去过 City。知道同屋的人都各有自己的安排，早饭后我便独自上路了。

我们住的这 St Kilda 区真是方便，出门就是有轨电车站，可以直接将我带到市中心。平时去上课坐车时总是抓紧一切时间在车上打瞌睡，从未有过像今天这样的闲心逸致来观赏窗外的景色，此时才真正感受到了墨尔本这个城市的美！

宽阔笔直的林荫大道两边，不断掠过一栋栋构造完美的现代化大楼。在烈士纪念碑的附近，是成片成片望不到边的绿色草地，周边的跑道上，不时有行走和小跑锻炼的人们。

那些一定已是生存了几十上百年的大树，遍布在公园的每一个角落，巨大粗壮的树身顶着高耸入云的枝干，给那些悠闲的躺在草地上看书、玩耍着的人们头上，用浓郁的树叶织成了一把把天然遮荫的扇屏。眼睛能见之处，到处是娇艳美丽、色彩绚丽的鲜花，在温暖柔和的阳光下尽情开放着，这使我突然意识到，春天已经来临了！

电车经过了有着透明水帘门的艺术博物馆，又将墨尔本歌剧院和芭蕾舞厅也抛到了脑后，刚刚越过了墨尔本的母亲河——Yarra河，转眼间市中心古老的火车站就已在眼前了。

我下了车，朝着转角口的大教堂走去。圣保罗（ST.PAUL）教堂是墨尔本最大最古老的基督教堂之一，就坐落在市中心繁忙的十字路口上。

说来也很难让人置信，自从17岁时小邵妈妈引我信奉天主以后，我几乎每天都在心里与上帝对话。但是因为在上世纪70年代的中国，宗教信仰还是非法的，所以我还从来没有走进过任何一座教堂，也没有受过正式的洗礼。今天到城里来的最重要的第一件事，便是进入这个向往已久的神圣殿堂。

教堂里很安静，做礼拜的长椅上，只有依稀可见的几个人影分散在各个角落里。

我轻轻地走向前去，找到一个靠近前排的椅子，拿起了座前搁置着的《圣经》放到了我的面前，双腿跪下，手掌合在一起，低下头默默地向圣母娘娘和耶稣祈祷道：

“请原谅我不会说英语，也不懂得正式的祈祷词是怎样的，但是我相信你们一定可以理解我，也会听得懂我这个来自中国的祈祷者的呼声。我恳请你可以给我指点一个方向，指明一条通往未来的路，请告诉我该怎样走下去？我需要在这里生存下去！我需要找到一个新的工作，我需要攒下更多的钱！我一定要将儿子接出来和我在一起！我不能再回到原来的生活中去了，在中国，我已没有一个属于自己的家。请告诉我该怎么办？”

我不停地喃喃说着，重复着只有自己才会懂的祈祷词，虔诚和酸楚的泪水滚满了我的两颊。

我不知道上帝是否可以听到我的呼声，更不知道所有的祈祷是否有任何真正的实际意义。但是，至少它让我存有一线希望，在这硕大的世界中，让我感到自己并不是完全孤独的。人是需要有希望的，那些对未知将来迷茫的希望，是我在那一刻唯一的一根救命草，我必须紧紧地抓住它！

走出教堂，一缕金黄色的阳光透过云层直接照射到了我的脸上，使我的身心顿时充满了暖暖的春意，我又回到了世俗的现实世界中来了，心里感到了一种前所未有的安宁。

我走下高高的台阶，穿过马路，经过了一个又一个令人眼花缭乱的商店，在人头攒动的街道上漫无目的地走着。

一转眼到了唐人街上，横跨三条大马路的窄小街道上一家紧挨一家地挤满了中国饭店。站在门口，看着那些悬挂在橱窗里烤得油黄焦脆的鸭子和烧肉，仿佛在提醒着我，从到达墨尔本至现在的一个多月中，我还没有吃过一次肉。而那漂浮在空气中的诱人的香味，更是让我感到肠饥肚空，真恨不得能够立刻走进去，不顾一切地大吃一顿。但是我不能！赚来的钱太不容易了，我需要尽早将多民哥哥的钱还掉，我还要付下一季的学费，需要给小天天寄生活费，需要…… 还要……

我转身离开了饭店，一边不断地在与自己内心的食欲抗争着，一边快步往亚洲食品商店走去，Michael 告诉我可以在那里买到所有中国的小食品和油盐酱醋，这样我就可以自己烧一些中国菜了。

突然，一个声音在我的耳边响起：“啊，这不是朱玲吗？”

我转头望去，一张似曾相识的脸，但却一时想不起来是在哪里见过他。

见我有些犹豫的神情，他立刻提醒我道：“我是 Andy 啊，还记得吗？飞机上坐在你前面姓申的！”

“哦！当然记得啦，你好你好！”我恍然大悟地大叫道，就仿佛是见到了一个久违的亲人。“你怎么也到唐人街来啊？真是太巧了！”我笑着问道。

“我每周要来好几次的！”小申得意地说。

见我露出惊异的眼神，他立刻解释道：“我就在火车站边上的中国饭店里打工，下午休息没事，总爱到唐人街来逛逛。”

“哇，你真行！居然在市中心找到工作！是做厨师吗？”我记得小申在飞机上曾经提及过，他出来前专门学过饭店厨艺，就是为了能够在此大显一番身手。

“哪里有这么容易啊！要让老板信任你的厨艺，得从厨房的帮工做起。我现在找到的工作是洗碗工，虽然累一些，但是一天两顿的中饭和晚饭是免费管饱的。”小申的口气里稍稍有些失落。

“哇！有中国饭菜吃啊，那简直是太幸福了！”我羡慕地啧叹道。

当小申得知我一个月没吃过肉后，立刻示意我跟着他走出唐人街，在马路对面的一个快餐店里，他为我买了一盒香味诱人的炸鸡块，那几块脆嫩的鸡块蘸着酸甜的酱料，才一转眼工夫就被我消灭得一干二净。我喝着清凉甜美的可口可乐，抬头望了一下门上的招牌，这才意识到，这就是久闻其名的麦当劳，而我，则是第一次品尝他们的食物，也是来澳洲后第一顿最美味的午餐。

我将自己下飞机后的所有经历都对小申简述了一下，他于是对我说道：

“今天碰到你真是太巧了！告诉你一件事，因为我们的饭店太忙了，有两个大洗碗机，我一个人从早到晚手脚不停也忙不过来。前几天已经和经理提出要增加一个人和我搭档洗碗，他也同意了，这几天正在面试合适的人。你愿意跟我一起去见经理，让他面试一下吗？我可以保证他一定会录用你的！”

我简直不敢相信这个从天而降的机会，暗想一定是上帝听到了我刚才的祈祷，特地派小申来帮助我的。我感激地不断含泪点着头，也顾不上再去买东西，跟着小申就向他所在的饭店走去。

饭店的正门就在进入市中心的大石桥边上，离中央火车站才几十步的路程。装饰得精美华贵的门口，用金色的字体刻着一个非常雅致而又贴切的名字——“畔溪酒店”，因为饭店本就建造在美丽的Yarra河的右岸。刚一进入厅堂内，就立刻可以看见一长排弧形高阔的落地窗，将对岸高耸入云的艺术宫塔尽收在清澈河水的光影中。

饭店的经理是个高个微胖的中年男子，圆润而富有光泽的脸上显示出一种明显的优越感，而且可以让人一眼就感觉到充足营养的效应。他说话带着浓郁的广东话口音，才交谈了几句，我便已知道他是来自香港的早期移民。

我简单陈述了我的背景和来澳一个月的经历，表示希望能够得到这份工作。经理耐心地听完了我的话，突然出其不意地问道：

“我这里每天都有十几个来自中国的学生找工，为什么你觉得我应该将这个机会给你呢？”他说话的时候脸上不带一点表情，一副非常认真的样子。

我一时愣住了，不知该怎样回答。但是很快的，我就缓过神来，尽可能地压下自己内心的惶恐，平静自信地说道："因为我不会使你失望！"

见他抬起眼来开始注意我的回答，我又接着说道：

"如果我有幸得到这份工作，我会尽全力去将它做好！我是一个非常喜欢厨房工作的人，对澳洲饭店的专业洗碗也已有了一个多月的经验，所以，我恳请你能够给我这个机会，我一定不会辜负你的信任的！再说，我和小申是朋友，在一起工作会非常默契，能够互相帮助，一定会将工作做得更好！请务必考虑我！"我的话语诚挚而又充满了热情，希望能够让经理认可我的请求。

饭店经理的脸上仍然没有太多的表情，使我刚才还是慷慨激扬的话语转眼间变得愚蠢而又可笑，我的心一下子沉了下来，越沉越低。等到经理起身礼貌送客的时候，我的自信心已经掉入了无望的万丈深渊。

"把你的名字和联系电话留下来吧，我要考虑一下以后再告知你最终的决定！"

正在我的脚踏出饭店大门的那一刻，饭店的经理突然对我说道。于是，一丝微弱的希望的火花，又重新在我的心里点燃。

一个星期以后，小申给我来了电话。"告诉你个好消息！经理让我通知你来上班了，每天从早上 11:30 开始到晚上 11:30 结束。他问你哪天可以开始？"

哇……！！！我终于找到了一份固定的工作了！我的泪水止不住地往下淌。

"明天就开始，明天！！"我几乎是喊着回答小申的，但是却一点也没有认真地考虑过，学校的课程该怎么办？要是缺课的话，签证被取消该怎么办？

“唉，船到桥头自会直的，那么多人在打全职工，他们能过去，我也总会有办法的！”那天晚上，我躺在床上笑着安慰自己说，做着一个充满美好希望的梦。

同样是一个洗碗工，但我在畔溪酒店开初的几天生活似乎就像到了天堂。主要的是，所有饭店员工中午和晚上的两顿饭都是老板提供的，虽然谈不上什么山珍海味，但是团团一桌中，总有肉鱼蔬菜，四菜一汤，白米饭又是管饱不限，对我这样一个怀念中国菜肴至极的人来说，再不需要去闻那些 Pizza 的 Cheese 味，又能吃到中国菜的日子便是极其珍贵的了！

中国饭店里的洗碗也使我大开眼界。记得那天面试时，我一个劲儿地对经理说我有洗碗的经验，到了这里的厨房，才知与那个小小的家庭式洗碗池的 Pizza 店相比，真是有点大巫见小巫了。这里的洗碗机是两台硕大的工业机器，要懂的人才可以做操作。好在小申是我的师傅和坚强的后盾，在他的帮助和耐心指点下，我很快掌握了机器的性能和操作程序。

现在我才明白小申说的从早忙到晚也忙不过来的真正意思了。

确实，从中午十二点钟开始，一批又一批的碗碟被侍应生从餐桌上撤下来运送到我们厨房，我和小申流水作业般地传送着，将碗碟放置到洗碗机里，那个情景常常让我感到自己就像卓别林早期电影中，那些在工业流水线上手脚快速操作的工人们，我们都已变成了机器的一个组成部分。往往还没容我们喘过气来，眼前桌上的碗碟又已堆成了小山，即便两台洗碗机快速替换着洗，也无法跟得上。

时间长了，我才了解到，这是一家香港人开的非常高级的酒店，每一道菜过后都会替顾客换一次盘子，不管是已经脏了的还是滴尘不染。这是一种特殊的服务，一种有别于普通中国饭店的尊贵服务的象征。只是，苦了那些奔走忙碌的侍应生和我们这些洗碗人了。也许还浪费了太多宝贵的水源。不过，如果没有那么多的碗碟，他们还会需要我这个额外增加的洗碗工吗？所以，不应抱怨，只能感恩！

为了保住这份好不容易才争取到的工作，我开始从学校早退了。每天早上九点钟，仍然到学校去报到，在课堂里熬过了两节课，还没到午休的时间，便悄悄地溜出了校门，搭车赶到City去上班。在饭店吃上一顿美味的午餐，立刻开始连续奋战。一直要到下午三点半以后，才会开始有机会喘一口气。

下午那段休息时间是我一天中宝贵的时刻，我会穿过门前的石桥，走进艺术宫边上的小草坪，在那个巨大现代雕塑前就地坐下，从书包里拿出来自家中和朋友的来信，仔仔细细看上好几遍。即便是一些唠叨琐碎的家庭小事，或是朋友们的鼓励，总能使我感到非常亲切温暖，于是，我便会趴在草坪上，给所有的人回信。

记得80年代中国的信封是需要在邮局，用厚厚的面粉调出的浆糊来封口的，在中国时每次寄信，即便再小心也无法避免将手弄脏。所以，在我们看见当时的澳洲邮局出售的是那种用口水一舔便能自动封口的信封时，都禁不住一个劲儿赞叹外国的先进，竟然能对这些细小的日常用品考虑得那么周到。可悲的是我刚来时还不懂需在信封上贴一个航空标记，于是一封寄去家中的信，竟然走海运用了整整一个多月！这些小事当然也因之而牢牢地刻在了我的记忆中。

当然有时候，我也会拿着那个小小的半导体收音机，闭上眼睛躺在绿丛中，让那美好空旷的音乐与阳光一起沐浴我的心田，我对未来的希望，也随之而升华到了无尽的空间。

下午刚过五点半，便又是围坐吃晚饭的时候了，如果你缺席迟到，没有人会等你，所以每个人几乎都是准时到达的。在晚上六点半之前我们洗碗工总不是太忙，便会帮助厨师们做些下手工作，切菜洗菜之类的。

在那段时间里我突然意识到，如果我们既不会说英语，也不懂广东话，那么我们就注定会是饭店里的最低等公民。因为在澳洲，你首先要会说英语，如果你正好长得还算过得去，那么侍应生的工作总还是能找得到的。但是如果你听不懂广东话，那可就等于半残废了，即便你会英语也无法在华人餐馆做侍应生。因为在外面对顾客你要说英语，但是对厨师你要说广东话，否则没人会懂你定下的菜单是什么。因为那时候是没有先进的电脑订菜联通系统的，大多数的厨师又都是来自香港或广东地区，或者是早期移民澳洲的广东沿海地区人。

在这一次新兴起的大陆留学生到来之前，几乎所有的中国餐馆都是以粤菜为主，外国人认为这就是中国菜。岂不知，中国如此地大物博，好吃的苏浙上海菜和四川菜还没有到达这个国家呢。至少墨尔本还没有。

晚饭的工作量更是要甚于中午，老板更是跑进跑出，亲自督战。不过有着小申与我齐心协力奋战，再大的困难也不在我们的话下了！饭店的关门时间是晚上十一点，但是总有那么几个恋着餐桌不愿移身的顾客，会将时间往后拖上半个小时。好在我住的地方不算远，还是能够在午夜前美美地入睡的。

第四章

我面临的选择——黑掉转入地下

（1987 年 11 月中旬—1990 年）

在墨尔本的三个月就像飞一般很快过去了，转眼我的签证就要到期，但我依然无法对自己下一步的去向做出最终的决定。

我不知道同住的 Michael 和 Jimmy 是否都已黑掉，因为我几乎不见他们去上课，每天都在早出晚归地打工。在这里，大家都学会了一个不言而喻的规矩，别人不说，你也不问。

陈姐似乎在努力争取转往美国读书的机会，唯一的愿望就是可以早日与丈夫团聚。而我，仍然每天在学校的出勤率和上班的工作时当中来回奔跑，忧心忡忡，摇来摆去，拿不定主意！

肖明的来信越来越勤，越来越充满深情。每一封信都是数不清的亲情和关切，每一行字都是永不间断的思念和爱情，仿佛我们之间从没有发生过那段冰一般的冷漠、那段心如止水般的分离协议。所有那些我所想要逃避的，试图解脱的朦朦胧胧、剪不断理还乱的关系，突然又变成了一种简单的夫妻间的思念和连接。我不知道，如果我没有出国，一切还会保持原样吗？我无法回答自己。

肖明希望出来，我当然有义不容辞的责任来帮助他。我要为他筹备学费。

出来才三个月，语言学校的学费已从十个星期课程的 1080 澳元，涨到了最低限额一年课程 5700 澳元，这是一笔天大的数字，我只能推迟还多民哥哥钱的计划，再先动用一下那笔香港钟叔叔为我担保的生活费，再凑上我在过去三个月中所有打工积攒下来的每一分一厘，可是，还差一些！再咬牙多打一点工吧，也许，我应该一周工作七天！

我需要早点为他交上这笔钱，至少在我的签证依然是有效的时候。免得夜长梦多，万一澳洲政府突然警觉到全中国的青年人都在筹备涌往澳洲，临时决定紧急刹车的话，我们就会被隔离在南北两个半球很长一段时间不得见面。

而我，是希望有他在身边，哪怕是一起拼命打工，攒的也是双倍的钱，支出的却是一半。再说，我们的宝贝儿子小天天，是需要他的父母共同来为他创造未来的！当然，要为肖明凑足 5700 澳元的学费，再加上机票钱，我已无法再考虑缴纳自己的学费了。

我决定黑掉！即便我不愿意，也别无其他选择！

那时的计划是，惟有我拼命打工，以确保肖明的签证和身份是有效的。将来如果他拿到身份的话，我作为妻子应该也能同时拿到。这样的计划真的行得通吗？我不知道！但是，人总是需要有梦想和希望的，我只能生活在那一刻的梦想中！

要成为一个黑民的话，我就必须立刻转入地下，从所有熟悉的人当中销声匿迹。万幸的是我现在和小申一起工作，他因为要办妻子出来，选择的是与我同样的道路。这样，至少我们都互相知情，紧急时刻大家都可以有个照应。再说，小申豪爽直率，朋友很多，消息极其灵通，留学生或政府中稍稍有个风吹草动，他总会从各种途径第一个得知消息。这样的朋友在那个特殊的年代里是极其重要的。像我这个整天只知道埋头工作、看书写信或做白日梦的人，没有人会想到来给我透露消息。

我从学校和原来的住处中完全消失了，就像一阵吹过的清风，没有留下一丝痕迹。

我和小申，还有餐馆里的一个侍应生阿忠，在电车线路最远的Brunswick地区找了一个一房一厅的Flat住下。因为那个侍应生来自香港，早已有了身份，这次从昆士兰初到墨尔本，能够和我们一起合租可以省下一些开支，何乐而不为？而我们，有人能用合法身份证租下Flat，免去任何不必要的追踪，而且又能每天打他的车去上班，便是极大的幸运了！

因为只有一间小睡房，他们两个男子都一致坚持应该照顾我这个唯一的女子，而他们，则是个自搭一张单人床，睡在厨房兼客厅里。好在我们都是在同一个餐馆工作，每天早出晚归，在家的时间极少，又都吃餐馆，无需做饭，所以倒也互不干涉，和睦相处。

刚开始的几天我没有床，于是阿忠将他旅行用的行军充气垫借给我暂用几天。我们费了很大的力才将气垫充足了气，到澳洲后第一次，我有了属于自己的一个房间和一张可以独睡的床。

在后面的一个星期日，我们到Sunday Market（周日跳蚤市场）去买一些日用品。这个特殊的市场当地人也叫跳蚤市场，所有摆摊卖出的都是别人已用过的旧货，听说还有许多东西是摆摊者从有钱人地区的慈善机构门口募捐桶里偷来的。但是，对我们这些穷学生来说，只要便宜、实用便可以了，根本不会去管来龙去脉。

我在那里买了一张看上去还很新的单人床，一个木制的床头柜，几个做饭炒菜的小锅子，几套碗筷，立刻，所有的日常生活必需品便都齐全了。

在往外走的时候，我突然在一幅圣母像面前停下了，圣母玛利亚那张美丽慈祥的笑脸正在对我微笑，她的怀里，是幼年的耶稣。

“快走吧，这只不过是一口带圣母像的时钟，我们都有手表，用不着的！”小申在一边催促道。

我依依不舍地跟着他们刚离开了几步，突然又转身往那个摊主飞奔去，也没有讨价还价，匆匆付了钱，抱着圣母像就往车前赶。我知道在现在的经济状况下，即便买这样一张画都是一种奢侈，但我觉得画中的圣母在对我召唤和微笑，我不能弃之而去。

回到家，我将这张带有一个小挂钟的圣母耶稣像，恭恭敬敬地挂在了我小床对面的墙上。从那天起，这张画一直跟随了我十多年，帮助我度过了来澳洲初期的艰苦生活。

当我将单人床安置好，又从后院捡来了一张别人丢弃的旧沙发放置在角落的空陷中，在床头柜上摆上了一张小天天的照片，于是，一个属于我的简单但温暖的小家就这样布置成了，我很知足！

在畔溪酒店打工的那段时间里，生活还是非常平静、正常的。每天从早上十点半出门，到晚上十一点半才到家，一周干六天，工资到手是210元澳币。虽然钱赚得并不多，但至少管吃管喝，又是固定工，所以并没想要换工，可是一个突发事件使我不得不立刻离开了饭店，另找出路。

那天周二是饭店的休息日，小申出外一天去拜访一些老朋友后，一回家就急急地叫我到房间的一角坐下，非常神秘而又严肃地说：

“出事情了！我们不能再在饭店干下去了！”

“怎么了？”我惊异地问道，一时不知该怎样反应。

“我的一个朋友，他同屋住的几个人昨天早上都被移民局抓走了。幸好他上夜班，早上回来发现后就没敢进门。但是他留在房间里的护照都被抄掉拿走了，连箱子里放着的钱也没收了。万幸的是人还是自由的，钱总是可以再赚回来的，要是被遣送回去的话就人财两空了。”小申对我描绘着。

我想象着当时移民局官员抄家时的情景，感到不寒而栗，完全没有了主意。我急切地问小申道：“那我们为什么要离开饭店呢？你的朋友不是没有被抓住吗？”刚刚安定下来，我实在是不想失去这份工作和这个新家。

“问题就在这里！他的通讯录小本子也留在箱子里被移民局拿走了，那上面有我的名字，虽然只写着 Andy 这个英文名字，但是有我们这里的电话号码（那个年代是没有手机的），我不知道移民局是否会查到这里来，要是的话就惨了！”小申有些愤愤地说，似乎在后悔不该将自己的电话留给他的朋友。

“那我们只能重新搬家了。但至少工作还可以继续做下去吧？他们又不知道你在哪里打工？”我还是对维持现状抱有一丝希望。

“你自己做决定，但我是要离开了！我本来就觉得饭店里中国人太多，他们看我们不去上课就已经在背后议论了，要是万一得罪了哪一个人，他们私下到移民局去告你一下，那就什么都完了，我可不能就这样回去，连出来时借的债都还没还清呢！回去会让朋友笑死，给家里人骂死的，这一辈子就不要做人了！”小申眼睛直直地瞪着一个角落自说自话，仿佛在说服自己。

我当然不能想像没有小申帮助的日子，因为他是我当时在澳洲屈指可数的朋友。刚到时认识的那些同学都像空气那样蒸发消失了，没有人给你留下一个电话，一个中文的全名，所有留在你记忆中的只有临时起的英文名字。我突然想到了小申在飞机上告诉我英文名字时的那番话，想必许多人都是有备而来的。

第二天一早上班前，阿忠就陪我到政府设立的“Job Center”（招工处）去找工，因为他可以读得懂英语。

“你最安全的办法是到澳洲人的工厂去打工，那里的待遇好，每周只工作五天，而且你可以享受所有规定的国定假日，每年还有带薪的四周假期。最重要的是那里中国人少，没有人会告你！”阿忠对我说。

毕竟他已在澳洲生活了十几年，能告诉我们许多留学生不知道的事情。

“可是，他们不会查到吗？要是被他们发现该怎么办？”我心里一点底都没有，想象不出那个都是澳洲人的工作环境会是什么样的。

“从现在开始你就该忘了你的中国名字！你的英文名字叫 Julia（朱丽叶），你从香港来，你的出生年月是 1958 年 4 月 16 日（比我的实际年龄整整小了四岁），你是澳洲居民，但不会说英语，这样别人问你任何问题，你就都可以不回答了！”阿忠老道地教我说，俨然是个历经艰险的过来之人。

我一个劲儿地点着头，在心里牢牢记住了阿忠对我说的话。因为在他为我填写的申请工作的表格上，那就是我的名字和所有背景。从那一天开始，朱玲这个名字消失了，我感觉自己就像在受着特别训练的地下工作人员，开始隐姓埋名的生活。

阿忠在招募工人的工厂招贴牌中一张张仔细地看着，最后挑选了一家，拿到了我的面前。

“我觉得这家工厂可能适合你，就在我们住的附近。将来如果要搬家的话，最好也是在附近，因为在电车线路上，你们以后没车的话交通也方便些。”阿忠想得真周到，我感激地点着头。

“我挑选这家工厂还有一个最重要的原因，就是他们给的工资好像是最高的，税前有320澳元，我替你心算了一下，即便交完税，你还可以每周拿到手270澳元左右，又只需工作五天！”阿忠稍稍有点得意地说，很为自己的发现感到骄傲。

“可是他们会雇用我吗？我一点工厂的经验都没有？”我不是很确定地问道。

所有阿忠描绘的美景固然是好，但我可不想让自己过早地兴奋，万一他们不要我，所有的一切便会化为绚丽的肥皂泡。

“我想应该会的。你虽不会说英语，但我看你在餐馆时干活还是很好的，适应能力也很强，我们碰碰运气吧！”阿忠一边说，一边带着我朝他的车走去。

刚才那个Job Center的工作人员已经给工厂的老板打过电话约时间，我们现在就是去工厂Interview（面试）的。

这个叫做Glotex的工厂坐落在悉尼路边一条小路的转角处。一进门就见一个不大的包装车间，几个外国工人在那里忙碌着，见我进来，立刻抬头注视着我，阿忠朝着她们询问着什么，她们朝对着门口的那个楼梯比划着，脸上都露出友好的微笑。阿忠领先往楼上走去，我赶快朝她们回了一个礼貌的笑容，也急急地跟着阿忠上了楼。

从办公室里走出一位个子高高的女子，三十多岁的样子，一头金色的短发和挺直的腰板，使她的身上显示出一种异乎寻常的高贵气质。

在路上时阿忠对我说工厂的人属于蓝领阶层，大都没受过很好的教育，所以要我做好思想准备，但是现在，面对着这个与我原来期望的工厂老板完全不是一种类型的女子时，我不禁感到惶恐起来。

“I'm Jane. What's your name？”（我是简爱，你叫什么名字？）Jane 对我友好地伸出手来，微笑地问道。

啊，学了几个月的英语课终于能用上了，因为我至少可以听懂她的问话，我立刻笑着答道：

“My name is Julia，very nice to meet you！”（我的名字叫朱丽叶，非常高兴能认识你！）

“Have you got experience for sewing？”（你有缝纫的经验吗？）她又笑着问道。

这下我可抓瞎了，根本听不懂她在问我什么。我求助地转向阿忠，他立刻接上话题说道：

“She had some sewing experience in home machine and she can make some simple clothes when she was in Hong Kong. But，she has not used industry sewing machine in Australia. However，I'm sure if you can show her how to do it，she should be learning very fast！”（她在香港家中的时候懂得做一点家用的缝纫机，但是从来没有在澳大利亚接触过工业缝纫机。不过我想你要是可以给她示范一下，教她怎样做的话，我相信她会学得非常快的）。

Jane 点了点头，走到正在工作的几个工人中间，在一台空着的机器前坐下，顺手拿起一块碎布，放在机器上，突突突地轻轻踩过，在布片上便出现了一条整齐挺直的线路。

哇——这么漂亮的针迹啊，我突然想到了儿时自己手工接缝的裤脚边那粗劣的针脚。

Jane 一定看出了我不懂英语，于是示意我注意她在缝纫机下的双脚是怎样控制的，然后又慢慢地示范我该依据哪个点可以使线踩得笔直，才这样做了两次，她便站起身来，用眼睛示意我坐下来试一下。见我坐下时紧张得咬紧了嘴唇憋住了呼吸，于是她对着阿忠小声说了句什么，便离身走回办公室去了。

“她不要我了吗？”我紧张地问道，因为我连试都还没有试过呢。

“哦，不是的，她怕在这里你会紧张，所以说让你独自试一会儿，对机器稍微有点感觉了再叫她出来。”阿忠解释说。

我心中的石头一下落地，立时感到一片温暖。

“多么善解人意的老板啊，如果真能有幸为她工作，将是我最大的福气！”我在心里对自己暗暗说道。

心里没了负担，手脚也开始灵活协调起来，我奇迹般地在那块碎布上沿着 Jane 刚才的针迹，并行踩出了两条直线，当 Jane 五分钟以后又回到我身边的时候，我已经可以比较自如地操作了。

“OK，Good！ You got the job！”（很好，你得到这份工作了）Jane 赞许地看着我踩的针迹，笑着对我说道。

“Really？ Thank you so much！ Jane.”（真的吗？太感谢你了，简爱！）她的这句话我听懂了，立刻用刚学会的几句话来直接表示我由衷的谢意！

Jane 又对阿忠简单交代了一些上班需注意的事项。走出门来，我在路上一边走，一边忍不住地笑。

啊，到澳洲已经三个多月了，今天才是我接触到真正的澳洲人的一天（除了老师以外），我的心里充满了温暖和美好的憧憬。即便我很快就会没有签证，但是如果我能在这里一直工作下去，再大的困苦我都不怕了！

就在当天，我向饭店的经理辞了职。虽然他感到非常突然，但我相信，用不了几小时，又会有大把的留学生涌来顶替我的空缺。

几天后，小申也找到了另一份工。我们三人又在离原住址不远的一条街上找到了新的住房，只不过这一次，那是一个三房一厅的房子，这样我们就可以每人有一个属于自己的房间了。住惯了上海那些陈旧拥挤的老洋房，突然搬进这样一套宽大、干净、明亮的房子里，我们都好像是进入了天堂。只有在此时，我们才开始真正感受到了外国的优越。

我真喜欢这份工作！才上班几天，我便从心底里开始爱上了这份工作，也喜欢上了我们的老板 Jane。

我开始了解到，Glotex 是一个做化妆品包的工厂，也就是那种在 Pharmacy（药房）里出售的旅行用的化妆袋。外国的女子出门，手提包里总带有这样一个小化妆袋，装着必要的化妆用品，时不时拿出来补一下妆。

这个化妆包的品牌名叫“Country Diary”（乡村日记）。听说那是 19 世纪末，在一个英国的乡村里，一位女子在她的日记里画下了些色彩柔和、图案新颖的细小花卉，那是一种白底淡绿色互相衬托和交汇的图案，有着浓郁的英国式传统风格，且又雅致淡泊得使你可以闻到田园间的花香。随同这些顺手绘下的草图一起，还有她留下的乡村日记，记载了那个特殊的年代中，一位普通英国乡村女子的生活点滴。一直到她过世以后，人们才发现了这本充满了真情、才华横溢的日记，出版后，一时风靡了整个英国。

听说我们的老板 Jane 买下了其中几个图形的版权，将它们设计成了一种面料，于是，这个有着美好故事的“Country Diary”品牌就这样诞生了。

每天，当我将这些商标缝到这些化妆包上去的时候，我总会不由自主地浮想联翩，想像着那个一百多年以前绘下此图的乡村女子，以及她那令人向往的田园生活。

Jane 真是一个聪明而又有创意的女子。每天上班时，总会见她在裁床边上独自比划着、裁剪着，然后又会坐到机器上试做、琢磨。几天后，又一个新颖款式的化妆包设计成功了！我总是偷偷地注视着她所做的每一个动作。

阿忠没有说错，我学得很快，适应环境的能力也极强，才没几个星期，我已开始能够熟练掌握多种不同功能的机器，快速地完成交给我的产量和任务了。

一个多月后，我成了厂里的“样品工”，也就是说，当 Jane 需要先做一个样板去销售，或者给其他工人做成品示范的时候，她会选用我来做好这些产品。我对此感到非常高兴和自豪，也就更加努力地学习和工作。

在这同时，我还感觉这份工作非常适合我的个性。因为我生性不是一个非常合群的人，面对国内那些错综复杂的人事关系和违背心愿的应酬，常常感到不知所措、无所适从。但是在澳洲，我突然感到生活变得如此简单而又美好，即便在物质上我们还是非常贫穷的人，但是无论你干什么工作，都依然会得到平等的对待，哪怕你是一个清洁工，也绝对不会觉得自己在人格上低人一等。

而且，在八小时的工作过程中，我无需对任何人说话，也不用对我的家庭和背景做任何解释。

“Sorry，I can’t speak English！”（对不起，我不会说英语。）

每当午休时有同事想要和我说些什么的时候，我就会这样微笑着回答她们。于是，我总是努力地听他们说话，试图学些英语，但是自己就无需再开口解释了。

但是，在我的心里，我知道用这样的方法是不可能长久的，如果将来有一天能够在澳洲待下去，语言便是第一重要的决定因素，我绝不能一辈子成为这样的文盲，我必须改变自己！

于是，我为自己制定了一个计划。

每天早上七点钟，我总是第一个到工厂，趴在缝纫机的桌面上，翻开书包里的《英语 900 句》，认真地在一张小纸上抄写下十个单词，对着书本不停地念着，使劲儿地强记着。

七点半，当大家都开始来上班的时候，我就将这张小纸条放入左面的小抽屉里，一面埋头干活，一面默默地背诵单词；记不住了，就偷偷打开抽屉瞄一眼小纸条。

后来，家里给我寄来了四册《新概念英语》和磁带。于是，我将小半导体的耳机插入耳中，在上班时反复听读着这些已抄录过的单词和课文，慢慢地，我已开始能够背诵到第三册了。

我当时给自己的目标是——“每天必须学会十个单词！”

一旦定下了目标，我就会对自己极其苛刻和严格，每天都是重复地练习。不背单词的时候，我便不断地听当地电台 1278 频道的“Talk back radio”（与听众交谈的电台）节目，努力听着电台中人们的对话，即便听不懂也反复听，一年坚持下来，对广播里的一些对话和报道，我已经能够略知一二了。

陪伴我度过每天漫长八小时体力劳动最好的伙伴还有音乐。我当时最喜爱的频道是ABC电台的Classic（世界古典音乐）一栏，在美好的音乐中，我完全沉醉在一个仅属于自己的遐想的空间，升华到了一个另外的世界，手脚虽然忙个不停，但内心却感到非常的宁静和充实。

Glotex工厂的工人其实并不多，楼上的缝纫工不过三四个人，加上一个裁剪工和楼下的三四个包装工，连老板夫妻和他们的合伙人Mark（马克）在内也一共才十几个人，完全是一个典型的小家庭作坊式工厂。

做具体工作的工人们大多是外来移民，楼下包装组的三姐妹都是土耳其人，虽然从小在这里长大，而且在我的耳里她们的英语已是非常标准，但是她们竟然都在这里做体力活，想必也有什么难言之隐。其他的还有印度人、越南人，而华人工人就只有我一个。

Jenni（杰妮）是除了老板以外唯一的一个澳洲人，一头金色的长发和一脸和善的笑容，使得我们立刻交上了朋友，知道我刚来澳洲，不懂英语，她总是耐心地复述着每一件工具的名称，教我做所有机器的程序。没有多久，我就能非常清晰地说出与工作有关联的英语单词了。

在澳洲的工厂上班，最大的感受是老板对员工的照顾，还有为我们提供的所有便利。每天早上十点钟和下午两点都各有一次喝茶休息的时间，所有的咖啡、牛奶、茶叶都免费提供，所有在这里的工人都觉得这是一件天经地义的事，但对我这个刚刚来这儿的中国工人来说，却能感受到西方国家制度对普通工人的照顾。

早上七点一刻上班，下午四点一刻下班，大家都是准时进出，几乎没有需要加班的日子，每个周二是发薪水的日子，打开那个黄色的小纸袋，上一周的工时、小时工资和自动扣掉代缴给政府的税钱，都清清楚楚地列在纸上。我每周的工资税前是 320 澳元，税后是 240 澳元，每周工作三十八小时。这与我在中国当时每月 90 元人民币的收入相比真是天上人间了！

因为无需再去上学，正常的三十八小时工作使我突然有了许多空余的时间，我不想使其白白浪费掉，于是便开始想办法找第二份工作。

刚开始的时候，我每个周末到老板家为她做清洁工，晚上为她临时看管孩子，但即便这样，我每天下班后还是有许多多余的时间，我需要用来打工多赚钱。

在工厂工作了几个月以后，我逐渐发现了一个规律，那便是每天下午三点钟，总会有一个看上去像是个土耳其人的男子走上楼来，将裁床准备好的几大筐裁片和配色的拉链、滚条拿回家去。第二天同样时候，又会将做完的成品运回楼下的包装间里，再到楼上取新的货。就这样每天周而复始，一成不变。问了老工人杰妮才悟到，这是一位外发工，他是将活拿回家去做，这样他的妻子就可以一边照顾孩子，一边在家干活了。

这个新发现一下子给了我极大的启示，因为我现在已是一名非常熟练的工人，在技术上也是绝对领先的，如果我能在下班后将活接回家去做，这样可以既不用再另找工作，冒着被人发现的危险，又可以增加收入，自由控制时间。

当我连手带脚比划着对 Jane 表达了我的愿望后，没想到她立刻就同意了。我家里没有机器，她便从工厂里借了两台给我拿回家用。为了解决我没车送货的问题，Jane 的丈夫 David（大卫）每隔几天便为我接送一次。

于是，每天一下班，我就赶紧将要做的晚饭和明天的饭菜准备好，才晚上六点钟，我已吃完晚饭坐到机器上工作了，一直干到晚上十点钟洗澡上床，周六和周日也都是全天工作，就这样，我的收入几乎增加了一倍。虽然高工资等于高税收，但是总也比没有的好，所以，在以后的日子里，我所有的生活日程表几乎都是一成不变，每天都是在重复着昨天和过去。

时间久了，老板 Jane 总愿意到我的座位前和我聊上几句，尤其是中午的休息时间，但我却一直不太敢接话，即便我已开始明白她的意思。尤其是她经常会提到香港，说那是她最喜欢的城市之一，她对那里很熟悉。可是因为我是个“假香港人”，根本没有到过香港，所以只能用听不懂来掩饰自己的无知。

可是，后来想来，1988 年的香港还是一个英属殖民地，英语其实是大多数市民的第二语言，而我这个冒牌的香港人却一直说一句英语都听不懂，实在是不能自圆其说的。

那几年里，我几乎每天都生活在恐惧之中，深恐被人发现了我的身份，我甚至找好了危机时逃跑的道路。即便是在工作的每一分钟，我都会不断地注意着迎面的楼梯口，时刻准备着，如果万一移民局的官员来找我，我就可以从早已观察好的后楼梯逃出去。

好在 1988 年时的澳大利亚，还没有实行统一的税号制度，雇主如果没有特别的怀疑，也没有要求我出示过合法的护照证据。再加上那个年代也没有电脑系统，所以我这个签证早已过期的黑民，便这样悄悄地潜伏在 Brunswick 区的小小工厂里，隐姓埋名，甚至重造了自己的出生年月。

在每天辛勤努力工作的同时，在做着一个外来者在这个美好国家中唯一愿做的美梦——希望有一天，国家会给我们大赦，我们就可以永远生活在这个国家里，用自己的劳动，给自己，也给自己的孩子，去创造一个全新的未来，也为这个年轻友善的国家，作出自己的贡献。

但是，我依然是个延期滞留的非法黑民，我对此感到非常羞愧和不安，我别无选择！

第五章

肖明到澳洲——再次的分离

（1988年8月26日）

转眼已是1988年的3月，我到澳洲六个月了。在这期间，我又搬了几次家，在市中心的邮局里，租了个小小的信箱，每隔几天去取一下信件，而所有的来信都只需一个G.P.O BOX的号码，我彻底从熟悉的人群中消失了，只维持几个希望保持的朋友。

我开始越来越想家，想念我亲爱的爸爸，想念我的妹妹们。当然，我最最思念的便是我的宝贝儿子小天天，想象着他那没有妈妈在身边疼爱他的生活，我的心碎了。他还太小，没有耐心听电话，每次刚拿起电话叫一声“妈妈”，便又跑开去玩了。

肖明的爸爸和妈妈真是世界上最好的爷爷奶奶，每一周都会给我详尽报告和描述小天天的成长细节。

“小天天长高长胖了，你听了一定会很高兴吧。现在会唱很多儿歌，还会自编自讲故事。英语单词也是教他几遍就会了。现在唯一的缺点就是什么都要夸他好或第一名，讲别人一句好话，仿佛就是意味着讲他不好，立刻就会哭，眼泪流个不停，有点像‘碰哭精’（上海俗语），我们说他没有一点男子汉的样子。前天洗手，我要帮他，怕他湿了棉袄袖子，但他坚持要自己动手，还一面大叫，‘侬帮帮忙好伐！不要拉呀！’，弄得我又好气又好笑！……”奶奶这些娓娓道来，充满细节的书信，每一次都是密密麻麻地爬满了四五页，给我孤苦的生活带来了很多家的温暖。

我每周总是打一次长途电话回家，尽管那时候我住的地方没装电话，而 1988 年的澳洲是没有电脑也没有手机的，唯一可以让我打长途的地方便是街上的公共电话亭。我每周给自己的长途电话费预算是 10 澳元，换成无数个五角的硬币，一边说着话，一边往里投着钱。偶尔一两次，投币孔满了，既无法继续再塞进硬币，电话也不中断，于是，就好像是中了个彩票的头奖，把着电话说啊笑啊，让这束细细的电话线，维系住我与家中和过去生活的全部。

肖明的学费早就交上去了，所有的申请手续也都已经办妥，现在，唯一可做的事情便是等待，等待澳洲使馆给他签证。

可是，他突然生病了，得了急性流行性肝炎。我担心得坐卧不安，即便心急火燎，也知远水救不了近火，只能自己一人干着急。

星期六早晨，赶快奔向电话亭，即便不是平时约好的打电话时间，这笔费用也不在自己极端苛刻的预算之内，但是现在他有病，一切都已无所谓了。我急切地拨响了通往上海真如西村家中的电话。

“喂……？”电话的那一头传来了肖明睡意朦胧的声音。

“是我呀，我是玲玲！你好些了吗？”我关切地问道。

“啊呀，你怎么这么早打电话来？现在这里才早上六点钟呢！”肖明似乎一下子从睡梦中惊醒了，声音变得清晰起来。

“我担心你的病，怕你一个人在家没人照顾。昨晚一夜都没睡好，所以好不容易熬到了你们的早上六点，便迫不及待地打过来了。对不起，把你吵醒了。”我解释着。

“没事！”他只是简短地回答了一句，没有再接话。

一阵突如其来的沉默。

他没有像平时那样说他想念我，也没有多说一句关于儿子的话。

我突然敏感到有些什么不对头。他不愿意多说话，是他病了没力气多说呢，还是他的身边有人他不能说。

“你身边有人吗？”对他，我永远是这样的直率。我需要知道！

“是的，于芬来照顾我了。”他的声音有些迟疑，但还是决定不对我说谎。

照顾？清晨六点在我家？想必是彻夜不归。

“睡在我的床上吗？”我想象着此刻正躺在他身边的那个女人，不由感到一阵恶心。

我挂上了电话，独自拖着沉重的步子往家走去。

我突然感到非常非常的孤独，仿佛又被重新推入了无望的深渊。我也后悔，为自己的幼稚，也为今早这个可悲的电话。如果我没有打这个电话，一切都还与过去一样。我在这里工作，虽然每周工作77个小时（每天11个小时，包括周六、周日），为他付学费，为儿子寄生活费，为自己还债。

我很累，但我一点都不觉得苦，因为我的心里有梦，有希望。但是今天早上，这个自己编织的梦又一次被砸得粉碎。

我见过于芬，他们曾在摄制组一起工作过。临离开上海前，肖明约我在江苏路上新开的第一家小咖啡店“小木屋”里和于芬见面，说是她要询问一下关于澳洲签证的事宜。

她很年轻，瘦高的个子，穿着上是我永远学不会的那种上海时尚，据说她是新兴的华亭路小市场上的常客。她的身上还有着那种上海女人特有的娇嗔，虽然与我第一次见面，言语动作中丝毫也没有掩饰她对肖明的衷情。我觉得自己处在一个非常奇怪的地位，那时的我，心已如止水，没有嫉妒，也无须去争辩，只想远走高飞，离开这使人痛心的一切。

但是后来，在澳洲，肖明那么多的信，那么长的思念，那么让人深信的海誓山盟，那么剪不断理还乱的情意，当然，最最重要的还是我们共同的宝贝儿子的前途和未来。于是，我竟然又开始编织着一个有着他的共同的梦，却忘记了那些每天环绕着他的女性的诱惑，他那一颗永远不会安宁的心。

其实，我是不应该生气的，他从来没有改变过，他永远是那样一个需要年轻的女孩仰望崇拜的人，而我，已经经历了太多沧桑，不懂撒娇，也不愿再去玩这种无谓的感情游戏，是我不应该重织这个团圆的梦。我真傻！

如果，我早几个月打了这个电话，也许，我会早一些从梦中惊醒。也许我就无须再去负上替他付学费的这笔沉重的债？也许我就不会选择牺牲自己、保全他而黑掉自己这条路？也许我会想办法找个人嫁出去，即便只是为了拿到一个身份？也许……也许……

唉，没有什么也许了！一切都已成为现实，一切都已成为过去，我唯一能做的便是忘记这一切，继续往前走完我已迈出的路！

4月16日是我的生日，我34周岁了！真实的姓名已由英文名字来替代，出生的年份也已改掉，唯有我的生日，这个从出生那天就充满了悲苦，每一年、每一步都是艰辛的我的生日，我却不愿意改掉！人总得抓住些属于自己的东西！

这是我到了澳大利亚以后的第一个生日。早晨起来，独自面对着镜前的我，憔悴而又消瘦。环顾屋内，家徒四壁，除了角落里那个箱子和临时搭起的架子上那几件换洗衣服外，在物质上我似乎一无所有。镜前的架子上，放着两张生日贺卡，一张来自远在上海的爸爸，另一张来自肖明全家，我微笑着亲吻了一下卡片上亲人们写下的贺词，似乎这样稍稍拉近了一些我与他们的距离。

走出门去，清晨的 Flaminton 路上还很安静，今早刚下过大雨，路上还有着许多湿漉漉的水迹。我戴上耳机，让莫扎特辉煌的音乐声伴着我，沿着人行道快步走着，上班的时间是早上七点半。

突然，一辆车从我边上疾驶而过，路上积淤的污水在轮胎的挤压下，刹那间溅出万道水柱，把我全身上下都溅满了黑灰色的污水和泥点。我不敢置信地目送着扬长而去的奔驰车，不知那位驾车者是全然不知情还是根本不在乎？我咬着牙，对着那辆早已消失的奔驰车愤愤地发誓道：“我发誓！有一天，我一定要成为一个驾驶着奔驰车的人！但是我决不会成为你这样一种毫不顾及他人的自私的人！”

虽然我非常清楚这件事和任何车的品牌没有任何关系，关键的是驾车人的品质，但是在那一无所有的年代里，希望成功是惟一可支撑我的梦，车的品牌便是成功的象征。

我走进工厂，杰妮惊异地看着浑身上下又湿又脏的我，赶紧跑来帮助我清洗。我苦笑着悄悄地告诉了她今天是我的生日，自嘲着这份从天而降的“生日礼物”，杰妮一面摇着头，一面走上前来给了我一个拥抱，在我的耳边轻轻地说“Happy Birthday”!（生日快乐!）我对她报以一个感激的微笑，心里顿时充满了温暖。

两点半是喝下午茶的时候，我们关掉机器，往休息室走去。与往常一样，我总是慢悠悠地走在最后一个。一进门，我不禁惊呆了。在饭桌的中央，放着一只硕大的奶油蛋糕，上面插着一些色彩绚丽的小蜡烛。我们的老板简爱和她的先生大卫微笑着站在桌旁，见我进来，立刻上前分别拥抱了一下我，然后将一张生日贺卡递到我的手里，我打开一看，在“生日快乐”的边上，密密麻麻地填满了笔迹不一的签名和祝贺词。虽然我还读不懂这些英文贺词，但是老板和每一个同事员工的签名我还是能看得懂的，我的心里一阵发热，眼泪顺着我的双颊止不住地往下流，我不知道该怎样来表达自己的谢意！

杰妮在蛋糕上点燃了蜡烛，大家一起唱起了“Happy Birthday”的歌曲，也许在座的人都不会想到，这是我有生以来第一次有人为我点燃生日蛋糕，也是第一次对我唱生日赞歌。这个到澳大利亚以后的第一个生日，就这样深深地刻在了我的记忆中！

1988 年 8 月 26 日，肖明终于到达了墨尔本，我也为他的到来再一次搬了家，在一个叫 Coburg 地区找了个小屋住下。房子很小，客厅里还要挤下我的缝纫机，很难转过身来。

肖明开始了正常的学习生活，每天学校家里来回跑，但是，不再需要为了生存而打工受累，因为有我在那里全职工作，承担所有的开支费用。

我很累，脸上明显有力不从心的憔悴，从精神上延伸到体力上，常常感到疲惫不堪。

肖明的爸爸妈妈也不断写信来，除了时时向我们告知儿子的近况以外，总是告诫要让肖明的签证保持有效，这样至少我们对将来还会有一线希望。

肖明除了正常的上课学习以外，无需像我刚来时那样为了生存拼命打工，手上反而多出了大把的时间。

到澳洲来一年了，我从来没有舍得给自己买过一件新衣服，每天穿的还是上海来时的旧衣，已被磨洗得不成样子。工作时，身上更是沾满了断线头和机油，因为早出晚归，整天想的就是工作，希望多做一分钟便可以多赚一点钱，可以早日将债还完，所以，自己的仪表外观便顾不上了。

那天刚下班回家，立刻又冲进厨房，要为肖明和我准备晚饭和第二天的中饭。两个人生活毕竟不像自己一个人的时候，可以马马虎虎，饭还是一定要吃好的。

突然，感觉到肖明在凝视着我，挑剔的眼光立时令我感到不自在起来。

“怎么啦？有什么不对吗？”我不自信地问道。

“你怎么穿得这样邋遢，就好像是一个乡村的农妇！”肖明直率地说道。“我完全找不到过去的你了！”

我的鼻子一酸，眼泪一下子涌了出来，我转过头去，强忍着内心的委屈，不让自己大声地哭出来。

如果我愿意，这一年来拼命打工赚下的钱足够我买上几大箱衣服，但是我没有！

如果我自私，我早就可以选择另一条路，再不用这样辛苦地打工，将自己的未来寄托在一个完全的无望中。但是我没有！

如果我只顾自己的容貌，我赚下的钱可以买得起最高级的化妆品，但是我觉得家人的需要远比自己要来的重要！所以我没有！

在这一年的打工期里，我为儿子每月寄去生活费；奶奶说孩子要学钢琴，于是我又为他买了钢琴；我为肖明付清了所有的学费和机票钱，我又还清了多民哥哥为我垫付的学费，我也还清了香港钟叔叔为我垫付的所有生活费。除此之外，我还稍稍有了一些积蓄，除了每天的生活费和房租以外，我可以稍稍喘一口气了，可是，我现在意识到了这样打工的代价，作为一个女人，一个曾经是那样爱美、引人注目的女人，现在已经没有了任何可令自己的骄傲之处！

所有以上的这一切，在我的心里不断地重复着，狂呼着，但是我没有说任何话。

作为一个妻子，我原是希望他可以看到我的内心，懂得我的牺牲，了解我的苦衷，最重要的是，可以用他的臂膀环绕住我，轻轻地给与我一个理解的吻，一点爱的信息。但是他没有！这不应该是奇怪的，我们早就不应该互相指望什么，生活的重负和单调的重复，早已将他来时的那一丁点儿新鲜和喜悦都一扫而空。

深夜，我正沉浸于睡梦中，突然，一阵急促的电话铃声把我惊醒，黑暗中，我睡眼朦胧地扑向厨房桌上的电话，心脏怦怦地跳个不停。

“是小天天出什么事了吗？是爸爸身体不好了吗？”无数的假设和不良预兆都在那一瞬间掠过我的脑海，谁会在半夜三更给我打电话呢？一定是有什么不寻常的事发生了！

“Hello，是谁啊？”我问道。

一阵国际长途电话的嘟嘟信号声，但是没有人应话。

电话里一片沉默。

“请说话啊，你找谁？”我开始意识到这电话不是来自上海的家中，心里的一块石头落地。

对方依然没有说话。但是透过电话线路的嗡嗡声，我可以感觉到电话线那一头的人并没有挂上电话，只是拒不说话。于是，我才顿时悟到，这个电话并不是找我的。

我默默地将电话递给了站在我身后的肖明，扭头往睡房里走去。黑暗中，呆呆地盯着天花板，耳边传来了肖明压低嗓门的声音。

“我叫你不要晚上打电话来，你为什么不听？你知道现在这里是几点钟？是半夜啊！明天我们还要上班、上课的！”肖明的声音有些恼怒。

对方显然在说些什么，肖明一声不吭地听着，静寂中，可以听得出话筒里传来的带着呜咽的女声，在黑暗的房间上空，像个幽灵似的盘旋着，重重地压着我的胸脯，把我憋得透不过气来。

电话的交流还在继续着，肖明表现得越来越烦躁，越来越无可奈何。于是我忍无可忍，翻身从床上跃起，一个箭步冲进厨房，从肖明手里一把抢过电话，对着话筒大声叫道：

“于芬，我知道是你！请不要再打电话到我们家里来了！你们的过去我不管，但是现在肖明已经在澳洲了，我是他的妻子，请你至少尊重这个事实，不要再来纠缠他了！”

我的话语中充满了愤怒，所有在过去一年中积郁下来的委屈在这一刻喷发成了一座烈烈的火山。

我刚想挂上电话，电话里传来了于芬那慢悠悠的，但同时又是极其冷酷而又无情的声音。

“你不要以为肖明还爱你，他早就对我说过不再爱你了！他之所以还和你在一起，全是因为你们的儿子。如果没有儿子，他早就离开你了！”

还没等我从惊异中缓过劲儿来，她又接着说道：“我的签证已经下来了，下个星期就要到悉尼了，如果你是个明智的人，就应该放他自由！……”

后面于芬所有说的话我都没有再听进去，我放下电话，捂住正在发出一阵阵绞痛的心脏，跌跌撞撞地摸回睡房，一头扎进床里，闭着眼睛，心如刀绞，万念俱灰！

第二天早上我们各自去上班、上课，都不再提昨晚发生过的事，就好像那只是一场噩梦。但是我们之间的关系，几乎降温到了冰点。

几个星期以后，我从邮箱里取出了这一期的电话账单，在过去三个月长途电话这一栏，密密麻麻地列满了通往香港和上海的电话记录。只是在过去的几个星期里，国际长途改为了通往悉尼的国内长途，通话的时间大都是下午三点半；肖明下课回家后，我还没有下班前。

一切都已如纸一样的雪白无疑，我们大家都不要再自欺欺人，佯装一切还有修复的可能了！

“你走吧，到悉尼去和她一起生活吧！”我对肖明说，心如止水。

“可是，玲子，我还是爱你的啊，我也爱我们的儿子！我不知道该怎么办?”肖明永远是生活在这样感情的交织中，无法定夺。

“我相信你说的都是真的！但是我已厌倦了这种与别人争你的生活，我也不希望在你爱上了几百个其他的女人之后，再回来对我说我是你的最爱，给我一点维持自尊的空间吧，我们夫妻一场，不应再互相折磨，生活已经非常困难，该互相帮助才是，你说呢?”

我觉得自己又开始在扮演一个母亲和姐姐的角色。唉，我也不是圣人，彼此都有着难言的苦衷，分开了，也许大家都解脱了，就不要再互相责怪了。

第二天，我将自己银行里仅剩下的3200澳元取出给了肖明。“拿着吧，你们都刚到悉尼，还没工作，需要这笔钱的。”

“可你自己呢？你已经为我付出了那么多，我怎么还可以再拿你的钱？”肖明犹豫着，不敢接受。

“拿着吧，我至少还有一份工作，每周有固定收入，再怎么样也要比你好一些。”我强作欢笑，硬将钱塞到了肖明的手里。

1988年11月中旬，肖明离开了墨尔本，踏上了去悉尼的飞机。

几个星期后，爸爸从上海写来了长信，说是我的大妹妹阿萍也想来澳洲学习，让我帮助报名，同时先为她代垫学费，等她将来打工出来再还我。想到多民哥哥当年对我义不容辞的帮助，现在是自己从小抱大的妹妹，当然更是有义不容辞的责任。

再说，肖明走了，要是妹妹能和我一起共同生活，便也不会再感到孤独了，我立刻为她办理了一切手续。刚给肖明拿走了所有的钱，于是便先借了钱来替妹妹垫付学费。

1989年，我的大妹妹也来到了墨尔本，我们共同住在Coburg的一个两房一厅的Flat里，她也开始学着做缝纫机。

第六章

在澳洲的四年临居
终于与儿子在澳洲团聚

（1989 年 6 月 4 日—1993 年 11 月 1 日）

1989 年到来的时候，在澳洲的中国留学生已经达到了两万多人。据我所知，几乎有 50% 的人都已签证过期，不得不转入地下，选择拼命打工多赚钱，我就是其中的一个。

至于对在澳洲未来的前途，大家都生活在无望之中，期盼着有一天，一个突然的奇迹会发生，能让我们所有的人都留下来。这件事情居然真的发生了。

6 月 6 日，当时澳洲执政的工党政府霍克总理，在电视上宣布将给予在澳洲境内的中国人士临时签证，不管是在校的学生还是已经签证过期的非法滞留人员，全部可延长到次年 7 月 31 日。

这是一个突如其来的消息，我们这些“黑民”对此既欣喜又惭愧。高兴的是几年的躲躲藏藏、暗不见天日的生活终于可以结束，从此以后又可以重建生活的希望。惭愧的是，仿佛自己的幸福是建立在他人的痛苦之上的。但是，不管怎么样，我们都非常感激澳洲政府的这一决定。

6月6日，霍克总理将我们的签证延续到了1990年的7月31日，就这样，我们有了整整一年的有效签证，再也不需要低头做人，也不会再时时害怕被移民局抓走了。

12月9日，政府再一次承诺将我们的签证延续到1991年1月31日。但条件是我们这些签证已过期者，须以难民的身份来获得这种签证。当时这种情况的学生大概有一万多人，占所有“六四”以前来的人中的50%左右。

仿佛在一夜之间，各种移民代理公司如雨后春笋般诞生了，当时比较权威的中文报纸《星岛日报》和《澳洲新报》，登满了各种各样的移民代理广告，那是当时最主要的寻找信息的来源。

由于大多数中国人的英语水准都很差，对于提出申请所需要填写的表格一筹莫展，于是，稍稍有些英语基础的人便在这时大发移民财了。其实，大多数申请的人心里都非常清楚，这些移民代理替你填下的申请理由，完全都是站不住脚的。但是因为大家都这样做，否则你就会失去这个机会，谎话说上了千遍也就自然成真了。

最终，在1990年的6月9日，霍克总理在电视上宣布了政府对中国学生的新政策，6月27日给了我们这些“六四”之前来澳的学生四年的临时居留签证，可自由自在地待到1994年6月30日为止。

当然，澳洲政府所有做出的决定，都与悉尼和墨尔本两地不断向政府请愿，以及各个华人社团的领导人物向政府的游说是分不开的。

我很惭愧，也许是性格决定我将永远是个旁观者，无论是在轰轰烈烈的“文革”中，还是在这场震惊中外的运动中，我只是如一盘散沙般的普通中国人中的一员，但我却同时又是一个随波逐流的跟随者和受益者，幸运地赶上了这个时机，拿到了签证。

隐隐之中，我为澳洲政府和澳洲人民的善良慷慨而深表感激，同时，也为自己最终选择留在澳洲度过我的后半生而感到由衷的内疚，对生我养我的祖国，这种心情是极其真实，同时又是复杂矛盾的。

但不管怎么样，四年临时居留的签证给了我们这批留澳学生极大的自由。最最可喜的消息是，澳洲政府允许我们在国内的家属到澳洲来与我们团聚了！这也就意味着，我苦苦思念了四年的宝贝儿子小天天，即将能够到我身边来了！我的梦想终于成了仅咫尺之遥的现实！

在儿子到达澳洲之前，肖明对我说他要回来，他要回到我的身边。

“我爱我们的儿子，我也依然爱你！我要回家来！”他对我说！

从 1988 年底肖明离开我去悉尼到今天，已经整整两年半过去了，在这期间，我们从没有中断过联系。我知道他混得很不好，因为语言不通，找不到工作，只能在华人的杂货店里当沉重的搬运工。

他身体不好，情绪低落，脆弱又善感，虽然与于芬生活在一起，心却一直在墨尔本和悉尼之间游荡。我不断在经济上资助他，他也时不时回墨尔本几天，但每一次，总会被突发的事件唤回悉尼。

“于芬撞车啦，你要赶快回来！”悉尼的朋友给他打来电话，那是我在替他分期付款的车。

“于芬一个人坐在公园的草地上大哭，说是你不回来她就自杀！”

哎，又是这样大同小异的故事。为什么在这个世界上，不管是属于我的还是我希望得到的男人，别的女人都自认比我有更多的权利？

也许，我也应该学会威胁？学会撒娇？男人总觉得唯有这样的女人才是需要呵护、照顾和永久付出的，而我这种默默忍受，只懂付出的女人是无需怜惜顾及的。哎，男人啊男人，为什么偌大的世界就没有一个懂我的男人！

1991 年底圣诞前的一个晚上，我突然在睡梦中被电话铃声惊醒，朦胧中拿起电话，里面传来了小天天遥远而清晰的声音。

“妈妈，我的签证下来了，我可以到澳大利亚来了！”

我狠狠地捏了自己一把，才知道不是在梦中。接着，孩子的爷爷奶奶在那里的叮咛和嘱咐我已全然没听进去，只觉得眼泪不知不觉中爬满了面颊。

我依然不敢相信这是真的。尽管四年来日思夜盼着这一天已近乎麻木，总觉得日复一日的期待永远也不会有一个尽头。

已经不愿再去回忆曾经是怎样在思念中哭泣了，只记得春去秋来、年复一年，许多失去了的，过去了的，悲哀过的，欢乐过的，都随着时间的流逝逐渐隐去了、淡漠了，惟有小天天那可爱的圆脸和黑黑的眼睛，实实在在地在我的心里占据了一个窝。即便是在最孤苦无援的时候，只要想到他的存在和他的呼唤，我便不再感到孤独。他是我的儿子，他是我不可分割的一部分！

寄去的衣服常常不是短了就是小了，精心为他挑选的礼物却常常不合他意，我渐渐地感到了时间造成的这种隔阂与距离在一步步扩展。最明显的是过去几年的电话中，只有“妈妈！”这一声依然热情如旧以外，接下来往往是不知所措的沉默。经常在我万般的恳求之下，才会恭恭敬敬地冒出一句：“妈妈你身体好吗？工作忙吗？”

唉，花了几十元的长途电话费，换来的常常是这样的几句话。可是现在，这所有的一切都已成为了过去，我亲爱的儿子真的要来了！感谢上帝我们母子终于可以团聚了！

为了迎接儿子的到来，我离开了外来移民群居的西区，在墨尔本市中心以东的高尚住宅区 Kew 租了一套房子。每周 125 元的房租独自承担，这在当年已是非常沉重的负担了。但是为了儿子，我毫不后悔，我想让他生活在一个好的生活环境，接触真正的澳洲人的孩子。据说 Kew 是一个专业知识分子居多的地区，许多的居民都是从事医生或律师等职业。

我们的新家坐落在一条安静的小街上，是一个只有两户相连的 Unit（独立平房），两室一厅的房子宽大而又明亮。

在过去的四年里，除了给自己买了一辆三菱牌二手车是最大的奢侈以外，我的生活所需几乎是贫寒到了最简单的地步。

现在儿子要来了，我要给他一个正常、安全的家。我为这个新家的客厅添置了沙发，买了成套的餐桌和椅子，还给我亲爱的儿子布置了一间温馨的睡房。

我选择这条小街是非常有用意的。走出家门往右拐几十步，便是一个基督教堂，紧挨着教堂的是一个教会小学，马路的对面还有一个公立小学。虽然公立小学是免费的，但我还是给儿子提前注册报名了教会办的小学。

1991年11月中，肖明在儿子到来的前一天也赶到了墨尔本，大包小包地带回了许多衣物。用他的话说，他是永久地真正地“回家了”!

早上赶往机场前，肖明将他亲手制作的彩色横幅挂在我们的墙上“欢迎宝贝儿子到家!”

每一个字都包含着他对儿子的思念和爱心，我暗暗流泪了。这几年的生活都太苦了，无论是对他还是我自己，好在这一切都将成为过去，儿子的到来将给我们的家庭带来一个新的生机。我的心里再次充满了希望的激情。

墨尔本机场的候机厅里人头簇拥，涌满了来接机的黑发中国人，熟悉亲切的上海话和北京话在我的耳边不断掠过，就好像是又重回到了家乡。

我和肖明趴在栏杆前，急切地注视着那自动开闭的海关出口大门。突然，我看见儿子出来了，尽管四年半没见他，猛一见感觉他长高了许多，但是他那张纯真红润的脸依然如故，就像我在睡梦中见过千百次的一模一样。

“天天……!”我和肖明同时扑向儿子，肖明腿长，第一个冲到儿子面前，只见他将儿子紧紧拥抱到了胸前，激动的泪水哗哗地直往下流，我立刻举起了照相机，记录下了这永久珍贵的一幕。

轮到我抱住儿子的时候，没想到他的第一句话竟是：“妈妈，你为什么把头发剪了？我喜欢你长头发的样子!”

呵，真不敢相信年幼的儿子竟然记得我的发型。四年半前我离开他的时候，留着直直的长发，可是现在为了方便，我将头发剪得短短的。可他那时才四岁啊，有谁能够相信孩子的记忆!

“妈妈，这位阿婆在飞机上坐在我的边上，是她照顾我的。谢谢你，阿婆！”儿子转身说道。

这时我才注意到儿子的身边是一位年长的老人，显然是来澳洲与子女团聚的母亲。我们赶紧对她致谢！

“不用谢的啦，你们有这样一位懂事听话的好儿子，真是福气。这样才八岁的孩子独自一人漂洋过海也真不是一件容易的事，现在能够将他安全交到你们手里，我也就放心了！”阿婆和善地说道。世界上真是充满了善良的好心人。

小天天刚到澳洲的那几天是充满了欢愉和温暖的，他尽情地享受着父母给予他的无尽的宠爱和温情，我们对儿子也是搂不尽，吻不够，恨不得能将过去四年多失去的思念和爱，全部在这几天里偿还给他！

可是，我们还没从喜悦的气氛中清醒过来，又一片阴云降落到了我们的家中。于芬的哥哥在德国学习，出车祸死了。于芬哭得死去活来，肖明接到电话后，又开始徘徊在矛盾之中……

他终于走了，在那个闷热而阴沉的黄昏。

“爸爸到农场去摘葡萄，几天就回来。”他亲了亲儿子那疑惑的眼睛，转过身来又搂住了在一旁发愣的我。

我没有再哭！

这四年来我们分了又合，合了又分，似乎从来就没有不爱过，又似乎不知道我们之间是否曾有过爱？只是泪已渐渐凝固，变成了石头，封住了心的大门。

回首望去，在那段本不应该开始的婚姻里，我们彼此都已尽了自己的心和力。我不能怪他，我也永远不会责难他，对我，他是有恩的。

也许因为我一直心怀愧疚和试图感恩，总是希望尽可能付出，以此弥补感情上无法企及的空白，我只允许自己是靠太阳发光的月亮，总是以他的一切利益为首，生怕自己不是个称职的妻子、母亲或媳妇。渐渐的，我完全失去了自我，再也找不到自己的生存目标和方向。

记得我们的朋友汪天云早年曾经对我说过一句话。“如果你连自己都找不到了，别人怎么还能找到你呢？”这句话震动了我近乎麻木的内心。

我知道这一次将是我们之间永远的分离，心里突然感到一阵释然。没有爱情的婚姻就像一片干枯的河床，而我是一条海豚，我渴望蔚蓝浩瀚的大海。

我知道，从这一刻起，我面对的将不只是孤独，我还将面对一种心之企求，永远企求一种只属于彼此的爱，直到生命的终止！

上帝知我！

第七章

儿子与我在澳洲

（1991 年—1992 年）

小天天与我在一起的生活是简单而又有规律的，我的心里充满了满足和幸福感，但是对于一个八岁的孩子来说，要一下子适应国外天壤之别的生活环境，真不是一件容易的事。

在过去的四年半里，小天天一直在爷爷奶奶和外公外婆的宠爱下生活，虽然他已八岁，但在上海时每顿饭都还是由小保姆一口一口喂着吃的，而他，只顾张嘴和看电视。

另外，奶奶也是更不允许他自己穿马路，或者离开大人的视线，生活中的所有一切都是由他人来为他料理。

当然，一到澳洲，我就立刻要求他自己学会做生活中的一些小事；自己吃饭、自己叠被、自己洗澡和刷牙，还要帮着我去将垃圾袋倒掉。

他和邻居的孩子在后院一起玩篮球，跌倒了大声哭泣，我将他拉起，用碘酒给他的伤口消了一下毒，看着他的眼睛认真地说道：

“我们家的男孩子是不应该一碰就哭的，男子汉不可以轻易流泪！”

我一直喜欢日本电影中高仓健那样坚强沉着的男子汉，我要将我的儿子培养成一个经得起挫折的人！

小天天的到来正好是澳洲圣诞节的前夕，我带着他跑遍了墨尔本的动物园和大街小巷。记得他最爱的是澳洲可爱的袋鼠，可一点都不能忍受澳洲“Chips”（土豆条）的味道，我一转身，他全部拿来喂了身边饥饿的鸵鸟。到底还是一个只愿意吃中餐的炎黄子孙。

我答应给他买一件圣诞礼物。因为只能买一件，他非常用心地挑着，在百货公司琳琅满目的玩具柜台前徘徊不定。最终，他在一个游戏机的面前站下了，充满期望地抬头看着我。我定睛一看，这是一个叫“Nintendo”（任天堂）的游戏机，听说当时在国内是最风靡的一种游戏机。我看了一下外壳上贴的标价，不禁暗暗抽了一口气。

可是，面对着孩子期望的眼睛，我又实在不忍让他失望，于是，我将他拉到我的面前，对着他的眼睛非常严肃地说：“天天，妈妈想和你认真地谈一谈。从今天开始，我希望自己既是你的妈妈，又是你的朋友，对家里的所有事情，我都会尽可能和你商量，也让你了解事情的真相。”

小天天似懂非懂地看着我，眼里露出了疑惑的神情。我又赶紧接着说道：“在上海，你生活在一个条件还是很优裕的环境里，爷爷奶奶宠爱你，你已习惯了要什么便有什么。但是现在，你到了澳洲，妈妈目前还只是一个普通的工人，我的收入是极其有限的，因此不可能满足你的所有要求。这个游戏机是你来澳后的第一个要求，妈妈会为你买。但是从今天开始，任何时候，在你要提出要求之前，你都要好好地想一想，这个要求是不是有必要的？你是不是非常需要这个东西？只要是必要的，妈妈都会尽可能满足你，但是，你一定要仔细想过后才能开口！”

小天天的眼里噙着泪水，不住地点着头。我不知道自己是否太过于严厉，也不知他幼小的心灵是否能够承受和理解我说话的含义。

从那一天以后，一直到他长大成人，我的儿子从来没有再对我提出过一次要求。他也永远记住了我说的话，珍惜生活中得到的每一件礼物。我为他感到自豪和骄傲！

为了能够更好地照顾儿子，我忍痛辞掉了在工厂的全职工，改为将活接回家里来做。每天早上，将孩子送去学校，我便会坐到机器前工作。中间除了喝点水以外，几乎马不停蹄地工作到孩子放学。一面准备晚饭，一面又接着干活。

见我这样拼命地踩缝纫机，小天天心疼得围着我一个劲儿地转，非要帮我做点什么不可。他操起硕大的工业剪刀，帮我剪拉链，几百根又长又硬的拉链呀，他的小手上起了大大的血泡，我心疼地搂着他一个劲儿地掉眼泪。

“我不疼，真的，不骗你！”小天天反过来安慰我。“妈妈，你过去在办公室工作，为什么现在要干缝纫机呢？”他问道。

“因为妈妈的英语不好，找不到其他的工作。所以你一定要努力学习，将来长大了才有出息！”

“我会的！过去在上海，我一直希望长大了可以成为一名像费翔那样的歌星，但是现在到了澳洲，我才知道生活很艰难，我会好好读书，将来要当一个大律师，挣很多钱养活妈妈，妈妈就不需要这样辛苦地工作了！”

唉，孩子的心灵纯净得就像一股清泉，深得又像一片大海，极难想象其间有多大的容量。

没有了 Full Time 的工作，收入一下少了许多，靠我在家工作的这点每周 300 多元的收入，是很难维持我们两人的生活的。

肖明在悉尼的工作还是一直不稳定，我从来没有指望过他一分钱来共同承担儿子的费用。

有好心人对我说："你现在有四年居留证了，可以享受和澳洲公民同等的待遇，应该去申请一个单身母亲的救济金，然后再去打些零工做补贴，你就不用这样顾此失彼，劳累拼命了！许多人都是这样做的！"

我微笑着谢绝了这个提议。

我有自己做人的原则！澳洲政府和人民对我们恩重如山，这样无私地接纳我们，我的责任是要尽可能对这个国家做出贡献，我决不能够再拿政府的一分钱！我要靠自己的努力和劳动，来养活我和自己的儿子！在拿到身份之前我是完全自立的，拿到身份以后也就更不应改变！

妹妹给我介绍了一份晚间的临时工作，到市区的高级百货商店 David Johns 去做清洁工。工作的时间周一到周三是每天晚上六点到九点钟，周四到周五是晚上九点到十二点。工资很可观，每小时税前 15 澳元。但是儿子还太小，要将他独自留在家中，我不放心。我也无法请得起 Babysitter（临时照看孩子的钟点工）。

但我别无选择，决定去试工作一个晚上，这份额外的收入对我来说太重要了，我不能放弃这个难得的机会！

David Johns 这个大百货商场是澳大利亚最高级、最上层的百货商店，座落在墨尔本，前后横跨了三条主要的大街。我工作的部分是在 Burke St 上的男士部门，上下共有四层。

还是第一次在晚上人们都离开了以后进入商场，上上下下一片宁静，只有我们几个清洁工在硕大的空间中忙碌着。当我将分配给我的每一层地毯都吸干净，再打扫完厕所以后，已经累得直不起腰来了。

我拖着疲惫的身子开着车，急速往家赶。其实体力上的劳累对我来说已经习以为常，睡一个晚上便能恢复。但是心里的焦虑和担忧，却使我刚才一直都忐忑不安。

我担心的是独自在家的孩子。

刚一拐进我们家的那条小路，远远地就可以看见在路灯下站立着一个小小的身影，一见到我的车，立刻飞快向我跑来。我急忙停好了车，冲出车门，一下子抱住了迎面向我跑来的儿子，心疼得叫道："啊！！我的宝贝儿子，你为什么不在屋子里呆着看电视，自己一个人站在马路上啊？这有多危险啊，被别人拐走了该怎么办？"

我一面心疼地抚摸着他露在睡衣外面的臂膀和小腿，上面布满了一个个被蚊子咬得红色肿块。儿子低声地哭泣着，我们母子互相拥着往屋里走去。

"妈妈，我不想让你去，我一个人在家害怕！"小天天委屈地流着泪，紧紧地拽住我的衣角，将他的头枕在我的膝上，仿佛他一松手，我就又会留下他独自一人。

"好吧，妈妈不去了，留在家里陪天天吧！"我心疼地说道。

确实，让一个八岁的孩子独自在家里呆到半夜，实在太残忍了。再说，他才刚刚到澳洲几个星期啊。

"可是，如果你不去，老板就会把这份工作给别人，你就会挣不到钱了，是吗？"小天天懂事地又问道。

“是的！”我简短地回答。不想说太多，怕孩子心理负担太重。

“那么，妈妈你就给我吃安眠药吧，让我睡着，我就不害怕了！”

我再也控制不住自己，失声痛哭起来。上帝赋予我这样一个聪明、懂事和善解人意的孩子，我还有什么可抱怨的呢！

“妈妈，你为什么要哭呢？”

“因为我觉得孤独，生活太艰难了！我觉得对不起你！”

“妈妈，不要难过，只要我和你在一起，我就不觉得苦了！有时候，我真希望你比我小一倍，那样你就只有一岁，我就可以照顾你，保护你了！”此时的小天天在我的心里，俨然是一个顶天立地的男子汉！

呵，亲爱的小天天，感谢你给我带来的温暖和爱，从我出世到现在，还没有过一种爱真正地完全属于我，唯有你，我亲爱的儿子给了我一切，即便你只有八岁。

相信我，这生活的艰难只是暂时的，而这关于你的故事也才刚刚开始。你将帮助妈妈共同度过最艰难的一段日子，而我对你的唯一希望只是长慢一点再慢一点，不要再一次离开我！

我决定将小天天移到我的房间里，将他的睡房出租出去。广告登出才两天，就立刻找到了分租人。他是个从香港来读大学的学生，刚刚满二十，礼貌、整洁，一看就知有良好的家庭教育。虽然他才付每周 55 元的租金，但至少已够减轻我独自承担房租的重负。最重要的是，他一般晚上都在家做功课，这样家里有了人，小天天就不再感到孤独害怕，我也可以继续保住那份晚上的清洁工作了。

小天天在教会小学读书的变化是极其巨大的。他那年虚岁八岁，在中国刚刚读完了小学一年级，可是按照澳大利亚的学龄，他需要直接进入小学三年级。

1992 年初时的 KEW 这个地区，还极少见到来自中国大陆的居民，而小天天进入这个学校的时候，全校除了有个新加坡来的华裔孩子以外，只有他一个说中文的学生。按理说，我应该将他先送去一个专门的新移民语言学校补习一段时间的英语，然后再到学校上课。但是与老师商量了一下以后，我们决定让他直接进小学三年级插班，让他在一个完全英语的环境中，尽快地掌握这门语言。

开初的一段时间里，他在课堂上一句话也听不懂，每天回家万分苦恼，情绪非常低落。于是我将自己的《新概念英语》找出来让他每天跟着录音朗读背诵，同时学校也特地为他和那位新加坡的学生，每周三下午派专人给他们补英语课。再加上儿童电视节目中英语的潜移默化，他的语言能力提高得飞快。每天回家，他总是认认真真地在那里自己做功课，从来不需要我去督促他。

现在想来中国的早期教育还是非常有成效的，虽然他在中国才完成了小学一年级的课程，但是他的算术计算能力和加减乘除的背诵口诀的熟练程度，已经远远超过澳洲两年级的学生程度，使得他在澳洲孩子中脱颖而出，因为当时只有数学这门课他是不用英语也能看得懂的，这个优势使他在很短的时间里便赢得了同学们的友谊和老师的赞叹。一年后，他已经能够听得懂课文，考试的成绩都开始在 A 或者是 B+ 之间。我真为他感到骄傲！

开家长会的时候，老师开玩笑地对我说："你的儿子真是一个有志向、有思想的孩子，同学们都那么喜欢他，将来可以成为一个政治家呢！"其实，在我看来，孩子将来从事什么样的事业都不是最重要的，重要的是他一定要是一个非常努力、有爱心的人，我相信我的孩子一定会是这样的一个人！

1992年10月，我委托在KEW的一个家庭律师，提出了正式的离婚申请。10月8号，我们各自在申请书上签了字。肖明从悉尼寄来的文件中附上了一封令人心碎的信——

> 玲子：我心里万分难受。我们婚姻历时十载，今日之悲剧其实非人心所能容的。天地良心，我在这十年里，是始终爱你的，既然老天不能成全我们，缘分已尽，那就散了吧。我唯一不能割弃的，是我们的宝贝儿子天天，无论今后天涯海角，万望嘱其不要忘记生父殷殷心血和挂念。
>
> 我将此文件寄到你处，我不能在感情上交到律师那里。我自觉无颜面对上海父母，今后你自己一切好自为之。一开始说我爱你，今天亦如此！请原谅我过去的一切愧对之处！爱你的明子。

心碎了，但主意已定，再也不能像过去的5年中那样在感情中徘徊不定了。孩子需要一个安定的家。

我当时的每周工资收入是340澳元，所有的财产是一辆值一万澳币的二手三菱牌车。我没有希求任何来自肖明对孩子的补贴，因为从第一天开始，我就倔强地认定，孩子所有的一切开支和教育都是我义不容辞的责任。

律师感慨地说："我办案十几年至今，你是唯一一个不提出需要孩子父亲承担生活经费的女人。我很敬佩你的坚强和无私！"

外人当然是不能够理解的，即便是律师。

我只需肖明对孩子的归属没有争议，便已心满意足了。更何况，他毕竟这样不顾一切地爱过我，用他的话来说，他依然爱着我。在我最孤苦无望、无路可走的时候，他曾经无私地接纳过我。我感恩！我也不是圣人，在其间也有过无数的故事，也有许多伤害到他的行为，现在，就让这一切都成为历史，彻底埋葬了吧，岁月和时间会修复一切。让我们成为朋友吧，他将永远是我孩子的父亲，是我们家庭中的一个亲人！

1993 年 1 月 25 日，Family court of Australia（澳大利亚家庭法庭）正式宣布了我们的婚姻终止。从 1982 年到 1992 年底。我们共同走过了艰辛坎坷的十年。

唉，人生能有几个十年？

我和肖明分开后，孩子的学习和生活都开始走向正轨，可我的心却越来越不安宁。这是对自己现状的一种强烈的不满，也是对自己不知如何去改变这种状况而感到的万分焦虑。我开始厌倦这种简单刻板的生活，也开始害怕去正视这千篇一律的生活。

这五年来，时间似乎是在急匆匆地向前赶着、流逝着，而生活的画面却是停滞着、凝固了，倦怠而又执著地死守住那一片苍白。坐在我工作的缝纫机前，透过那扇半开的小窗，看见蓝天中时时飞过的自由的小鸟，而自己却每天必须固定在这里，机械地重复着那已经重复了千万遍的动作，过着几乎是不动脑子的与世隔绝的生活。

我觉得自己的情绪常常被一种强烈的失落感笼罩着，心亦在抑郁中哭泣挣扎，我感到无助和茫然，更不知自己的前途在哪里？路在何方？

我常常由衷地羡慕那些敢于改变自己现状的人们，哪怕只是开个小餐馆，或是一个什么店，似乎都是在发展，在变化，至少，他们在冲刺！常常听到某某人读书毕业了，找到了一份写字楼的工作；也有人刚来时从ABC起步的人，经过四年的刻苦学习，也已通过了毕业考试，申请得到了技术移民，又找到了自己专业对口的工作。我真为这些同胞们感到自豪和骄傲！

可是，我自己呢？这五年来，我除了工作、工作，无休止的工作以外，又得到了什么呢？我的专业呢？我的理想和梦呢？难道我这一辈子就这样埋在缝纫机前了吗？如果这便是我出国的结果的话，我来澳洲又是为了什么呢？人生实在是太短暂了，而属于我的明天还有多少是明媚的春天呢？再说，钱又有赚得够的时候吗？

有朋友劝我："你不能和那些单身的女孩子们比，她们无牵无挂，出门一把锁，进门不用愁。可你是个母亲，你有对孩子无法忽视的责任和义务。所以，算了，你还是将自己的希望寄托在孩子身上吧，想办法让他上最好的学校，受最好的教育，将来他可以挣大钱报答你，养活你！我们这一辈子啊，就算完了……"

唉，中国人望子成龙的思想在任何一个时代都是永不贬值的真理。可是我呢？我的人生价值呢？我才刚刚三十多岁啊，即便青春只剩下残缺的尾巴，至少我也应该去努力抓住它。

拿到四年临时居留签证以后的整个中国社团圈里，文化气氛越来越浓，各种类型的文学杂志和报纸刊物充满了市场。《大陆简报》、《新移民》、《中国文摘》、《华声报》等等，使得过去五年来近乎文盲般闭塞郁闷的生活，就像突然敞开了长窗似的立时透进了新鲜的空气，我也不由自主地投入了写稿的行列。当我的文章在四五家不同的杂志报纸被刊登以后，心里稍稍找到了一点平衡感，即便没有一分钱的报酬。

一个偶然的机会，我认识了澳洲ABC国家电台中文部的几位播音员，他们都是早期来澳的移民。那段时间他们正在筹备一个民族电台中的中文节目，每周一次普通话节目，是专为大陆来的这几万新移民设置的。我有幸成了3ZZZ电台的中文播音员。我和晓坚搭档，另外还有方藤他们另组一档，轮流播音。

除了每次的新闻是ABC电台发给我们稿件以外，其他的所有栏目和节目都是我们自己编排的，包括需要写的文章和讲稿。我虽然白天仍然在家工作，每周一次的电台播音却是雷打不动、必去参加的。渐渐的，我开始寻找到了自己的播音风格，能够非常快速地写下发生在我们这批留学生中的大小事宜，并能够及时地播出去。

有一天，我在City的19路电车的终点站站上，看见许多中国来的学生正在前挤后拥，争相往车上挤，抢着找到一个座位，而全然不顾那些正在等车的老人和带着孩子的妇女。平时澳洲人都是非常礼貌地自动排队上车，我为自己同胞的行为感到非常羞愧，于是，到了电台，急急写下几句提纲，便直线播放了，那个在车站的一幕便成了当晚的话题。当时我只是想说一下自己的感受，希望大家能够引起重视，从自己做起，来维护我们中国人在海外的形象。可是没曾想得到了听众的极大反响，电台的电话铃声不断，听众们纷纷打来电话表明他们的心情，并给予我极大的支持。

最令我感到欣慰的是，几乎每一个来电者都慷慨地告知我，他们非常喜欢我的节目，喜欢我播出的文章；尤其是我们每次播音结束前的最后一档“配乐诗朗诵”节目，那是我精心挑选的最美好的诗歌或散文，成了当时电台最受听众欢迎的节目。我开始拥有了一批喜欢听我播音的听众，六个月下来，大家都已很熟悉我的声音和名字了。我的生活开始变得充实起来，尽管这个播音的工作是没有任何经济报酬的，但这是我喜欢和擅长做的与文化有关的事情，我为能有这样的机会而感到欣慰。

在这同时，我也开始认识了一些当年在文化圈子中非常活跃的人士，尤其是话剧《天堂之门》的作者丁小琪，我们成了经常在一起喝咖啡，海阔天空、无话不谈的好朋友。通过她，我逐渐开始接触了一些华人社团的领导人，帮助当时的华联会主席杨锦华先生筹办“中华国际艺术节”的工作，同时也帮助电台采访许多当时华人社团的知名人士。

虽然我的生活开始变得非常繁忙和充实，但是在忙过之余，心里却仍是对自己的前途充满了质疑，因为我感到自己仍然局限在一个华人的圈子里，仅仅在唐人街的华人圈子里转悠。而我们现在是在澳洲，可我对澳洲的主流社会一无所知，我对英语的驾驭能力也依然局限在简单的生活用语的对话中；而且我的主要工作和经济来源也依然是缝纫工作。

紧接着发生的一个事件，使我对自己今后该走的道路有了一个突然的反思。

那天在中文报纸上突然看到，墨尔本的 SBS 民族电台广播中文组正在招收中文播音员和记者，我仿佛像一个沙漠的夜行者突然见到了远方的灯光那样兴奋且不能自已，即便这灯光是如此的微弱和遥不可及。我断然放下了手中的工作，将自己关在家里复习练习了一周，努力做好面试前的准备工作。朋友们也都为我鼓着劲儿。

可是，当我在考场里独自面对着电视机中的英语新闻播音员，被要求用英语记下播放的内容时，我仿佛一下子被抽去了轴心，整

我在 ST KILDA 海边的沙滩上写下了对儿子无尽的思念。整整四年半远隔重洋，无法团聚。

肖明初到墨尔本，在维多利亚市场对面的咖啡店里。

1	
2	3

1　1989年买下的第一辆车。

2　每周五下班后去维多利亚市场买菜，再也顾不上修饰。

3　每周工作七天七十个小时，消瘦憔悴不已，1990年生日。即便这样，我依然喜欢布置一个温暖的家，床上的靠垫和身后的窗帘都是我自己缝制的。

年长一岁使我开始对自己的未来重新思考，决意改变自己，不再以赚钱打工为唯一的生活内容，第一次出外为自己添置了新衣，从此开始了改变自己的历程。这张照片是一个全新的起步！

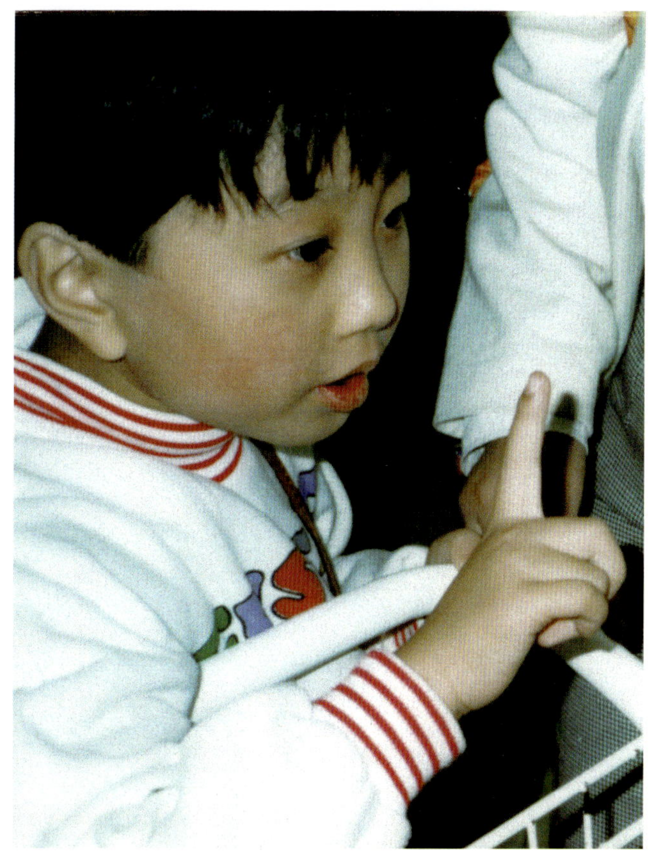

1

2

1　终于与儿子团聚，父子激动得热泪盈眶，我抢拍下了这永恒的一瞬。

2　儿子在讲述飞行途中邻座阿婆对他的照顾。

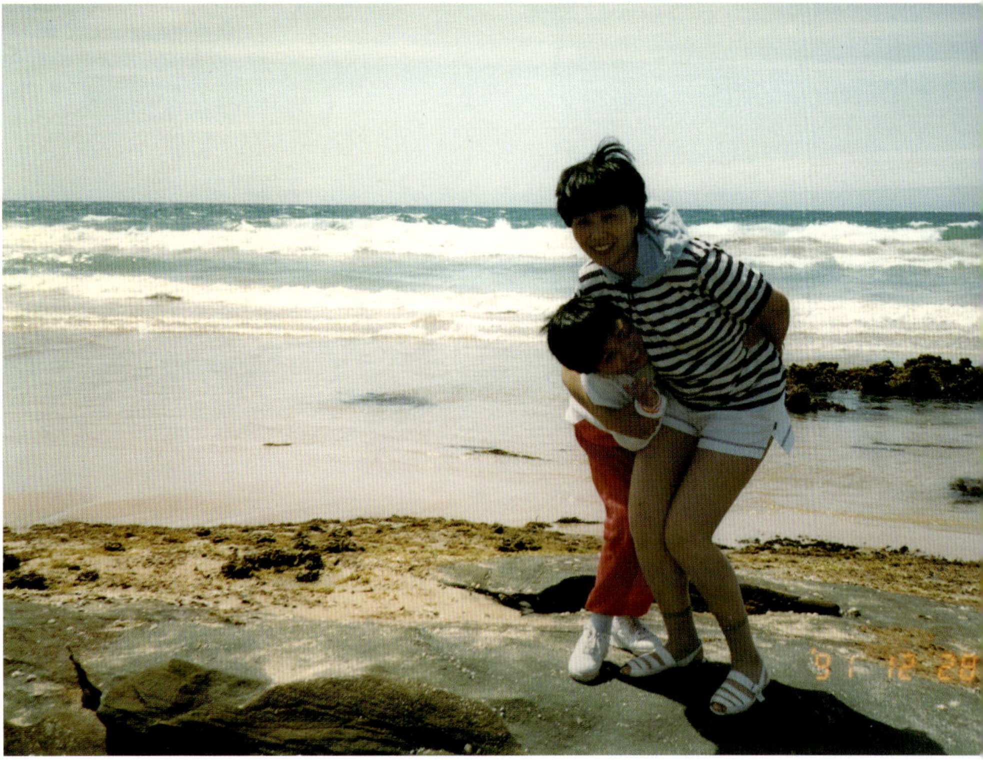

1	2
	3

1　1991年儿子初到澳洲与我们团圆，重聚的欢愉亲情无法用语言形容，感谢镜头记录下了这些珍贵的瞬间。

2　我为儿子在我们的新家准备的新被褥，他的脸上沐浴着与我们在澳洲团聚的幸福笑容。他手中的大熊猫陪伴了整个的孩童时代。

3　儿子在澳洲第一周，带他去动物园。

我当年为了儿子的到来添置了新家具，希望给他一个温暖的家的感觉。

个希望的宫殿在瞬间塌陷了——我根本无法理解全文的整个内容，更不用说用英语记下了。

于是我突然醒悟到，我再也不能在目前的状况中执迷不悟了！今天我之所以无法把握住这个机会，不是因为我的专业水准比别人低，更不是因为上帝舍弃了我，而是因为我一直在赚钱和学习中选择，在理想和现实中徘徊，也无法平衡好今天和明天的关系。如果我不想失去眼前的既得利益，我就会继续失去一个又一个的机会！

那天晚上，面对着浴室里的那面镜子，我对着自己大声说道：

“你必须去努力学习！你必须改变自己！你必须要努力从现在的这种状况中解放出来！如果你想让澳洲的主流社会认可你，接纳你，你就必须掌握流利的英语！从今天开始，你的生活重点必须要转移过来！一切以学习英语为主！”

就在那一刻，我仿佛看到了天边的那一抹晨曦，希望在一年以后，我再也不会愧对自己，相信我可以自信地说：“是的，我生活得充实、丰富和充满生机，我的每一个明天都将蕴含着希望之光！”

第八章

生活的转机　我认识了岱渃

（1993 年初）

1993 年 1 月的一个早上，我独自走在霍桑区的 Riversdale 的路上，因为离上班的时间还早，我于是顺路走进一家街头的小咖啡馆，找了个靠窗的桌子坐下，顺手翻起了桌上的一张《 Hereld Sun》的英文报纸。

在过去的几个月里，我强化了自己的英语学习，依然坚持这五年多来从未中断过的“每天学十个单词”的日程表，同时还听大量的英语广播，只允许自己看英语的电视，让自己生活在一个完全的英语的空间，尽可能将学过的单词运用到生活中去。

我没有这个奢侈的机会，可以放下工作去学校全天学习，也请不起家庭教师，所以自学是我唯一的出路。

为了能够练习口语，可以有机会与当地的澳洲人接触，同时更直接地了解这个社会，我忍痛向为之工作了五年的好老板 Jane 辞了职，完全放弃了在缝纫机上的工作，在霍桑这个较高级的住宅区的一个街角酒店里，找到了一份服务员的工作。

虽然我的工作只是为顾客倒酒和卖各种点心，说话的内容有着很大的局限性，但是，因为来自这个区的顾客几乎都是当地的澳洲人，每天他们来此吃饭和喝酒，同时买马票和看电视上的球赛，互相之间的谈笑调侃，使我开始接触到了过去五年间从没了解到的一面。在这儿工作了三个多月以后，我觉得自己的英语能力和听力都有了一个突飞猛进的提高，所有几年来断断续续自学的单词，现在都可以顺利地串联成了一个个完整的句子了。

此刻，离开到酒店上班的时间还有半个小时，我在边上的小咖啡店里一面慢慢地喝着咖啡，一面漫不经心地翻着这张英文报纸。在努力读完各栏的大标题以后，我突然被《每天的星座》一栏吸引住了，找到了属于我出生月份的 Aries（山羊座）那一段，一字一句非常吃力地读道：

"You should have started your own business a long time ago, However; It's still not too late to start now. Please believe in yourself and you will be rewarded for the decision you made today ……"

（你应该在很早以前就开始做你自己的生意了，但是现在决定依然不算太迟，请你务必相信你自己的能力，而且你将会为今天所作出的决定得到好的回报……）

我目瞪口呆地拿着这张报纸，眼睛死死盯着这一栏，一遍又一遍地在心里重读着这一段，就好像写这段文字的人认识我，特地为了我才写上这一段的。可是我，直到今天之前，还从来没有看过一份英语报纸，也从不知道在报纸上会有星座这一栏。我知道别人会说我迷信或者是昏了头，但是这几天，我就确确实实在为这个与星座中所提及的生意有关的事情而徘徊不定，犹豫不决，难怪我会感到这样惊异了！

事情发生在几个星期之前，肖明从悉尼打来电话，说是他有个朋友叫 David，也是我们一批来的，在悉尼开了一个制衣厂，专门制作 T-Shirt（圆领运动衫），想要在墨尔本找个销售代理，可以用承包做生意的方法合作，问我是否感兴趣。

我当时听完就笑了。我连自己的钱都管不好，怎么可能去做生意？再说，我这样一个一天到晚多愁善感、满脑子文学艺术的自视清高者，连英语的句子都还说不完全，谁会要我来和他们一起做生意啊？我当场就婉言谢绝了。

可是没想到那个大卫还非常执著，一口认准我这样的人就是他们所需要的，说是马上就要到墨尔本来，让我无论如何要与他见个面。肖明也多次打来电话，叫我务必三思，不要错过这个机会；还对我保证这个大卫是个非常能干成功的实业家，即便是只和他认识一下，讨教一些成功和改变自己现状的经验，也是非常值得一试的。于是，我在上周和这个来自悉尼的大卫见了面。

大卫也是和我当年同一批来自上海的语言生，一看上去就是个精明能干的做事业的人。在交谈中我得知他在悉尼的工厂已经开了两年，是专门制作旅游纪念品 T-Shirt 衫，供给免税店和旅游商店的。虽然这几年来，已经开始有一些便宜的衣服通过各种渠道从中国进入澳洲，但是在 1993 年初的澳大利亚，大多数衣服还是 Made in Australia（澳大利亚制造）的，尤其是这些印有澳大利亚风景、字样，或者是体现澳洲土著人文化图案的 T-Shirt 衫，更是需要澳洲生产的，因为任何一个来自欧洲或美国的旅游者，要带一件澳洲的旅游纪念品回国都不会希望衣服是产自别国。所以我可以看到，他当时所办的这个工厂和生产的方向是非常有前途的。

大卫希望的是能够在墨尔本找一个代理人，拿着他们设计制作的旅游纪念衫去各个免税品和旅游商店推销。由于当时还没有电脑，更不可能有网站，所以唯一的销售的途径是上门推销，寻找到新的客户。

我一直在犹豫，主要是对自己的能力没有自信心。过去的几十年里，不是做与文化有关的事情便是为老板打工，从来没想过这种完全要靠自己去思考、去努力的工作形式是否能够胜任？

大卫看我无法定夺，便鼓励的说道：

“不用急着立刻给答复，我走了以后你可以好好的想一想再告之你的决定。但是有一点我希望你了解到，我们不是找不到人来做代理，在墨尔本的中国人当中可以大把大把挑。我之所以要你考虑，是因为肖明是我的朋友，我听他说过许多关于你的故事，我很欣赏你的为人，也相信像你这样的人正是我们所需要的。

“会不会做生意不是关键的，因为每一个人都是从头学起的，包括我自己。不懂业务也不成问题，因为我们非常乐意教你，但是，人的素质是我们最最需要选择的，如果是一个品质恶劣或者是没有诚信的人，那就无法赢得客户的信任，更无法与我们长期合作。所以，你现在应该相信，我们对你是非常有信心的，关键的是你自己是否有自信？敢不敢迈出这一步？因为一旦起步，我可以向你保证，你的生活便会开始一个全新的章程，每一天都将是一个挑战！”

大卫已经回悉尼两天了，我应该最迟今天晚上给他答复！也就是在今天，我偶尔看到了报纸上星座这一栏中的这段话。我觉得是上帝来给我指明了这条路。我不再犹豫！

我走进工作的酒店，正好看见经理在大堂里忙碌，于是径直朝他走去。

当我非常平静地告知了经理我希望辞职的决定以后，这位一贯严厉、一丝不苟的经理突然变得那样的和蔼可亲，他关切而又不解的问道：

“Can you tell me why you want to leave us? Is it because of the money? I can raise your pay to 18 Dollars per hour; Since you have already become very good and popular. We do not want to lose you！”

（你能够告诉我，为什么要离开我们吗？是因为钱的缘故吗？我可以立刻将你的工资加到18元一小时，因为你现在已经干得非常好，而且很受顾客的好评，我们不希望失去你！”）

我对经理的诚挚深感荣幸，但是又不愿意动摇自己依然还不非常坚定的决心，我不想对经理说这还是个非常渺茫的生意机会，生怕自己什么还没开始做便已大声嚷嚷，万一做不成会让人笑话。但我又必须找到一个理由，于是急中生智，临时说出了一个半真半假的理由：

“No，not because of money. I appreciate your offer. The reason I have to leave is that the 9th of May this year，is the Melbourne international arts festival. I am helping the Chinese committe to organize the event. With the amount of work involved，I don’t think I can do both jobs at the same time. That’s why I have to quit.”

（呵，不！不是因为钱的缘故。但我非常感激你给予我增加工资的承诺。我之所以需要离开，是因为今年的5月9日是维多利亚省中华国际艺术节的开幕日，我现在正在帮助墨尔本的华人社团组织和筹备这个节目，但是因为工作量非常大，时间又紧，我无法在这期间做到两全，所以不得不前来辞职。）

其实我上述的理由有一大半是真实的，因为我确实正在帮助华联会以及艺术节的主席杨锦华先生筹办这次艺术节。不真实的那部分是，我只是在自己下班后和晚上的时间里帮助他们，而且这些工作全部是义务劳动，没有报酬的。

经理立刻提出愿意给我三个月的留职停薪，这样在艺术节结束以后，我还是可以回到酒店工作，他会替我保留住这个位置。

我听后非常感动，也觉得这样的结果是最合理，也是最安全的。万一我真的没有做生意的天赋，那么至少我还是可以回到这里来继续这份工作。我还有孩子需要供养，不能不考虑后果！我欣然答应了。

中午休息的时候，我一个人独自坐在酒店的一个角落里吃午饭，突然听到有人在叫我的名字，一抬头，见Max（麦克斯）正微笑着站在我的面前，手里也拿着一碟午饭。

“Do you mind if I joining you？”（你在意我坐在你边上吗？）Max礼貌地问道，我赶紧指了指边上的椅子，示意他坐下。

认识Max也只是几个星期前的事，那天我也是在这个同样的角落吃中饭，边吃边凝视着对面墙上的那幅硕大的油画，在心里感叹着画家的独到之处。也是这么一声“Hi”把我从沉思中唤醒，只见一位年过半百的澳洲男子站在我的面前，脸上洋溢着和善友好的笑容。见我抬头对他还以礼貌的微笑，便赶紧伸出手来，自我介绍道：

“I’m Max，what’s your name？”（我叫麦克斯，你叫什么名字？）

当我也作了自我介绍后，他对我解释说，他是一个室内装潢设计师，因为酒店最近刚拿到了允许赌博的执照，添置了几十台投币赌博机，所以正在做大规模的内部装修，而他，就是这个项目的总设计师，在酒店里亲自督战已有三个月了。

我半知半解地听完了他的介绍，还没等我开口，他又突然用嘴努了努对面墙上那幅我刚才正在看的画，笑着问道：“你喜欢这幅画吗？”

我点了点头，他又继续说道：“这个画家的名字叫 Charlis Billich（查尔斯·比里奇），他是一个澳洲非常有名的现代派画家，这幅画就是我选择放置在那里的，因为查尔斯是我的好朋友，我们已经认识二十多年了！”

哇，他竟认识这位画家，还是个装潢设计师！我对 Max 顿时肃然起敬。

从那以后的每天中午，只要是 Max 到酒店里来督战，就总是会在吃午饭的时候到这个角落里来找我，我用自己那结结巴巴、语法不通的蹩脚英语，告诉了他在澳洲的经历，他竟是那样耐心地毫不厌烦地认真听着，眼里露出的是真诚的同情和理解。在我的眼里，他就像一个慈祥善良的父辈，也是我到墨尔本后第一个真正的澳洲朋友。

此刻，我一见 Max 出现，立刻告知了他我辞职的决定，只见他的眼中顿时出现了一种发自内心的失望，同时情不自禁地叫道：

“Are you really leaving us? Why so sudden? I will miss you

terribly！”

（“哦！你真的要离开了吗？怎么会这么突然？我会非常想念你的！”）

他的神态就好像是一个失去了玩伴的孩子，惋惜的口气是那样的真诚，发自内心。

我觉得自己可以信任这位长者，于是便将我辞职的真正理由告诉了他，并恳请他替我保密。同时，我也希望可以有个人说说话，给我出点主意。

只见Max沉思了一会儿，突然抬起头来对我说："Can I borrow you a night？"（我能够借用你一个晚上吗？）

我惊异地瞪大了眼睛，简直不敢相信自己刚才听到了什么。这个Max，我一直只把他当成父辈那样的朋友，而且对他充满了信任，他怎么竟可以对我提出这样无理的要求？我的心里一下子充满了失望。

Max一见我突然变化的表情，顿时恍然大悟地叫道：

“啊！你千万不要误会，都怪我不好，没有说清楚。因为你刚才在说做生意的事，使我突然想到了有一个人可以给你帮助，他是我的好朋友，名字叫Darryl（岱诺），他和画家查尔斯等一伙人都已是我几十年的好朋友了。

“前几天Darryl给我发来了一张请柬，邀我在下个星期去市政展会厅参加他主办的宴会。因为是市区最高等级的宴会，是戴黑领结的规格，出席的男人一般都需要有伴侣同行，而我单身一人，所以也没有决定是否要去参加。但是今天和你谈话，使我想到有必要介绍你和Darryl认识，因为他是我所有的朋友中最聪明、最成功，也是最有生意头脑的一个人。怎么样，你愿意成为我下周出席宴会的伴侣吗？”

Max的话使我真正感动了，也为自己误解了他的好意而连声道歉。到目前为止，我还从来没见过澳洲的上层宴会是什么样的，也不懂得黑领结的规格是什么意思。但是，我一定不能错过这个能让我大开眼界的机会，我也希望自己从认识Max开始，会逐渐交往到一些真正的澳洲人朋友。这对我的语言提高和对社会的认识，都是非常有益的，我一定要从单纯的华人圈子里走出来，融入到真正的澳洲人生活中去。

就这样，虽然我离开了在Hawthorn的这个酒店，但是却认识了一个非常好的澳洲朋友，就凭这一点，我就是一个万般幸运的人了！

接下来的就是为下一周的宴会该穿什么开始发愁了。Max告诉我，从传统上来说，“Black Tie”级别的晚会，男士一般都穿正规的宴会西装，戴黑领结，而女士们，大多是穿落地的夜礼服长裙，佩戴名贵的珠宝。

我这样一个穷苦的中国女子，自然不会有这样的夜礼服；那天稍稍到商店里看了一下，那些长裙的标价都令我咋舌，尤其是我现在刚刚辞工，就更不敢乱花钱了。再说，我也没在商店里见到一件适合我的裙子。我决定自己动手缝制。

我先在自己的脑海里构置出一个画面，想象一下什么样的衣服最适合我的身材，然后，我到Lincraft这个专门出售衣服纸板的商店里找到了一条长裙的样板，正好和我心中的形象吻合。当场扯了几米柔软坠荡的丝质面料，是那种熟透了的深杏红的颜色，浓浓的深红中透着一种庄重的矜持。

回家后趴在地毯上，我三剪两刀就裁好了裙子，耐心地，一鼓作气的完成了我的夜礼服。

晚宴的那天晚上，Max 开车到我家来接我，他看见我上身穿着一件简单的黑色紧身针织衫，下面是一条长长的深杏红色拖地长裙，一条用同样布料做成的腰带，在我纤细的腰间打了一个大大的蝴蝶结。我穿着一双黑色的高跟鞋，那是我从国内带来的，在过去的五年里一直在我的衣橱里沉睡。没有项链，没有耳环，连一丝珠宝都没有。我提着裙子坐进了 Max 的 BMW 车，刚刚化过淡妆的脸上，是一种惶恐不自信的笑容。

Max 的眼睛从我走出家门的那一刻就没有离开过我，我刚坐进他的车，就立刻对我说道：

“Hi，you are so beautiful. You should be very proud of yourself. This is a first time I‘v been with a Chinese women to attend a function，but I’m sure I will be the luckiest man in the room，because you will be the best-looking girl in the function.”

（哇，你真是太美丽了！你应该为自己感到自豪！这是我第一次带一个中国女子出席这样的宴会，但我相信大家都会觉得我是一个非常幸运的男人，因为你将会是今天晚宴中最受人瞩目和最有魅力的一个女子！）

我的脸红了，生平还是第一次这样得到别人由衷的赞赏，尤其是在国内，总觉得自己的容貌是厄运的根源，而现在，在一个澳洲的男人面前，我突然觉得自己成了一个完整的女人，感到一种从里到外全身心的彻底放松！我感激 Max 对我的鼓励，让我突然增添了许多自信心。

当我挽着 Max 的臂膀从长长的电梯中缓缓进入宴会厅的时候，

我不禁被眼前这绚丽华贵的场面震撼住了。一个硕大的宴会厅里，闪烁变幻的灯光和投影画面在墙上反射出梦幻般的意境，柔美的音乐声中，到处是手持香槟酒的男女，款式新颖、质地华贵的夜礼服比比皆是，人们自然地聚集成了一个个谈话的小圈子，空气中漂浮着名贵香水的清新味道。

Max 在名单上找到了我们的名字，拉着我往自己的座位走去。在放置着近百张大圆桌的宴会厅里，每张圆桌的中心都是一个高耸美丽的花环，四面环绕着的是一本本直立的、烫金的节目单。我的面前是一个大大的带着金边的碟子，左右边是排列整齐的两副刀叉。我为难地对着 Max 悄悄说道："我从来没有在正式的场面里用过刀叉，不懂到时该怎么用，待会儿同桌的人会笑话我的！"

Max 理解地对我笑了一下，也同样小声在我耳边说道：

"没关系的，等一会儿，你看我拿什么，你就跟着做。你很聪明，学一次我就保证你再也不怕了！"他对着我鼓励地一笑，然后又小声幽默地对我说道："我可以保证今晚在座的人中有 90% 不懂怎么拿中国的筷子，所以你比他们都要强！"他就好像是在扮演一个老师的角色，一下子使我的心定了许多。

第一道前菜刚刚吃完，就有主持人上来致开幕词，我因为对英语的理解依然有限，一时根本就听不懂主持人在说什么。就在这一刻，Max 指着正在走上台的那位男子，激动地对我说："这就是我的朋友 Darryl，他是今晚宴会的主办者。"

我举头遥望台上，只见一位高个魁梧的男子站到了麦克风面前，他说话的声音低沉而又带有磁性，就好像那种电台里专业的播音员的声音。虽然我不能完全听懂他说话的全部内容，但是从听众中不断发出的笑声看来，他的演讲是生动而又充满魅力的。转头再看

Max 的神情，他那专注的目光中，流露出对他朋友由衷的尊敬和敬佩，使我更增加了对这位 Darryl 的好奇。

第二道的正餐后是一个短暂的休息时间，我刚想站起来稍稍活动一下自己的手脚，就只见一个男子在 Max 的肩上轻轻拍了一下，Max 一转身，立刻激动地大叫道：

“Hi Darryl mate！ How are you？”（嘿，岱渃，老朋友，你好吗？）

“I would like to introduce my partner for tonight. This is Julia，the girl I told you on the phone.”

（我要给你介绍一下陪我今晚赴宴的伴侣，这是 Julia，就是我和你电话里已经提及过的女子。）Max 对着岱渃介绍着我。

岱渃于是转向了我，一双深邃而碧蓝的眼睛和善地正视着我，坦诚而又充满了神秘，我的脸不知为什么忽的一下子被烧得发烫，立刻垂下了自己的眼帘。

岱渃的身躯是如此的高大魁梧，一看就知至少有 190cm 以上，使得本来在我面前还挺高的 Max，一下子变成了一个矮人。岱渃的头发是深棕色的，一串浓密的连腮胡子，与两边的鬓角处与发梢相连，但是修剪得整整齐齐，在我的眼里就好像是一个中世纪的王子。

岱渃友好地对我伸出手来，用赞赏的眼光看着我说：“你今晚非常引人注目，也许是晚宴上唯一的一个中国人吧。”

Max 有些得意地看着我，就好像我是他刚完成的一个杰作，我不好意思地转过头去，岱渃又继续说道：

“Max 已对我说过许多关于你的故事，我想需要安排个时间，我们可以一起喝杯咖啡，看看我能帮到你什么？不过今晚不是时候，我们再另外约个日子吧！”我和 Max 都同时点着头。

就在这时，一股浓郁的香气从我的身后传来，一缕柔软的丝绸长裙闪烁着耀眼的金光，从我的身边漂浮而过，在 Max 的面前突然停住了："啊，Max，你好吗？好久不见了！"

一位看上去四十多岁的美丽金发女郎，对着 Max 伸出了纤细白净的双臂，手腕处，重重叠叠地套着好几个金银色的手镯，修饰涂染过的尖尖的手指上，一颗巨大的钻石戒指在骄傲地闪射着令人啧叹的光芒。

Max 立刻迎上前去，在这位全身闪射着金光的女子腮上轻轻碰了一下，亲热地说道：

"Hi Mrs Washington，haven't seen you for long time！You are looking younger every day，more and more beautiful！！"

（啊，是华盛顿夫人啊，好久不见了，你可是越来越年轻，越来越漂亮了！）

岱诺一见这女子走来，微笑着打了个招呼就匆匆离去了。当然啦，他是今晚的主办者，一定有数不清的事情需要他去处理。

奇怪的是，Max 竟没有对这位女子介绍我，我独自转过身去，不想影响他们的谈话。

一直到这位女子离去，Max 才神秘地对我说："你知道吗，刚才的那位美丽的金发女子就是岱诺的妻子。她是个德国裔的女人，他们已经结婚二十多年了，有三个孩子。"

呵，她竟是他的妻子？但他们两人的气质真的是太不一样了。他稳重而含蓄，待人亲切且真诚。可他的妻子，却是那样的金碧辉煌、刻意炫耀和惹人注目，神情中充满了日耳曼人种那特有的骄傲。不过，她是那么的美丽，穿戴得是如此的华贵，也许，这就是男人们所需要的？

我独自默默地想着，沉思着，后半场的演出和宴会我都没有再用心去注意。就这样，我有了在澳洲第一次真正的黑领结宴会的体验，也第一次见到了岱渃！

在那天晚上，我们都绝对不会想到，有一天，我和岱渃会终结姻缘，相爱白头到老！

那都是属于后面的故事了！而这晚匆匆的一幕，便深深地封存在了我的记忆之中！

第九章

人生在你手中创造　生意的起步

（1993 年—1995 年）

1993 年的 4 月，我开始了在澳洲做生意的第一步。

我替大卫做代理的第一件事就是推销，而我在这方面的经验几乎是零。

“没关系，我来教你怎样开始，但是以后的路就要靠你自己琢磨，自己去走了。”大卫耐心地说。

几天后，大卫再次飞抵墨尔本，带来了几大包颜色各异的 T-Shirt 衫，还有一本夹满了设计彩图照片的推销样本。

“就这些吗？”我问大卫，看着这些衣服不知该怎样入手。

再说，我想象中的做生意是应该有个办公室，一架电话，架子上是整整齐齐的分类档案、账本。而现在，这堆简单的 T-Shirt 衫与我的想象差距太远了。

大卫也许是看出了我的想法，非常直率地说道：“如果你不介意，我很想在你开始之前给你一些忠告。做生意就是脚踏实地地去做一件具体的事情，然后在每一步的过程中不断学习和调整自己的步伐。表面的东西都是虚无的，关键的是实在的内容，是一个结果。”

见我似懂非懂地看着他，还没有完全理解他的意思，他又继续说道：“比方讲，你现在的工作就是要替我们公司的产品在墨尔本打开一个新市场，也就是说，你要走出门去，找到与我们产品相关的商店和公司，向他们展示我们的设计和衣服的质量，如果他们感兴趣，你就要和他们谈价钱，签定销售合约。这样，他们就会每周都给我们下订单。只要我们的服务好，质量过关，而且价格又便宜，是不会没有客户的。”

我突然恍然大悟，仿佛在这一瞬间稍稍开了一点窍，心里略微有了一点方向。大卫又继续说道：“当然你必须了解到，任何一个行业的竞争都是很厉害的，尤其是制衣这一行，在澳洲的传统上是早期的犹太人干这一行的，他们精明能干，又极其聪慧，服装行业几乎被他们所垄断。第二次世界大战以后的50年代，欧洲经济衰退，大量的意大利、希腊移民涌入了澳洲，他们也开始设立了许多工厂，成了澳洲社会的另一股竞争巨流。到70年代越南难民大批被接纳进这个国家的时候，又给这些工厂增添了许多肯吃苦耐劳的劳力大军。现在，我们这批来自中国大陆的新移民，将会是一个更强大的竞争对手，要打进他们已经占领多年的市场，是非常不容易的，所以，你面前的任务是很艰巨的！”

大卫见我的神情有些紧张，又立刻缓下口气说道：“别紧张，我会与你一起订好一个计划，你按着这个方向往前走就是了。开始的三个月，可以是你的试工期，我们公司会发给你工资，你只管销售好了，这样你也不会有后顾之忧，我们大家彼此之间都试一下，如果你到时觉得这个工作不适合你，我们就可以各走自己的路，你也并没有失去任何东西，反而学到了许多，你说呢?”

大卫真是个通情达理的人，能有这样的老板引我起步，我真是太幸运了。肖明是对的，我不应失去这个机会!

大卫回悉尼后，我给自己在地图上标出了几个大的区域，选择一些旅游客较集中的地区，如 City 的 Swanston St、Exbition St 等等，一般礼品免税商店也会相对多一些，和我要推销的样品比较对口。

一个月下来，我跑遍了几乎所有在市中心的免税店和旅游品商店，与三家大的商店签订了合约，直接拿到了了订单，而且这样的订单会每周重复，源源不断。

根据我和大卫约定的做法，他们工厂每件衣服卖给我的价格是事先定好的，但是，至于我卖给这里的客户是多少钱他就不过问了，而且，我找来的客户是将订单发给我，我再传真给悉尼，他们则每周根据订单的数量从悉尼发货到墨尔本。

刚开始的时候我很紧张，对产品一点也不了解，所以销售的价位偏低。但是在工作的过程中，我逐渐调整自己，也做了市场调查，看到自己的价位是可以根据各个不同的客户而调整的，于是增强了很大的信心。一个月销售下来，我已远远超过了大卫给我的销售定额，赚到的利润也足以涵盖我几个月的工资了。

我开始有了自信心，马上告知大卫，从第二个月开始，他们不再需要支付我的工资，我可以提前进入完全的承包阶段，真正的开始自己的生意。

我花了几十元澳币，注册了一个小小的公司，印了一叠名片。在我睡房的角落里，安置了一张写字台，上面放着厚厚的几本 Yellow Page 和 White Page（电话黄页和白页），上面密密麻麻地用红笔和蓝笔画满了标记。

其中，我找到的最大的客户群还是在 Victoria Market（维多利亚市场）里销售旅游 T-Shirt 的人。这是我们墨尔本最大的个体农贸礼品小市场，从新鲜的蔬菜、水果、海鲜肉类，到衣服、鞋帽、旅游品，应有尽有，已有一百多年的历史，是海外游客和当地人最受欢迎的去处，价格也相对要便宜得多。

这些当年在维多利亚市场设置摊位的人，大多是早期的犹太移民，他们在摊位的行使权，也都是从他们的父辈传下来的。我的出现，以及我展示的旅游纪念衫的图案，使他们耳目一新，有别于他们通常销售的产品，使他们与同类产品的摊位有了竞争的优势。

因为有了商店和市场这些固定客户，每周他们都会根据已销售掉的数量来给我新的订单补货，就这样周而复始，订单源源不断进来，我的收入也开始有了一个非常稳定的基础，与打小时工相比，我的经济收入一下子增长了许多。

但是在我看来，钱是一种对我工作的奖励，但永远不是一个最终的目的，因为钱是永远赚不完的，但是这个做事情的过程却是每天充满了新的挑战和惊喜，没有一个人可以教你怎样去做一个好的生意人，但你自己却必须不断总结和寻找新的方向，这个过程是非常有意义的，也使我逐渐找到了自己在生活中的位置，对自己的未来，定下了一个乐观和清晰的计划。

三个月以后，我又得到了一个意想不到的机会，但却无法定夺自己是否应该接受。

就在那天下午，我第一次接到了来自岱渃的电话，约我和 Max 一起在 Camberwell 中心的咖啡店见面，说是看看他是否能够在生意上帮得到我。

从上次参加了岱渃主办的酒会至今已经几个月过去了，在这期间，我在事业上有了很大的进步，对自己办事的能力也已有了很大的信心，每天在与各种类型的客户交往中，我已能谈笑自如，毫不怯场了。但是，不知道为什么，一见岱渃，这种自信就立刻烟消云散，逃得无影无踪了，就连说话也变得结结巴巴，仿佛是个刚学会说话的孩子。我卡着自己的手指，暗暗责怪自己：紧张什么？又不是相男朋友，他只是看在 Max 的面上来表示一下友谊而已，你为什么要这样做作？这一定是内心的虚荣在作怪！你越是想要将自己表现得好一些，就越是不自然！

这样在心里把自己暗暗骂了一通，反倒开始放松下来了。在对他们描述了我过去三个月的经历后，我又将目前正在无法定夺的问题摊到了他们的面前，希望他们能够替我出出主意。

“我在维多利亚市场有好几个固定的客户，其中的一个叫 Andy（安迪）的上周对我提出，说是愿意将他的摊位承包给我，由我去进货、销售及安排一切，每周我只需付给他 300 元的费用便可以了，因为摊位的执照还是在他的名下，按规定是不允许转让的。而他自己，希望能够跳出这个从他父辈开始就已一直在做的小市场，找一个办公室的工作，使自己的生活可以有些新的变化。每周 300 元的补贴，至少可以给他一份较稳定的收入。”

我对着 Max 和岱渃简单说明了一下这个机会，见他们听得非常认真，便又进一步说道：“我知道这是个千载难逢的好机会，但关键的是我个人不可能每天去小市场摆摊，我还需要为悉尼的公司做好销售代理的工作。可是，我不懂得下一步该怎么做？我也从来没有雇用过人，尤其是需要一个会说英语的澳洲人。”

岱诺一直在认真耐心地听着我说话，就好像是在听一件与他有什么利害关系的事，但是事实上，他只是在百忙之中来帮助我，即便就是能够听我说说心里的危难之处，给我一些有效的指点，我就非常感激了。只见岱诺想了一下，用低沉嗓音说道：

“我认为你不应放弃这个机会，自己没时间做不要紧，到处都可以找到愿意在那里工作的人。我的建议是，你需要先和 Andy 坐下来，将每天需要做的事从头到底列一遍，将每周的工作细节全部写下来，这样，你就可以知道，哪些工作是你自己可以胜任的，哪一些是你必须要雇用他人来做的。每一栏项目你都需要将相应的费用填进去，知道你的总开支需要多少。然后你要他诚实地告诉你每周平均的销售额是多少。这样销售额减去开支，剩下的便是你的利润。如果你在平衡了库存以后还有很多多余的钱的话，那么这个生意就是可行的，如果不能平衡，那你就不要开始！”

哇！！几天来一直让我理不清的乱麻，到了岱诺这里一下子变得如此清晰、简单，立刻就可以从中抽出一个头来，找到解决问题的根源。他教给我的预算方法，合情合理，比我前几个月自己摸索的要科学得多，我不由地肃然起敬，开始明白为什么 Max 会这样尊重他的这个朋友的缘故了。我真是个幸运的人！

Max 也在边上插话了：“对不起，我不是个做生意的人，不懂你们说的这样深奥的道理。但是我认识很多人，有许多朋友，所以如果你定下来要接这个摊位的话，我是可以帮助你找到帮工的人的。”

呵，真好！善良仁慈的 Max，总是在我最困难的时候向我伸出友谊的手！

在后面的几天里，我按照岱渃的建议，仔细做了一遍经济预算，觉得效益还是挺可观的，决定冒一下这个风险，承包下这个摊位。

Max 为我找来了一个从新西兰来的时装模特儿，是为奔驰车拍广告的。因为模特儿的工作不是很固定，又需时时待命，所以，她很愿意暂时来做这份比较简单和自由的工作。

这个模特儿有着一个与她的容貌同样美丽的名字——Catherine（凯瑟琳），她的身高有 180cm 左右，身穿一件普通的白色 T-Shirt，外搭一件简单的黑色外套，淡蓝色的牛仔裤将她的腿衬托得愈发细长和挺直，一头柔软的金发如绸缎那样披散在她的肩上；她的笑容是那样和善真诚，天生丽质且不带一点矫柔造作，我一下子就爱上了这位令人着迷的女孩儿。

开始的一个星期，我和凯瑟琳每天早晨五点多钟就赶到了维多利亚市场，因为这里还是保留一百多年以来同样的传统，所有摊位都是需要每天搭架子，铺展样衣的。

9 月的墨尔本还没有完全从冬天中苏醒过来，清晨的露天市场寒风凛冽，手把着冰凉的脚手支架，冻得手指都疼了。我真敬佩凯瑟琳，这样美丽的一个金发女郎，但是干起活来却是一丝不苟，一点也不娇气。

“I'm a Farmer's daughter，I don't mind to get hands dirty！”（我是个农场主的女儿，我不在意干脏活！）凯瑟琳诙谐幽默地说道。

真好，如此的朴实自然！要是在国内，能够给奔驰车拍广告片的模特儿，即便你出身普通，也自会觉得身价万千骄傲无比。但在澳洲，不管你干什么工作，没有人会觉得自己高人或低人一等，只要你自己努力和快乐。

因为我有充足的货源，给自己的摊位上摆设了所有款式和颜色的衣服，尺寸齐全，价格低廉，再加上凯瑟琳那美丽的身段儿和魅力无穷的笑容，我们的摊位成了游客最欢迎的购买点。

尤其是周末的时候，我如无需出去见客户，便来和凯瑟琳一起销售，我们几乎不放过任何一个从我们摊位前走过的游客，一周下来，我们的营业额达到了四位数，真是不敢想象！即便是扣下所有的成本费和开支，所得到的也远远超过了我打工时几个月的工资。我和凯瑟琳都为所取得的成绩感到无比自豪！

当然生意总是有好有坏，游客高峰期卖得好一些，淡季时就差一些。但是，通过自己的摊位，我开始有了直观的经验，从顾客嘴里可以得到第一手的反应，懂得了哪些款式是最受人欢迎的，而哪些是无人问津的，原因在哪里，或是可以怎样改进。我也将这些信息直接转达给了悉尼大卫的工厂，帮助他们及时调整好自己的产品。

当然，为了能够保住凯瑟琳长期在这里工作，我又找了一个临时工，每天早晚来帮助她搭架子和收摊，这样我也就无需每天自己赶去了，凯瑟琳的工作量也可以减轻许多，我们开始了非常稳定和友好的合作关系。

即便有了稳定的经济收入，也有了市中心几家大的商店客户群的固定订单，但我还是不愿意高枕无忧，就此松懈下来，我的路才刚刚开始。

我逐渐将我的推销范围扩展到市区附近和外围的地区。

1993年时的澳洲还没有电脑网站查询，唯一的销售途径是上门展示，但是几次上门以后我才懂得，澳洲人的习惯是需要先打电话去和有关的经理约好见面的时间，然后再去的。不然，往往大老远跑去，有决定权的人不在，白白跑了一趟浪费时间。

但是，此时我的英语口语能力只能简单地应付一些日常的生活用语，要做正规的生意交谈，尤其是在电话上的交流，还是非常困难的。我很怕因为自己吞吞吐吐或结结巴巴的英语，让对方没有信心，连见面的机会都不给我。所以，请人帮助我写下了一段开场白，自己先背得滚瓜烂透，让人乍一听觉得我的英语很好，但是，每当对方告诉我他们经理的名字和地址的时候，我往往就傻眼了，因为我不懂这些英语的名字该怎样拼写，只能在情急中快速写下中文的译音，然后再翻找字典，找到大致的对应名字。当然，有百分之九十的时间这些译音是错误的，闹了不少笑话。

我给自己定下的目标是“每天一个 Sale”！

也就是说，不管每天销售的金额是多少，必须要有一个成交。即便昨天的销售额是一万澳元，对于今天来说，依然是从零开始，哪怕是只卖掉 100 元，我也会庆祝这个小小的胜利。卖多少钱已不是我考虑的重点，而每天找到一个新的客户却是最最重要的目标了！

每天早上六点我就起床了，给小天天安排好早饭，送他上学校以后，我就开始坐到写字台前查找客户，打电话约时间。下午一般是我出去见客户的时间，我开着自己的那辆陈旧但忠实的小三菱车，在墨尔本的各个商业区中行驶着。除了是我预先约好的客户，每到一个区域，在泊好车后，我还会提着装满样品的重重的大提包，一家一家走过去，看看哪一些商店是适合我销售的，这样就可以走进门去要张名片，或者可以直接与经理交流。几个月下来，我的足迹已经覆盖了墨尔本周边的每一条商业街和大多数的商店，有了许多新的客户，在这同时，也对澳洲的商店和品牌的运作开始有了新的了解，积累了许多的经验。

我逐渐地懂得了，同样是一件 T-Shirt 衫，面料的品质可以有这样大的不同。面料的克重高低，也是极大的决定因素。那些卖五块钱一件的 126 克的 T-Shirt 衫，其实拿回家洗一次就变形了，证明了便宜其实是没好货的道理。

大卫他们的衣服虽然也是“Made in Australia”，但之所以可以卖那么便宜，是因为他们的面料都是从中国进口的，成本上当然便宜得多，难怪那些依然保持澳大利亚面料和手工的犹太人和越南人，一下子便被我们从这个市场挤了出去。

在我推销的过程中，我也开始了解到，其实这些旅游纪念品的衣服的销售范围是非常狭窄和有限的，只能是集聚在市中心附近的一些旅游商店和维多利亚市场里，而这些地方的客户几乎已被我扫遍。如果我要想继续扩展业务，我就必须另想出路。

经常有一些品牌商店的客户问我，在 Melbourne 是不是有自己的工厂，能不能为他们的品牌设计生产制作 T-Shirt。虽然我将大卫的工厂当作自己的工厂来推销，然而每当客户看到我对他们展示的衣服样品时，立刻就会露出失望的神情。我仔细地看了他们商店的衣服后，顿时醒悟到，悉尼工厂生产的衣服的面料和质量与之相比都太差了。即便我一次又一次将这些机会给了悉尼的工厂，但是在等待了几个星期后，收到的样品还是不能使我和客户满意，往往就是这样失去了好不容易才找到的客户。

我意识到了大卫悉尼工厂的局限性。我需要有一个质量优秀的工厂做我的后盾，而且必须在墨尔本，而不是悉尼。我开始走访几家墨尔本的面料厂，对比和学习优秀面料和劣质面料之间的不同。

通过面料厂的介绍，我认识了 Robert（罗伯特），他是一个原籍意大利的制衣厂老板，已经干这一行十几年了，在墨尔本的西区有一个不大的工厂。他精通面料，自己动手算料、裁剪，所有的裁片都固定外发给熟识的意大利家庭去做，这样就省下了许多额外的开支。使他的价格非常有竞争性。

罗伯特有一个最大的交流障碍——非常严重的口吃。如果他遇见生人便涨红了脸，使足了劲儿还是无法将所想表达的意思说清楚，所以我的到来，立刻使我们一拍即合，成了天衣合缝的最佳搭档。虽然我的英语并不太好，但是我努力、自信、永不放弃，再加是一个中国女子，使他感到非常信任。而罗伯特的工厂、对面料的知识，以及他手下的那一批来自意大利的缝纫妈妈们，更成了我出外推销的最可靠的后盾。我们合作才没几个月，我就找到了好几个大的品牌，像 MORRINSON COUNTRY、ESPRIT 等等，开始了一条走高质量品牌的生产之路。

当然，我还是继续保留旅游纪念品衣服这一块的业务，继续做悉尼工厂的代理，也仍然拥有维多利亚市场的那个摊位，就这样，我将三项业务同时进行，对自己在生意方面的驾驭能力也越来越有信心了！

在这同时，我不得不停止了晚间在电台的播音工作，也从整个华人社团圈子里隐退了出来。我需要集中精力去将刚刚开始的事业做好，我还要尽可能多给我的孩子留一些时间。

第十章

我和岱菪，难忘的一个晚上

（1993 年圣诞后）

1993 年的圣诞节快来临了，12 月中旬的街上到处是 SALE（大减价）的广告，每一个橱窗里都展示着包装精致、招惹诱人的礼品。

这已将是我在澳大利亚度过的第七个圣诞节了。圣诞在国内时从来就不是一个传统意义上的节日，但是，因为我是一个基督徒，而且在澳大利亚，圣诞节是一年中最最重要的一个传统假期，所以，这一个节日对我来说还是非常重要的。我在客厅里搭起了一棵小小的圣诞树，底下堆着几包给小天天的圣诞礼物，我也参加了儿子学校圣诞夜的晚会，看着孩子们在扮演描述耶稣诞生的故事。

今年的圣诞与往年的有一些不同，因为我接到了来自 Max 的邀请，让我和小天天在圣诞节的那一天到他的家里去吃午饭。他还邀请了许多其他的朋友参加，说是保证会是一个非常热闹、酒足饭饱的圣诞大餐。

我一直在犹豫，不知是否应该去。我这个人一向不喜欢热闹的场合，尤其是在不认识的人中间，愈发会不知所措。再说忙了大半年了，几乎没有一个喘息的机会，从开始做生意起就一直将自己的弦绷得紧紧的，现在好不容易有几天休息的时间，实在不愿意再往人群中扎，何况是一些我毫不相识的人。

圣诞节的早晨，Max 打来了电话："Merry Christmas！ Will you come today ?"（圣诞快乐！你今天会来吗?）

我立刻回复说："Merry Christmas to you too！ I'm sorry，Max. I think I will give it a miss today. I don't know any of your friends and I really like to stay at home. Please don't get upset."

（Max，也祝你圣诞快乐！我想我今天就不来了吧，因为我不熟悉你的朋友们，我也很想呆在家里休息一下，请你千万不要生气。）

Max 立刻接过话头说："Don't be silly. You and your son must come！ Today is the Christmas Day. You shouldn't stay at home by yourself. Also，you always say you like to know Australian better. If you stay at home，you will never know anyone. So come please. I need your help as well. You can cook a few Chinese dishes for me！"

（别傻了，你和你的儿子必须来！今天是圣诞日，你绝对不应自己一个人呆在家里。而且，你总是说你希望更多地了解澳洲人和社会，但是如果你只愿意呆在家里，你就一辈子都不会懂得任何人。所以，赶快来吧，我也需要你的帮助，你要帮我做几个中国菜。）

我不好意思再回绝，中午十二点，我在家准备了几个中国菜，带着儿子前往 Max 的家。他的家位于靠近海边的高档住宅区——Brighton，是一栋白色的英国爱德华式的 House，Max 热情地张开双臂欢迎我和儿子的到来，并引我们一一结识了他的朋友们。

午餐是那样的丰富，每个来宾都自带了几个特殊拿手的菜肴，在装饰浓郁圣诞气氛的餐桌上，五彩缤纷、香味诱人的美食让人垂涎不止。大家都彼此谈笑着，说着一些我似懂非懂的话题，只有到了这一刻，我才又一次感受到，自己的英语听力还是如此的差劲，而我的英语词汇量，还是远远、远远不够的啊！我再一次感到了自卑！

虽然才喝了一杯红葡萄酒，头已开始晕晕乎乎的，脑子也不再听使唤，觉得自己站在这些陌生人中，就好像是一个多余的人，显得是那样的格格不入，我于是向 Max 告别，尽管 Max 在那里一再挽留。

拉着小天天刚打开门，只见岱诺站在门外，正要推门进来，一见我和小天天，立刻高兴地说道："呵，圣诞快乐！这就是你的儿子小天天吗？"

Max 告知岱诺我们正准备离去，他立刻回身抓住小天天的手，对着我说："怎么能这么早就离开呢？我才刚来呢，至少要陪我一起吃点东西，告诉一下你最近的工作情况。再说，我还没有和这位小朋友说过话呢，你为什么要急着走呢？"

我实在不好意思再推脱，就这样，我和儿子又返回了屋里，Max 给我们几个都倒了一杯酒，我们坐在桌边谈啊，笑啊，我的拘谨开始一扫而空。

岱诺非常关心地询问着我在过去几个月中的生意情况，我可以感觉到他是真感兴趣，而不是无话找话，于是，我就比较详尽地告诉了他们我所经历的一切，也谈到了我正在开始起步的与意大利人工厂合作的第三条生意路线。

岱诺听得是那样的专注入神，不断地点着头，眼里充满着善意的鼓励。不知为什么，我的英语表达能力一下子变得顺畅了许多，也许是因为我所说的事情都是自己所熟悉的工作，再加上他的耐心和不厌其烦，使我的拘谨感一扫而空。

整个下午在不知不觉中很快就过去了，我们谈得海阔天空，轻松而又愉快。感谢 Max 这个慷慨善良的主人，当然更感谢岱渃的友谊，我们度过了一个在澳洲最愉快的真正的圣诞节，我也不再觉得自己是个身处异乡的孤独的人。

从那个圣诞节以后，Max 便开始邀请我参加他们每周一次的朋友聚餐，那些都是 Max 的单身朋友们，但是不知道为什么，几乎每一次，我都可以见到岱渃也在。

“他不是已经结过婚的吗？怎么也来参加单身者的聚餐呢？”我在心里疑惑着，但从来不敢问 Max，怕别人觉得我不礼貌。至少，对我来说，我是很高兴他也在这个圈子里，他个人的事情是不需要我来评判的。

记得那是又一个星期五的晚上，这周聚餐的地点是在 South Yarra 区的皇家植物园对面的饭店，这个区域是墨尔本最高端和昂贵的地区之一，Botanic 饭店也是享誉良久的有名饭店。

自从我强迫自己走出家门，参与 Max 组织的每周一次的聚餐以后，我发现自己对澳洲的食物开始有了更多的接触和了解，再也不会去惧怕使用刀叉，而且，逐渐开始能够品尝出不同风格食物的独到之处了。

这天晚上岱渃还是与过去的几次聚餐一样，离开我的座位很远，虽然大家都在一个桌上吃饭，但是外国人的那种长长的桌子，使得我们就像隔着一个大洋那样的遥远。他不停地和他邻座的女子交谈着，欢笑着，偶尔转过头来，对我送来礼节性的一笑，才可以让他人悟到我们并不是陌生人。

晚餐结束已经快九点了，窗外的天空已呈灰黑色，大家都开始起身离去。我和Max打了个招呼，正准备去取我的车，突然，Max跑到我面前，附在我的耳边悄悄地说：

“我觉得岱诺今天晚上喝多了，我有点担心他开车会有危险，希望警察不会设障，要被拦下的话是会有大麻烦的。他住在Hawthorn，你住在Kew，我们这里的人都住在海边那一头，只有你正好是顺路的，你能否替我跟紧他一点，要是在后面看见他不行，最好就你开车送他回去，等他酒醒了再回去取车。”

Max这么一说，我也意识到岱诺似乎稍稍带了一点醉意，也许是刚才酒喝得太快了。但只见他朝我们挥了挥手说再见，就转身进入了他那辆银灰色的奔驰车。听从Max的叮嘱，我悄悄地尾随在岱诺的车后，希望他不会出事。

从South Yarra开到Hawthorn和Kew还是需要大约半个小时的。天已经非常黑暗了，穿梭不停的车在我身边不断地快速驶过，因为路很宽，有两条车道，我的心里一直在挂念着儿子，脑子稍稍走了一点神，一抬头，竟发现自己将岱诺跟丢了，急匆匆地在昏暗的路灯下超过了好几辆车，却再也不见他车的踪影，不由地在心里懊恼地开始自说自话起来：

“这个好心的Max，真不知道他要我这样跟着岱诺有什么用？如果他出事了，就算我跟着也太迟了呀！警察如果拦下他，我怎么上去解救他呢？现在我又不知道他住哪里，跟丢了也只能算丢了，对不起！我真没用！”

就这样我一路开车，一边自我抱怨，下了主干道的High St，刚一拐进往我家去的小路，突然发现在车后有两道车灯尾随在后面，我左转到了家的街口，这辆车也紧随跟上，这在僻静无人的小路上是非常不寻常的，于是我立刻将车泊到离家不远的路边停下，熄了车灯，坐在车里，希望这辆车可以从我边上开过，等车离去以后我再回家。可没想到，这辆车也随之停下了，有个人从车里走出来，借着微弱的路灯，我这才辨认出竟是岱渃，不禁大惊失色。没想到我跟丢了的人，竟然会是在我的后面。我也赶紧跳出车里，向他迎去。

“哇，岱渃，你怎么会在我后面？怪不得我一直追不到你！”

岱渃笑着答道：“你在跟着我吗？为什么？”

我对他解释了 Max 的交代和怕他酒醉驾车出事的担忧，他听后哈哈大笑起来。

“没事的，这点酒是没问题的，不过我确实不应该酒后驾车，这是犯法的，应该下不为例。不过，我刚刚倒是担心你也喝了一些酒，怕你驾车有危险，所以才跟在你后面，想等到你到家后才离开，可没想到你竟将车停下了。显然你是发现了我，所以我也只能出来和你打招呼了！”

真没想到岱渃除了受人尊敬的形象之外，还有这样一颗善良和细腻的心，尤其是对我这样一个微不足道的女子，我深深地被感动了。

岱渃又将话锋一转，笑问道：“你家就住在这里吗？”

“是的，就在对面的那个小楼里。”我朝着那个方向努了努嘴。

“怎么样，不请我进去喝杯咖啡吗？”岱渃突然问道，令我有些措手不及。

“呵，今天有些太晚了，下一次吧！再说，我们家有个合租的学生，怕晚上有生人进来打搅他休息。”我慌乱地找着借口回绝他。

岱渃看了一下手表说：“OK，现在还不算太晚，我喝杯咖啡就

为了参加MAX带我参加的正式酒会，我自己缝制的裙子，在我KEW的家中窗台和床上。

1	3
2	4

1　1993-1994 年间的岱渃。

2　当年帮助我生意起步的 DAVID。感谢他给予我这样的机会并付诸无限的信任。

3　1993 年在家为生意的起步设立的写字台，不知为什么，相机的日期设置却成了 1985 年。

4　1990 年在澳洲，开始趋向成熟的我，圣诞的前夕在为儿子和家人挑选圣诞贺卡。

岱诺在我 KEW 家中的小客厅里，那是我们初交的日子，就在这张沙发上，他第一次对我敞开了心怀，讲述了他的故事。

岱诺唯一保存下来的几张年轻时的照片，这是他的大学毕业照。

左一是我们的朋友MAX，中间是画家查尔斯－比离奇。边上是岱渃，如果没有MAX的相助，就不会有我的今天。

这是岱渃小时候的全家照：前排左起他弟弟、妈妈、父亲。后排左起：岱渃、他大哥。

岱渃的妈妈和哥哥与我们一起赴晚宴，那时的我对各国不同风味的食物还一窍不通，不懂辨别，但我喜欢这种家人相聚的温暖氛围。

1998 年我们与妈妈在德国的小镇上。妈妈那时已经近八十岁高龄了，临出发前她一个脚趾骨折了，但是一直没有告诉我们，忍着痛与我们走遍了整个行程，就是为了不要让我们担心，她是一个善良而又坚强的母亲！

我经常陪同岱喏去参加各种正式酒会，当年还不善讲英语的我，常常感到力不从心。

走，好吗？再说，你不是担心我酒后驾车危险吗？现在的路口一定布满了警察的车，要是我再开车，一定会被拦下的，这样就更糟糕了，我想让酒精挥发掉一点后再开车，我想你不会介意吧？”

岱诺这样一说，我就不好再回绝了。况且，在过去的几个月里，他已这样无私地帮助过我多次，现在已到了我家的门口，撵人走是不礼貌的，我只能笑着说道：“请进来吧，我可以给你做一杯最地道的好咖啡！但是，我家非常简陋，也很窄小，请不要介意！”我一面说，一面打开了我家的门。

客厅里静悄悄的，漆黑一片，我往学生住的睡房里瞄了一眼，房间的灯已暗了，想必他已睡了。我将岱诺安置在客厅里的沙发上坐下，打开电视机，示意他看会儿晚间新闻，然后匆匆地将咖啡壶烧到了煤气上，转身又赶紧跑进睡房，亲了亲已熟睡的儿子，给他掖好了被子；平时他已习惯每晚八点睡觉。

又回到了客厅，我给岱诺倒上一杯香味浓郁的自煮咖啡后，自己也捧着咖啡走到岱诺对面的沙发上坐下，因为是在我自己的家里，所以我感到非常的放松和自然，心里没有一丝负担。

岱诺喝了一口咖啡，对我说：“你好像很有艺术天赋，将屋子布置得这样的温馨和得体，很有家的感觉，你应该为自己感到骄傲！”

这话让我感到很温暖，微笑地致以了谢意，为他的细心，也因了他慷慨的赞赏。

岱诺又喝了几口咖啡，突然抬头对我比较严肃地说：“如果我想今晚和你好好地谈一谈，你会在意吗？”

他的眼里是一种我从没见过的神情，我不知道他要说什么，只能下意识地点着头。岱诺沉思了一会儿，用他那特殊低沉的声音缓慢地说道："从我们认识到现在，我已经听了很多关于你的故事，不管是从你口中还是从 Max 那里间接转达，总之，我觉得自己好像已经认识了你一辈子似的，对你已非常熟识。但是，你可能还很不了解我，即便知道一些我的故事，也是从 Max 那里听到的，但不一定是反映事实的真相，因为有许多事情，即便是最好的朋友也是不了解的。"

我非常惊异岱诺的坦率，这是我从来没了解的一面。在这同时，我又有一种受宠若惊般的不安，因为直到这一刻，虽然我对他有一种特殊的好感，但总是尊敬的因素更多一些，再则我知道他是个结过婚的人，因有石磊的前车之鉴，我是断然不会再让自己掉进类似的感情漩涡中去的，我的感情已枯竭。

见我没有说话，岱诺又接着往下说道："今天晚上，如果你不介意的话，我很想对你说说我的故事，就像一个朋友，让你对我有个直接的了解，你希望听吗？"

我当然不能对这样真诚的朋友说"不"，连忙点着头，又为他倒上了第二杯咖啡。他缓慢而又低沉地说道：

"从表面上看，大家都觉得我是一个非常成功优越的人。我在墨尔本大学主修的是商业和经济，同时还拿到了个专业会计师的毕业文凭。但是，我最感兴趣的却还是政治和历史，而且非常偏爱中国的文化，当年在大学的时候，毛泽东语录中的许多段落我都能背出来，比如说，'万里长征，始于足下'。虽然我不喜欢文化大革命，但是我觉得毛泽东这个中国的领袖是一个非常智慧的人。我还对孔夫子的哲学非常感兴趣。当然，我最喜欢的还是中国的食物，所以，你现在可以理解为什么我会非常愿意交上你这个中国朋友的缘故了。"

岱诺幽默地笑着，使原本稍稍有些紧张严肃的气氛一下子变得轻松了许多，我也不由得跟着他大笑起来。他又接着说道：

“1967年毕业的时候我得到了MYER的奖学金，可以让我到美国去深造，但是因为我父母已年迈，家里的生意需要我来直接参与，所以我只能放弃出国读硕士的机会，开始帮助我的父母经营酒店的生意。那年我才22岁。”

我一面听，一面在心里默默地快速心算：1967年22岁，他是1945年生的，今年48岁，比我大9岁。

突然，我为自己的走神感到抱歉，赶紧集中注意力听他继续讲述。

“我的父母已是生活在澳洲的第四代了，早年我的祖先在英国因为太饿偷了一块面包，便被判罪流放到澳洲，被关在塔斯马尼亚的荒岛上干苦工赎罪，生活是非常艰难的。

“我从小生活在乡村，那时我的父母在维多利亚省靠近Albury附近的一个叫Wodonga的乡村小镇上开了一个酒吧，就是那种传统的英国式的Pub，不过酒吧除了卖酒以外，也供应午餐和晚餐，只是非常原始和简单的乡村饭菜。楼上有十几个很小的房间，作为旅馆出租，过路的卡车司机就常住宿在那里。我的父母一直很忙，乡村的厨师干不了几天就会离职，有时我妈妈便会卷起袖子自己下厨房，为一百多个客人做饭。

“我家兄弟三个人，我是老二，哥哥很早就开始在酒店里帮忙，但是因为身体不好，所以总是挑不起大梁来。当大哥开始到了上大学的年龄的时候，我和他一起先到了墨尔本，在霍桑这个地区租了个小房子，开始了自己的独立生活，那年我才12岁。

“没过多久，我父母卖掉了在乡村的酒店，又在墨尔本位于Kew转角处买下了个酒店，全家住楼上，楼下是酒店和饭店。我父母亲因为早年家庭贫困，没有受过很好的教育，所以立誓要给我们兄弟三人最好的教育。从中学开始，我们便被送进墨尔本霍桑地区有名的男子私人中学Carry，父母所有的艰辛劳动的积蓄，全部花在我们的教育经费上。

“虽然我的父母一直对我们很慷慨，但是我从小就懂得钱来得不容易，而且我有着很强的独立性，一直坚信凭自己的能力可以赚许多钱。那时我只有十二三岁，每天一大早，就到批发站去领报纸，然后不停地奔跑，在电车线上卖报纸。没过多久，我就已经开始雇用好几个其他孩子来为我工作，因为我掌握了批发的途径，进了各种报纸后让大家分散为我推销，这样我的利润一下子增加了好几倍，附近的每一条电车线和BUS线上，到处可以看见我们这些销售报纸的孩子们。每天到了学校上课的时间，我们已经工作了好几个小时，赚了好多钱了！这就是我人生最初的赚钱经验。所以我相信，穷孩子早期独立的奋斗对自己的一生发展是非常有好处的！

“在这个有名的私人学校里，当年的我是不太受老师宠爱的，因为我父母的背景并不是医生、律师，或者那些世袭有钱的生意人家庭，但是这并不能使我气馁。感谢上帝，我继承了华盛顿家族那特有的高大宽阔的体型，在运动场上，我和我弟弟都是健壮敏捷的好运动员，无论是澳洲的橄榄球、游泳、网球还是划艇，我都是名列前茅。每当同学们在运动场边上为我们高声助威的时候，我便会为自己感到无比的自豪！

“我还特别喜欢滑雪，但当时我还没车，于是在滑雪季节来临的时候，每个周末我都会半途搭车将我载到雪山，晚上在餐馆打工，当上了最受欢迎的Waiter（侍应生），几个夏季下来的小费就让我买了我生平的第一辆Porsche车。就这样，我白天滑雪尽情娱乐，晚上打工赚钱两不误。

“我从小就很要强、很独立，功课也总是名列前茅，所以，在学校毕业时因为家庭的原因放弃了我的奖学金、去美国深造的机会，对我的打击是非常的巨大。但我是不喜欢坐在那里哭鼻子的，所以，如何利用这个生活给予我的机会，便成了我主要集中精力的方向。

“我大学毕业那年，父母已经又在靠维省东面的 Bentley 地区买了另一家酒店，规模比任何我们曾经拥有过的都要大很多，而且收益非常可观，我和哥哥都开始参与经营，没过几年，我们就已在墨尔本的各个住宅区连续买进了另外四家酒店，同时还将我们的商业版图扩展到了昆士兰省，到 1990 年的时候，我们已有了五家酒店，一家夜总会和一个种芭蕉树的农场。

“虽然我从大学毕业后就直接继承了父母的生意，但是在大学时就很旺盛的对政治的关心却没有就此消失。我除了料理家族的酒店生意以外，还积极参与了墨尔本的 Hotel Association（墨尔本酒店旅馆协会）的主席团工作，连续十年担任了维多利亚省的主席，连续七年担任了澳大利亚总协会的主席。

“因为对于酒店业务的参与，我们逐渐意识到单独的小酒店在购买进货中的弱小和没有竞争力，也无法得到最优惠的进价，于是，我和几个同行的朋友们在 1975 年开始主办了一个名叫‘Inn Keeper’的购买协会集团，现在已经快 18 年了，是维省最大的私人酒店购买集团，会员已经发展到近千家，引起了各个酒商和各个软饮料商的极度重视，一直到现在，我还一直参与主席团的管理工作。

“随着现代化的生活方式越来越深地进入各个领域，传统上是人们下班后喝酒聚会的 Pub 式的酒店，逐渐失去了老一辈的客户，再加上前几年的经济衰退，许多街角的酒店被迫关闭，维省酒店业进入了一个非常萧条的时期。

“那时我是酒店协会的主席，找到了政府中主管酒店这一块的议员（他正好是我大学的朋友），我向政府提议放松维省禁止赌博的一贯政策，允许普通的 Pub 酒店设供人们玩乐的角子机，这样，小的酒店就可以有一些额外的项目来吸引顾客进门，增加业务和收入。

“我不知道你是否了解，在这之前的几百年里，维多利亚州一直是禁止赌博的，任何人想要玩角子机，必须要开车到与维省交界的新威尔士州（悉尼的所在州）去，所以这是一件非常具有历史意义的大事。经过无数次的会谈和力争，我们终于得到了政府的许可，维省禁止赌博的规定也就一去不复返了。”

岱诺一面回忆一面对我述说着，他的英语清晰、标准，不带澳洲口音，声音低沉悦耳，就像是个电台的播音员，好像正在为我讲述一个属于别人的故事。我听得出神，被他缓缓道来的经历深深吸引住了。

只见岱诺话锋一转，突然变得感慨地说：“其实，我自己是个最痛恨赌博的人，即便去过拉斯维加斯多次，却从来没在赌博机上花过一分钱。但是，我觉得自己作为一个协会的主席责任重大，要将走下坡路的澳洲传统小酒店从困境中拉出来，当时这是最有效和唯一的出路。去年政府终于开了绿灯，许多小酒店给了角子机的执照，大多数的酒店都重返繁荣，从经济萧条的困境中走了出来，所以，在这一点上我是很为自己感到自豪的！”

听到这里，我不禁好奇地插嘴问道：“那么你自己的酒店也一定可以拿到执照，得到很大的收益了？”

突然，岱诺眼中的光芒消失了，取代之的是一种痛苦的神情，他沉思了一下，重又开口说道：“不，我已经失去了所有的酒店，失去了我的农场，我也辞去了协会主席的工作，所以，我在这次酒店业的复苏中并不是个既得利益者！”

他一面说着，一面轻轻地摇着头，眼中失落、惆怅的神情是那样令人心碎，和之前那个意气风发、自信果断的男子判若两人！

到底发生了什么事？我的心被揪得一阵阵发紧，怕追问伤害了他，但又压不下心中的疑惑，还没等我下决心开口，他又主动接着说道：“其实，刚才所说的关于我过去的一切，都只不过是一种铺垫，要让你知道我从哪里来，我的家庭背景和我年轻时的抱负和生活。但是，下面我要说的，才是我今天真正要对你说的内容，因为其中有很大一部分是包括 Max 都不知道的现实。你有兴趣听吗？”

岱渃的眼睛突然直视着我，目光中包含着信任的问号。我的心里不禁感到一热，赶紧诚挚地连连点头。只见他移开眼睛，目视前方，继续缓慢的说道：

“1987 年到 1988 年时，我们的家族酒店生意和我个人的政治事业都已达到了顶峰，但是，往往事情太顺利了，就会使人的头脑发热，过于自信，以至于犯下无法挽回的错误！

“1987 年的时候，我弟弟也开始加入了我们的家族事业。顺便说一句，这个弟弟在我们三兄弟中是最不相同的一个，在他出身长大的时候，我们父母的生意已经比较成功，经济条件也已宽裕很多，所以，他的青少年时期是比我们当年要倍受宠爱和奢侈得多，在物质上是要什么父母便给什么，完全不同于我和哥哥小时候。

“他高大英俊，品味独到，整天出入于墨尔本最有钱人的 TOORAK 社交圈子里，是个像电影明星般引人注目的花花公子。

“我很爱我的弟弟，也常常被他的许多新鲜主意和想法所吸引。因为他曾经在房地产公司工作过，建议我们应该将家族的事业开辟一个新的领域，去投资开发房产。

“1987 年我们在靠近 Brighton 海边的 North Road 的大十字街口，买下了一大块地，准备设计建造一组包括办公大楼、酒店、饭店、商店，还有 Disco 舞厅的大建筑群。

“在 1988 年竣工的时候，我们已经与许多大的政府部门和商店群签好了未来的租约，以确保建筑完成后就立刻会有租约生效，一边最快速度收回成本。当然这么大的一项工程，是一定需要向银行贷款来帮助做资金周转的。但是我们都万万没有想到，前面有一个巨大的陷阱正在等待我们。

“其实，从 1987 年 10 月开始，美国华尔街的股票市场就已开始大幅滑跌，到 1988 年时，澳洲的股票市场也已一下子贬值了 40%。可在那时，这些都没有引起我们太大的警觉，因为我们没有很多的钱投在股票里，似乎与我们的关系不大。但是没想到，澳洲的经济也开始随之直线下跌，在 1989 年底的时候进入了经济衰退期。

“当年的工党政府财务大臣 Paul Keating 在 1990 年时说，‘This is the recession we had to have! ’(这是一个澳大利亚不得不发生的经济萧条)

“他的话音刚落，一夜之间，澳洲的各大银行贷款利息更加上升，银行的贷款利率从原来的 8%，在一年多的时间里直线上升，到了 1990 年已突破了 20%，这也意味着，我们每个月要偿还的贷款利息突然加了一倍多。我将每个星期各个酒店的收入全部用来还贷款利息还不够，不得不开始卖掉几个酒店来还债。当然，我只是这次经济衰退中的一个小小的例子，在这两年中，澳洲有数以千万计的大小企业宣告破产，澳洲的失业率在 1990 年达到了 10.8%。

“也就在这同时，原来与我们签订租约的企业纷纷要求取消租约，说是暂时停止扩展，1990 年底全部建筑完工后，几乎有 70% 的房子租不出去，也无法卖掉。因为在那几年几乎是人人都自身难保，包括澳洲最有钱的几个大名人都被弄得倾家荡产。

“就这样，我在极其困苦艰难的情况下单枪匹马熬过了两年，最终将整个建筑群以最低的价格卖掉了。你想象一下，我们建造这个群体的成本是三千五百万澳币，但是我们最终卖掉的价格是一千七百万澳币，损失了整整一千八百万澳币。

“到我终于将这一切都脱手的时候，虽然我已失去了所有的一切，包括我们家族所有的酒店和农场，却感到了一种释然，一种解脱，因为物质上的一切都是可数的，但是精神上的压力和思想上的重负却是无法用数字来描述的，当你一无所有的时候，你仿佛又得到了一种新生。

“所以，现在站在你面前的我，并不是一个别人眼里成功的生意人，也不像过去那样头上顶着无数重要的头衔。在过去的几年里面，几乎没有一个单位愿意雇用我，说是因为我的简历太过于辉煌，头衔太多太高，他们怕无法驾驭我。

“再说，从大学毕业我就一直是为自己工作，所以在没有人愿意雇用我的情况下，我又自己找到了一条生路，设计了一个训练的课程，帮助培训那些将要开始到赌博场合去工作的人。

“另外，因为我一直对大型的演出集会感兴趣，所以，我现在干的另一个工作是为各个大企业举办颁奖晚会等等，你上次和 Max 一起来参加的就是其中的一个。虽然干得很辛苦，得到的报酬也远远不如以前，但是至少我又重新站了起来，而不是坐在那里自我怜悯哭泣，你说是吗？”

我在心里突然对面前的这个男人肃然起敬，为他的坦诚，也为他那跌倒了又站起来的不屈的精神。在我的眼里，此刻的岱诺，并没有因为他失去了物质上的一切而降低我对他的尊重，相反，他在我的眼里比任何时候都更像一个顶天立地的男子汉。

但是，他的家人呢？他的妻子呢？他的孩子们呢？当他在奋力作战的时候，他们是否与他在一起同甘共苦呢？我的心里有千万个问题，但是我不敢张口，这些都是很私人的问题，我没有权利贸然过问。但是，我又实在不愿错过今天这个也许是仅有的谈话机会，于是，我小心翼翼地试探着问道："那么，你的妻子和孩子呢？他们是否也受到了影响？"

岱诺仿佛并没有因为我主动提到他的家庭而感到有什么不妥，相反，他很直接地回答了我。

"当然啦，这个影响是巨大的。我的孩子们从小就生活在优越的环境里，家里有网球场，有游泳池。冬天去山里滑雪，夏天去欧洲度假，上的是私人学校，开的是名牌豪车。可是，一夜之间，所有的这一切都没有了，他们也被从幼儿园便开始的私人学校转到了公立学校，因为我无法承担昂贵的学费。我想这样的打击对孩子们来说是非常巨大的，更是需要有一个心理调整和适应的过程的。

"我不知道这究竟是一件好事还是一件坏事，因为过去他们觉得钱来得太容易，一切似乎都是理所当然的，并不懂得赚钱的不易，也不懂得珍惜。现在突然没有了，对他们的打击一定很大。因为从贫穷到富贵，是一种希望，每得到一点都会充满了感激，但是从富贵到贫穷的转折却要难以接受和协调得多，我想唯有时间才能告诉我对他们的影响有多深。

"我这个人很少对人谈我的私事，即便是对 Max 这样的朋友，但是今天既然我们已经谈了那么多了，我想有必要在这里对你说一句，我和我的妻子已经分居快一年了，也幸亏这一点，我们至少还拥有我们的房子，因为早就签在了她的名下。因为我没有去处，所以现在还是住在家里，只是自己住在楼下的客房里。

“关于我和她之间的事，我今天就不再多说了，也许有一天我会告诉你。不过我总认为，夫妻之间是没有谁对谁错的，只有这个男人是否对这个女人合适的问题，坦白地说，我们不合适，也许从第一天开始就是一个错误。但是我们都不应该责怪，因为我有了两个非常可爱的孩子，我的儿子叫乔治，今年 20 岁了，女儿叫瑟芮娜，今年 14 岁。”

说到他的孩子们，岱诺的脸上浮起了充满父爱的笑容。

一切都已这样的清晰，他的生活和经历如一张白纸那样毫无掩饰地展现在我的面前，尽管我还不知道他为什么愿意对我这个中国女子说这么多，但有一点，我想是无需语言就可以感觉到的——他对我有好感，对我很信任。

也许在这偌大的世界里，他也与我一样感到孤独？难道上帝已经在那里安排，让我们在今天相聚，只是简单的一杯咖啡，两颗诚挚坦然的心，便将我们彼此的未来和命运开始连接在一起？

但是在那一刻，我们还不知道会有那一天，我们当时唯一希望的是可以为对方的事业做一点事，也许有一天，我们会为彼此未来的成功出一份力！

那晚，我们谈得很晚很深，我想，1993 年那个普通的夜晚是我此生最难忘的一个夜晚，从那天开始，岱诺也成了我在澳洲最好也是最可信任的朋友！

第十一章

终于能回家了，在漫长的七年半以后

（1994年5月）

1994年5月底，我和小天天终于拿到了澳洲的永久居留签证，立刻迫不及待地登上了回国的飞机，途经香港回到了上海来探亲。

三年前离开上海时，小天天还是一个倍受宠爱娇惯的小男孩，但是今天，他已经成了独立、自信和能说一口流利英语的少年了。

而我，在离开了我的祖国整整七年半后，终于再一次回到了我日思夜想的故乡——上海。

上海的虹桥机场比我走的时候似乎要拥挤繁忙得多，尤其是门外的停车场附近，就好像是个人头攒动、叫卖声不断的小市场。

肖明的爸爸妈妈都来接我们了，能够早一分钟见到他们的宝贝小孙子是他们最大的愿望。他们坚持要我们都住在他们家里，我也同意了，尽管我和肖明已经离婚，但他们永远是我的父母，我也永远是他们的女儿，这种亲人关系是永远不会终断的。

上海的变化真大啊，在我走时，国际饭店还是上海最高的建筑，可是现在，我的眼睛可达的高点，到处都是新盖的高耸入云的楼房，或是正在施工的楼房脚手架。几乎每一条街都在挖坑扩建，打桩机和推土机哐哐的轰鸣声，震得我的耳膜嗡嗡的鸣叫不停。过去每天行走的不算太窄的江苏路，今天突然变成了四条汽车道的令人畏惧的大街。我离开时屈指可数的出租车，现在手一招满街都是。

那个我熟悉的华山路徐家汇口的转角，现在已变成了一个巨大的四通八达的路口，一栋栋耸立的百货公司和让人眼花缭乱的广告牌隔着路口遥遥相对，只有徐家汇的天主教堂才能唤醒我儿时的一点记忆。小邵的家被拆迁到哪里去了？亲爱的小邵妈妈都到哪里去了？怪不得她没有给我回信，原来我寄信的地址早已不复存在。

那些我每天都曾经过的商店都到哪里去了？为什么交通大学竟然缩到了后面，显得那样的寒酸？我的小学到哪里去了？我的中学怎么也没有了？幸好我儿时曾经千百次奔跑过的天平路还依然存在，但是那记忆中静寂美丽、人迹稀少的小路，今天竟是车来人涌，沿街到处开满了一个个卖衣服和食品的小店铺。

留给我那么多痛苦和亲切回忆的儿时的家“茅馆”呢？怎么竟会变成了这样一条陈旧拥挤的弄堂？记忆中高大森严的深绿色大铁门，现在已经漆色掉落、锈迹斑驳，如同一个历经沧桑的老人，身躯已经变得如此的薄弱易碎，在勉强地支撑着这风烛残年的岁月。

我记忆中弄口的那个美丽的花园，已被搭上了许多临时违章建筑，那口深邃清凉的水井，早被人封上了一块木板，边上是一把大大的铁锁。残存枯黄的冬青树上，到处搭拉着刚洗过的短裤和袜子。呵，那棵硕大的白玉兰树竟还在，我的眼前又浮现出了石磊站在树下那双溢满泪水的眼睛，心再一次发出那熟悉的绞痛。

早几年政府就开始对曾经的资产者平反和落实政策，我的父母也必须将当年为卢先生代为照管的房子还给楼下的原房东。在爸爸单位的分配下，我的父母已经从天平路上的“茅馆”搬了出来，住进了靠近江苏路附近的新公房。但是那个新家对我来说没有一点“家”的感觉，因为没有一丝记忆的丝缕可以将我与那栋钢筋水泥的建筑联系在一起。

在上海的最初的一个星期，就这样在不停的寻觅旧迹、不断的怀念过去、不时的震惊、不尽的忧伤和感叹中度过了。所有在过去的七年半里不断浮现在我记忆中的熟悉的上海，已经再也不复存在了。

不过，在这开始的震动之后，随之而来的是对这七年半来巨大的变化的惊异和赞叹。

1994 年正是中国的改革开放政策实行的第二个阶段，从广东沿海地区开始的城市化发展和建设，正以令人惊异的速度在上海蔓延开来。这个我从小生长熟悉的上海，比起我 1987 年离开的时候，要多了一些自信，多了一些的自由。

衡山路上那些装潢华美、灯光幽雅的酒吧和西餐馆，以及美国领事馆附近的那些西人簇拥的咖啡店，使我感觉到了一种文化和传统上的变迁。

朋友们带我到位于原来西郊附近的虹桥，只见新楼耸立，西装革履的生意人不断匆匆走过，她们告知我这一个地区是来自香港和台湾商人的集居地，房子的质量是最上乘的，价格也是最昂贵的。台湾商人来中国投资？这在“文革”中是不可想象的。

华亭路上的小市场依然存在，只是扩大了许多，琳琅满目的摊位上，摆满了出口转内销的名牌衣物，不断地有人悄悄跟在我们身后，向我们推销着据说是“水货”的名牌箱包。这些我们过去在国内连听都没有听说过的世界名牌，现在突然成了每个女孩都向往拥有的“必需品”。

我最最喜欢的还是上海的食物，吃不够的大饼油条，喝不够的豆浆；糍饭糕、芝麻豆沙双酿团、条头糕、肉丝黄芽菜春卷，每一份点心都堆积着我对故乡的饥渴和思念。

上海的饭店突然从各个地区和角落里如雨后春笋般蕴生出来，最最地道的上海熏鱼、醉鸡、酱鸭和鳗香鱼，是我百吃不厌的必备菜。哎，澳洲也有丰富的海鲜和新鲜的肉禽，但是不知为什么，那里的中国饭店就是做不出真正的上海风味，哪怕是为了这些令人百吃不厌的美味菜肴，我也想在上海多呆一阵，享受个遍。

小天天一下子又回到了亲人们的怀抱中，每天是吃不完的菜肴和享不尽的爱。爷爷向我提出要让小孙子留在上海一个学期。

“小天天毕竟是我们中国人的炎黄子孙，怎么能够只说英文而忘了中文？我们的老祖宗是断断不能原谅我们的！他应该在澳洲上中学之前，先留在国内将他的中文补习一下！”

我觉得爷爷说得有道理，好在他那时才刚刚上五年级，在澳洲的小学都是很宽松的，没有什么压力，小天天的接受能力很快，让他在中国的学校补习一段时间是绝对没有坏处的。当然，我知道在爷爷奶奶的心里，能让他们的宝贝孙子在身边呆上几个月，将会是对老人最大的慰藉，我同意将他留下。

当然，这次回国，除了寻旧、尝新和拜望父母、亲朋好友之外，我还有个非常重要的任务，就是想看一看在这飞速发展的特殊时期，我们是否可以在上海寻找到一些生意的机会。这也是在我临行时，岱渃和我谈话的内容。

在别人的眼里，我们总算是衣锦归乡了，虽然没有腰缠万贯，但至少已拿到了澳洲的居留权。于是，通过熟人们的介绍，有许多大门开始对我们打开。在国外生活了七年多，我可以从这个独特的角度，发现许多在国外已经司空见惯，但是在国内却还没有见到的东西，我的心里充满了勃勃的生机，每天都是一个新的主义，每一刻都是一线新的希望。

我回国探亲已有两个多星期了，但我却觉得似乎才刚刚开始，愉快的日子总是过得飞快的，我正打算再到我的父母家去住一段日子，陪伴一下日渐衰老的爸爸。

那天早上，我刚刚起床，突然电话铃响了，我随手拿起电话，电话里竟传来了岱渃的声音。

“Hi，你好吗？”岱渃的声音虽然遥远但却异常清晰。

“啊，是你啊？我很好！真高兴能听到你的声音！”我一面笑着对他说着，一面回顾着身后，因为这至少是在肖明父母的家中，我不想伤害到他们感情。再说，我和岱渃还仅仅是朋友，一种未来生意上的伙伴，我觉得没有必要对父母提及他。

我没想到他会打电话到上海来，因为在那个年代，还没有电脑，也没有手机，唯一的通讯工具是电话，但是长途电话费是很昂贵的，所以如果没有什么重要的事的话，他是不会打电话来的。

“你这次在上海的收获怎么样？有没有发现什么发财的机会？”岱渃半开玩笑半认真地说。

“当然啦，我发现了很多很多的机会，也已经和好几个单位公司面谈过了，等我回来，我会把这一切都告诉你，我相信我们可以一起在上海做很多事，可以在生意上成为很好的合作伙伴！”我既兴奋又诚挚地对他说着，心里对我们的合作前景抱着极大的希望和信心。

“啊，那太好了！我真为你感到骄傲！”岱诺笑着赞道，突然，他的声音停顿了一下，似乎在犹豫着什么，然后又接着说道：“但是我相信将来不仅是在生意的合作上，而且在其他方面，我们也将会成为最好的伙伴……”

现在轮到我沉默了，我的心突然提到了喉咙口，把所有刚才想说的话都给堵住了，我不知道该怎样去反应和解释他后面说的这几句话……

因为一直到今天为止，我和岱诺的关系一直只维系在好朋友的范围中。我可以感觉到他喜欢我，但是他从来没有对我说过一句表示亲热的话，更没有说过一句“我爱你”，再加上 Max 早就提醒过我，岱诺只喜欢金发碧眼的欧洲血统的女人，他的妻子就是一个例证。所以，像我这样一个黑头发黄皮肤的中国女人，而且是一个已经离过婚又带着一个孩子的中年女人，是绝对不会是他的倾心对象的。

我一直认为，他之所以愿做我的朋友，是因为中国刚刚开始对外敞开大门，到处是新的生机，我将是他进入这个市场的合作伙伴，仅此而已，至少我一直是这样告诫自己的，这样我才不至于使自己受伤。即便在我的内心，我希望有一天可以碰上像他这样类型的人做终身的伴侣，但是，我从来不敢梦想，我和他之间会有什么深的感情进展。

可是现在，在遥远的长途电话线路中，他突然对我说出了这样一句似乎模棱两可，让人无法琢磨出真正潜台词的话。

也许是我的沉默吓着了他，他轻轻地呼唤道：“你还在吗？你听到了我刚才说的话吗？”

这一次我听清楚了，我知道他说的是认真的。“我听见了，你说的是真心话吗？”我真希望他能够再一次对我重复。

“有件事我想要让你知道一下，我前天已经从家里搬出来了，现在和我母亲住在一起。我的妻子已经将我所有的衣物都扔出来了，我们共同的银行账目也已全部被封冻。所以，现在我除了只有2000澳币的流动周转资金外，已经一无所有了。像我这样一个穷人，你还会要我吗？”岱诺的声音异常的平静，尽管他正在对我述说这样一件令人惊异的突发事件。

我的眼泪止不住地从两腮上滚落下来，说不出是高兴还是难过，只是语无伦次地不断对着话筒叫道：“当然啦！当然啦！我会马上飞回来的，我要立刻到你身边来！请等着我！等着我！！”

就在当天，我立刻赶到售票处改了机票。

尽管这次的探亲假期我等待了整整七年半，尽管我对回澳洲的事还没做一点准备，更尽管我还没有时间多陪一下我的爸爸。但是，岱诺在对我召唤，我知道在此刻他会感到多么的孤独和无助。他是为了我而最终走出这一步的吗？这样的话他不是就会失去所有仅存的一切了吗？但是我不在乎，只要他真的需要我，只要他心里有着我，我就会随他走到天涯海角，即便再穷也没什么，我不就是从最底层爬起来的吗？只要我们在一起，天大的困难我也不怕。

第二天晚上，我独自登上了返回墨尔本的飞机。

岱诺在机场的出口处等我，手里捧着一束鲜花，见到我，脸上立刻闪烁出激动的光芒，一个箭步跨到我的面前，不顾周围的人们，将我紧紧拥到了他宽阔的胸前，同时不停地在我的额上亲吻着，他的眼眶里含着我从未见过的泪水。呵，他是真的喜欢我的，我的心里感到无尽的温暖。

他帮我提着大箱小包往车场走去，不让我提一点点行李。我依附在他身边，突然感到自己是那样的娇小和备受宠爱，这是一种对我来说非常陌生但却是非常温暖的感觉。

因为似乎是从我的儿时开始，我就已经习惯了照顾别人，总是把别人的需要和利益放在第一位，不管是妹妹们小时候，还是结了婚以后在肖明家，每一个人都要比我重要得多，几乎没有人会想到问我一下："你喜欢吃什么？你累吗？"任何时候，我总是冲在第一线，总觉得唯有自己才能自救。可是现在，岱渃这样一个简单自然的举动，却使我禁不住热泪盈眶。呵，我终于找到了一个可以让我依靠，并和我同行的伴侣了吗？我还不知道！

我们一起回到我的家中。

刚放下行李，我就跑进厨房，先从冰箱里拿出一袋冰冻的年糕放到水池子里化冻，又泡上了一碗干香菇，再将几根风干的广东腊肠切好放到蒸锅里，刚才回家的道上顺便买了牛奶、面包，还有一颗大白菜，这样等会儿我们的中饭就不用愁了。在国外独立生活了这么多年，提前考虑和安排每天的饭菜已经成了一种下意识的自然行为。

煤气上现煮的咖啡壶发出了尖厉的鸣叫声，强烈喷发的白色的蒸气，将底部的清水托到了葫芦型咖啡壶的上端，一股现磨咖啡的浓郁香气扑鼻而来，这是一种来自意大利的传统烧煮咖啡的方法，是我刚到澳洲时在丁小琦那里学来的，现在成了我每天生活中最最不可缺少的一部分，即便是在上海最最昂贵的的咖啡店里，也无法与我自家煮的咖啡媲美。

我将岱渃安置在厨房的小白桌边坐下，一杯浓郁的咖啡，几片刚烘烤出来的面包，涂上一层金黄色的奶油，再加上新鲜的橙子果酱，还有一罐澳洲特有的 Vegemite，立刻让我又有了回到家的感觉。尽管上海有那么多好吃的东西让我留恋不舍，但是，澳洲毕竟已是我的家了！在过去的七年多里，我已逐渐适应了这里简单而又有规律的生活，还有比较西化的早餐方式。

岱渃一面喝着咖啡，一面用一种非常温柔的眼光凝视着我，这神态对我来说是陌生的，但却又是温暖的。他坐在椅子上的身体是那样的放松，就好像他已经在这里生活了很长一段时间了。

我们开始慢慢交谈，天南地北，海阔天空，从上海到澳洲，从他的过去到我们的未来，第一次，他对我这样坦诚地叙述了他的家庭，他内心的痛苦，以及他对自己未来的不确定……

渐渐的，我的眼前浮现出一幕幕像电影镜头那样的画面，岱渃的声音就像幕外的解说词，将我带进了那个原属于他的世界。

大学刚毕业后不久的他，年轻气盛，充满自信，当他遇上了那个金发碧眼的美丽女子 Renarto（瑞娜）时，立刻被她的异国风情迷住了。她是一个来自德国的女子，虽然已经有过一次失败的婚姻，并有了一个德意混血的八岁的儿子，但是他们之间互相强烈吸引，很快就结成了夫妻，那年岱渃才 23 岁，瑞娜已 30 岁。

婚后，他们很快就有了一个非常英俊优秀的儿子，取名叫 Georg，几年后，又有了一个继承了母亲欧洲血统的金发的美丽女孩。岱渃家族生意蒸蒸日上，经济条件也日渐雄厚，越搬越好的地区和越买越大的住房就体现了这种物质上的稳定和优越！

但是他们之间开始有了很多的争执，无论是在教育孩子的方面，还是在对朋友的选择中，他们似乎都很难想到一个方向去。岱诺总觉得对孩子应该严格管教，不要太过于溺爱，但他妻子认为应该给孩子最大程度的爱，这种爱心同时表露在无尽的礼物和从不回绝的物质需求。

瑞娜喜欢那种令人炫目的辉煌金色衣着，岱诺却认为稍稍含蓄高雅一些的衣裙更能体现女性的美。瑞娜烧得一手好菜，总希望每晚可以合家共同坐下吃一顿饭，可是岱诺却经常在酒店忙到深夜才归；当然还有协会里开不完的会，出不完的差，逐渐的，他们之间再也没有了共同的语言。谁也不能说到底发生了大事，只是在这岁月的磨损中，原本火热的激情逐渐被时间消失殆尽。

他们开始各自有了自己的朋友圈子，过着不再有交流的生活，“家”变成了一个晚上栖身的住所，再也没有了那种期望的温馨。岱诺越来越多地出外，总是和 Max 或者 Toby 那样的朋友们聚在一起，也有过了无数年轻貌美的临时女朋友。他晚上和周末都极少在家，对孩子们的教育也不再关心。瑞娜在这同时也开始了她自己的珠宝生意，有了她自己的朋友圈，经常在香港、泰国和澳洲之间穿行。

最终，1989 年的经济崩溃，使他们本已非常脆弱的维系彻底断裂了。他把唯一剩下的房子转到了她的名下，这样至少可以保证她和孩子们依然有个家。同楼但分居的生活方式是模棱两可，暧昧不清的，也许在瑞娜心中还对他们共同的未来抱有希望。谁也无法知道。

但是，在岱诺的心里，他已与昨天告别了，不知是因为他们彼此年龄的差异（瑞娜要比岱诺大七岁），还是经过巨大挫折和失去一切的岱诺开始日趋成熟，总之，他们的婚姻在我回来的前几天彻底结束了。

二十多年的婚姻啊，就这样消失在弹指一挥间。他的叙述是那样的平静，只涉及时间和事态的过程，不带很多感情色彩，也不对彼此的行为有任何的贬义或指责。

我突然回想起刚认识他的时候，我曾经问过他一句话："你有时会感到孤独吗？"因为我自己就是这样一个常常被孤独感笼罩着的人，即便是在众多的人群中，在热闹非常的 Party 上，我依然是感到孤独的。

"孤独？什么是孤独？我从来没有过这样的感觉！"他当时开玩笑似的生愣愣回答我，我一直感到在他内心深处的外围，包裹着一层我所无法企及的铜墙铁壁。

可是此刻，他所有自我保护的盔甲都已自动卸下了，展现在我面前的是一个真实的、有血有肉、有感情的男子，而不再是刚开初时的那个深不可测、高不可及的偶像了。我更喜欢现在这个普通、不设防的他。

"好了，现在我对你已经没有一点秘密了，你会怎么来评判我这个人呢？"

岱诺把我从幻想和沉思中唤醒了，我为自己的走神而感到抱歉，我想了一下，决定将自己真实的想法直接告诉他。

"岱诺，谢谢你对我的信任，我很喜欢你这样对我坦率的态度。但是，有一点我想问你一下，你一定要真实地回答我。现在是不是你结婚二十多年以来，第一次在精神上和行动上得到了真正的自由？"

岱诺疑惑地点了点头，不知道我这样问他的真正含义是什么，我又接着说道："如果是这样的话，我想你应该睁大你的眼睛，走出门去，尽可能去多认识一些其他的女性，多接触一些不同类型的人，等到你有一天觉得我依然是你要的女人，再回来告诉我，好吗？”

岱渃听后哈哈大笑起来：“你怎么把我当成了小孩子？我今年都已经48岁了，当然知道我自己要的是什么样的女人！你是不是在对我说不愿意和我在一起？”

我觉得他误解我了，立刻解释道：“不是的，我只是不想你刚刚从一个家庭中走出来，立刻又被另一种承诺所束缚，如果万一我不是你真正要的人，到时候我们大家都会受到伤害，那样的话就连朋友的关系也会没有了，而我是非常珍惜我们之间的友谊的！我是希望你确定自己的内心，我也要你给自己一点时间，因为你现在做出的决定并不一定是正确的，尤其是在情绪波动无助的时候。所以我觉得，也许我们彼此应该多了解一些后再做决定，你说呢？”

我所有说的话都是肺腑之言。我知道他喜欢我，我也更喜欢他，他是我生命中的白马王子，我愿意用我的一生去换取他对我的爱。但是，我已经在感情上伤痕累累，再也经不起另一次感情上的打击。如果我交出了自己的心，有一天突然被告知是一个不幸和错误的话，那将置我于死地的，我绝不能够让这种情况再发生！

我对他的感情是确定的，但也一定要他真正地意识到我是他唯一所要的女人，愿意与我携手共同度过余生的时候，才能够真正对他敞开我的心。我需要等待！

岱渃想了想，稍稍有些无奈地摇了摇头：“好吧，你说的也许是有道理的，但是请记住，我在过去几天里对你所说的一切都是真的，所以，你要学会信任我！”

吃中饭的时候到了，我做了个香菇白菜加腊肉炒年糕，端到了岱潴的面前，看着他吃得津津有味，无限享受的样子，我的心里充溢着满足感，也对面前的这个异国男人充满了深深的爱。当然，我是不会轻易对他表露的，我需要给他时间，也必须给我自己时间……

第十二章

只做一件事情，把这件事情做好！我的事业与生活

（1994 年 7 月—1996 年 12 月）

因为离开墨尔本去上海探亲了几个星期，我在澳洲的生意开始堆积了一大摞的杂事，还没等我喘上口气，就一头扎到了工作中去。

在这期间，我和岱渃也探讨过无数到中国去开展生意的可能性，但是，最终都因了各种各样的原因没有继续下去。

我觉得自己在骨子里并不是一块做生意的料，因为如果现实允许，我是最希望能够静静地坐在那里看一本书，听一曲音乐，或是在厨房里烧一顿美味的午餐。但是，为了能够在澳洲站住脚，找到一个可以改变自己现状的平台，我就必须做些什么。而现在，将自己过去一年多来辛苦开发起来的服装生意做得更好些，似乎是我应该集中全力去发展的方向。

记得在1987年出国之前，我曾在上海看过一个画展，其中有一幅漫画给我留下了深刻的印象。第一幅漫画上是一个种树的人，他一面勤力地挖着一个深坑，一面对自己说："我要种树，我要种一棵果树！"

第二幅漫画上也是一个在种树的人，他的周围已经挖了好几个大坑，他一边同样奋力地挖着一个个深坑，一面对自己说："我要种树，我要种一片森林！"

第三幅漫画上是五年以后的这两个人，第一个种树人栽下的那棵果树已经结出了满树的果实，这位种树人正坐在树阴下，一面品尝着甜美的果实，一面享受着茂密绿叶的遮荫。而那个想要种一片森林的人，五年以后还在不断地挖坑，在这一片布满了深坑的田野上，他却没有种下一棵树。

当年看到这幅漫画的时候，我就曾悟到：人应该专心地做一件事，然后把这件事情做好！如果你的目标太高，野心过大，结果往往会适得其反，往往尽了很大的努力，但却看不到最终期望的结果！

在八年以后的今天重新回顾这幅漫画，使我感觉到这应该成为我今后做事情的哲学和准则。

因为世间总有数不清的生意机会，就看你是否有这个能力和机缘去把握了。我不是一个非常有经验的生意人，我只懂得在一个机会展现在我眼前的时候，脚踏实地地学习，认认真真地去做好这件事。太大的野心，太杂太花，一天三变的生意做法都不符合我的个性。再说，我已在澳洲，儿子又会在明年初回到墨尔本学习，我生意的基础应该放在墨尔本。

岱潴觉得我的话有道理，在继续扩展他自己生意的同时，他也时时关注着我的服装事业。

从1993年初开始做生意到现在，已经整整两年过去了，我的事业从一无所有到开始了一定的规模，除了那些固定的商店及维多利亚市场的客户以外，我更增加了一些非常好的品牌客户，逐渐扩大了我和墨尔本那位意大利人工厂老板罗伯特的业务交往，给他的订单越来越大，款式也越来越复杂。

岱渃的弟媳妇当年在墨尔本是个非常好的时装模特儿，她听说我正在寻找新的品牌客户，立刻为我约见了她所工作的Palmer Corporation的Production Manager（帕玛服装集团的生产总经理）。

“我只能为你做个介绍，引你入门，至于后面的路该怎么走，能不能让他们信任你并且给订单，那就全部要取决于你自己了！我是无法给你更多帮助了！”岱渃的弟媳妇莉莉对我说。

此刻，我坐在帕玛服装集团的大厅里，正忐忑不安地等候着这位生产经理。

这是我第一次进入一个服装集团进行正式的业务洽谈，在来之前，我已稍稍了解过这个公司的背景。我知道他们最有代表性的品牌是JAG，是一个为25—40岁之间的澳洲男女制作的休闲服装品牌。在1994年时，正是这个品牌达到巅峰的时期。其他还有Red 26、SUGAR等来自美国的流行款式品牌，是为年轻一些的青少年们设计的。Adle Palmer则是为更高级一些的女性时装而设计的。

环顾四周，整个大厅的设计一派现代化的简洁线条，显得空旷而又气派无比。因为我对自己的英语表达能力还不是非常有把握，所以紧张得手心一个劲儿地冒汗，觉得口干舌燥，身体也变得僵硬起来。

正在此时，一位身高 175 cm 以上的年轻女子向我走来，漂亮的脸上闪烁着自信而又亲切的笑容。

“我是 Jacqueline（杰奎琳），非常高兴见到你！”她礼貌而又友好地对我伸出手来，将我引进了一边的会议室内。

我没想到这位生产经理竟会是这样的年轻，在我看来她还不满三十岁，但听莉莉对我介绍说，她已是个总管整个集团所有品牌的生产总经理了，与所有工厂及供货商打交道的都是她，她还掌管着所有订单的分配和下达，是个责任和权势集一身的非常有经验的经理。

“好吧，现在让我看看你能够为我们做些什么？”杰奎琳的态度是那样的和善并充满了鼓励，使我的胆怯之心逐渐消失了。

我打开了随身带来的一大包衣服的样品，将它们展示到了桌上，当然这些样品都是我让墨尔本的合伙人罗伯特——那个意大利人开的工厂为我提前精心准备的，悉尼工厂的做工和面料品质是绝对过不了这些品牌的质量关的。

杰奎琳仔细地摸着面料的质地，将衣服翻过来又倒回去认真查看着针迹，然后又用双手用力在衣服的腋下到下摆的地方狠狠拉了一下，见没有任何线迹断裂的声音，她的脸上重又浮出了满意的笑容，我也跟着在心里暗暗松了一口大气。

很显然，我带来的样衣是过了她的质量关的，她开始仔细听我介绍我公司的情况。

临行前，岱诺已经让我演习过一遍，并为我稍稍筛选和修改了内容，使得我的表述可以更精炼和令人信服。“你只有这么一个机会，必须在开始的五分钟里赢得对方的信任，让她对你感兴趣，否则的话，你的机会便会失去。”这是岱诺一再对我叮嘱的。

我喜欢真实但又有选择地告诉别人我的现状。

虽然在过去的一年多里，在工作的实践中我学到了很多的东西，但是我的实际经验还是非常有限的，尤其是在这样一位有经验的经理面前，我不想滥竽充数，过多显示自己微薄的业务知识。但是我要让她看到我的勤奋，我的热情，我对服装业务学习的饥渴之心，以及只制作高质量知名品牌的生产定位。当然，最最重要的还是价格，我相信我们的价格可以胜过所有他们现有的供应商，同时可以提供质量相等或者更优越的产品。

在会谈进行了十分钟的时候，我相信杰奎琳已经开始对我所代表的工厂感兴趣了。当她了解到我刚起步时的经历和推销方法以后，禁不住乐得哈哈大笑起来，见我的脸上露出了不解的疑惑之情，她赶紧站立起来，将我带进了他们的办公室，领我走到服装设计师的桌前。

只见设计师面前的墙上贴满了五颜六色的设计图，边上贴满了各种面料和色卡。她将我介绍给了几个不同的设计师，并开始对我解释澳洲服装业的运作规律。直到这一刻，我才第一次了解到，原来澳洲（其实全世界都是这样）的服装设计是有提前储备的。现在虽然是 1994 年的冬季，但是他们已经在设计 1995 年冬季的服装了，而且每一个季节都有特定的流行色彩和面料质地，或者是时兴印花的趋势。所有商店里销售的品牌衣服都是由总公司统一设计、统一预定和统一采购制作的，在商店的营业员只管零售，不管设计和订购的。

突然，我为自己在去年大半年中，独自提着大包的样衣袋，沿街挨个去推销的无知行为感到非常羞愧。古话所说的“初生牛犊不怕虎”，在我的身上可是真正应现了，要是我早一些认识这位经理，也许我就可以少走许多弯路。但是，如果没有当时我那样无知的坚持，也许我也不会有今天这样的自信和成绩，所以，每天的工作都是一种学习，这就是我在做生意的过程中感受最深的一点。

几天后，我家的传真机里收到了来自杰奎琳的第一份订单，那是为澳大利亚最大的百货公司 MYER 准备的 T-Shirt，每款每色的订单量都有两千多，好几款加起来，总的订单量就达到了好几万件。我高兴地独自在房间里上蹦下跳，庆贺这对我来说是至今为止最大的订单量，而且我还深信，只要我们的质量过关，这样的订单仅是一个开始！

在以后的一段时间里，我几乎每天都开着我的小车在罗伯特的工厂和面料厂中穿行，因为我知道，这是一个极大的考验，我一定要尽一切的可能，将面料的品质和工人的做工把好关！好在我在缝纫机上实际操作过四年，对于做工的优劣是有直接的判断能力的。

在我的工作之余，我还频繁出入于各大百货公司之中，仔细查看着同类产品中，客户现有的质量和印刷品质，及时调整自己的方向。我觉得孙子兵法中“知己知彼、百战百胜”的战术，是我需时时牢记和运用的。

第一批的订单终于准时和高质量地交付了，很快，我们就按时收到了付款。紧接着又是 DAVID JOHNS 和其他零售店群的订单，从此以后，周而复始，订单源源不断地进来。

当我行走于各个大百货公司之间，看到货架上堆满了我们生产的 T-Shirts 时，心里充满了自豪感。

岱诺一直没有再对我说任何关于我们共同未来的话，他好像是遵循着我们的约定，不再给我任何压力，也没有再给我任何承诺。

我的心开始变得不安定起来，自信心也逐渐开始消退，我不断地在自责当时对岱诺说的话，也许我已伤害到了他的自尊心。但我不敢问他，也不好意思让他察觉到我内心的波动。

我只能暗暗告诫自己说：如果他是真正属于我的，时间自会安排一切，但如果命中注定我们不能在一起，那么我再强求也没用！所以，珍惜我们之间这种珍贵的友谊吧，不要再胡思乱想！

每一天、每一周的时间，都是在忙碌但又有规律的生活中飞一般地流逝了。

随着越来越多的酒店和俱乐部增加了角子机的业务，岱诺创办的培训班越来越忙碌，收益也同时剧增。在这同时，他开展的另一条代为举办大型高级酒会的业务线也兴旺异常，随着他声誉的日渐扩大，许许多多大的公司或是政府部门，都来找他参与举办各种不同的鸡尾酒会。

在这同时，我的服装业务也越做越大，越做越成功！因为有了两大块独立的业务，而且工厂制作的订单这一块业务要远比单纯的销售旅游 T-Shirt 复杂得多，需要我投进大量的时间和精力去学习及安排，常常让我感到顾此失彼，力不从心，很难做到两全。

岱诺认为，我的业务规模已经从家庭小作坊的运作方式扩展出来了，脱离目前束缚我手脚的需求已经迫在眉睫，应该让自己更上一层楼，进入规范专业的工作模式中去。

岱诺的办公室坐落在市政府广场的左侧，那条叫 Flinders Lane 的小街头上。这栋有七层的办公楼里，岱诺的办公室就在最高层的那排上。

岱诺在他 City 的办公室的其中一间里，为我专门放置了一张写字台，我身后的书架上，整整齐齐地排列了所有客户的分类档案。我有了一条自己的专用电话线，只要这部电话的铃声一响，他办公室的前台女秘书便会亲切地说道：

“WAG Austrlia，How can I help you？”(澳洲华盛顿公司，我能为你服务吗?)

这位澳洲小姐的声音是如此的亲切动听，一口标准的英语，一丝不苟的记录留言，让对方一听便是在与一个正规的公司打交道，而不是我那半生不熟的英语以及设在家里的皮包公司，我感到自己已经迈出了非常巨大的一步，那个两年前还找不到生活方向的我已经一去不复返了。

虽然我依然很少有时间坐在办公室里，但是至少我不在时，已有专人为我接听电话。如果我需要写一封英文信，便会走进岱渃的办公室，他一面与我商讨，一面对着手中的小录音机即时录下我要写的内容，几分钟以后，他的秘书便会头戴耳机，将这个录音在电脑上打成文字的信，立刻替我发给客户。这样既节省了我很多的时间，又解决了我的难题。

我从上海探亲回来几个月以后的一个傍晚，岱渃将我领去他妈妈家吃晚饭，这是我认识岱渃近两年来第一次有机会见到他的妈妈。

他的父亲早已在十几年前过世，自从他们失去家族的酒店生意后，岱渃的妈妈就独自住在霍桑地区这条安静小街上的一栋二层小楼里。

岱渃的车刚刚驶进她家的长车道，一位满头是惹人瞩目的深红色头发的老人便打开大门迎了出来。

“我在厨房里就能听得出你车的引擎声，奔驰车的声音是我最熟悉的了。”她的声音响亮又中气十足，她边说笑着边迎向她的儿子，Darryl 也同时向他的妈妈伏下身去，将她像个小女孩似的拥进自己的怀抱。看得出，他们母子的关系是非常亲密的。

“啊，这就是 Julia 吗？我儿子已经不知多少遍对我说起过你，今天总算是见到了！我是 Lillian，大家都叫我 Leo，欢迎你到我家来！”

她对我转过身来，伸开双臂，将我的脸轻轻捧在她的手里，在我的脸颊上吻了一下，顿时，一股暖流在我的心中涌起，所有的拘谨都随之消失了。

走进门去，一股从烘箱里飘出的烤肉香味扑面而来，我将提包往客厅里的沙发上一放，立刻跑进厨房帮忙。只见砧板上堆满刚切好的白色生菜和红色蕃茄，煤气炉上的锅里是她刚烧好的浓稠的南瓜汤。餐厅里的长餐桌上，早已铺上了白色的桌布，闪亮的刀叉摆在精致的瓷盘两边，水晶酒杯在柔和的灯光的笼罩下反射着神奇的光泽。

系着围裙的 Leo 将每人一盘的主菜放到了我们的面前，我看了一眼盘中被切成薄片的带血的烤肉，不禁为难地抿住了嘴，求救似的转向了 Darryl。

“啊，妈妈，对不起，我忘了告诉你了，Julia 是不吃羊肉的！” Darryl 抱歉地看着他妈妈说。

“不吃羊肉？是不喜欢吃还是从来没吃过？” Leo 惊异地看着我，直率而又不解地问道。仿佛这对她来说是一个奇异的新闻，世界上竟然有人不爱吃羊排？

我很想对 Leo 解释在我出生和长大的那个国家，在整个我成长的青少年期都是物质奇缺、买肉买油都要凭票的，猪肉是我们主要吃的肉类，而牛羊肉是只有拥有清真票的少数民族才可以买到。我从小很少有机会接触到羊肉，偶尔尝过一次，便因那种浓厚的羊膻味而退步三尺，很少问津。但我当时的英语还不够好，结结巴巴地词不达意，我很怕自己解释不清楚会辜负了 Leo 的一片好心。好在

Darryl 早知道了这个故事，耐心地解释给了他的妈妈听。

“可这是在澳洲啊，不是在中国！我们澳洲的牛排和羊肉是出名的，你要在澳洲生活，要成为一个澳洲人，一定要学会吃羊肉，更何况这是我烤的羊排，世界第一的，你要失去这个机会就太可惜了，至少尝一口吧？”她对我鼓励地笑着。

我切下了第一块肉并迟疑勉强地送入了口中，顿时，鲜嫩的肉片伴着浓浓的香味，我还没来得及细细品尝便已滑入肚中。

“哈……你看，没那么艰难吧？这是你成为真正澳洲人的第一步！”她像个孩子般高兴地拍着双手，仿佛在庆贺着自己的胜利。我也在她和 Daryl 鼓励的目光下，将盘中的羊排一扫而空。

就从那一天起，烤羊排成了我最喜欢的菜肴之一，每一次我自己烤羊排的时候，我都会禁不住想起二十多年前的这一天，想起可亲可敬的 Leo。

从这以后的每一个星期二，我都会被邀请到他妈妈家去吃晚饭。

那时候的我虽然已在澳大利亚的墨尔本生活了近八年，但生活的圈子还是局限在中国人圈里，除了上班说一些有限的英语以外，我们在家说的是中国话，烧的是上海菜，读的是中文书，看的是中文报纸，听的是中文电台。即便和朋友上饭店，去的也依然是中国饭店。

所以在澳洲的华人常常自嘲，在澳洲你即便一个英语词都不会说也无妨，因为华人的文化和商店遍地皆是。虽然华人报纸上每天都在谈如何融入澳洲的主流社会问题，但是真正如何融入法，是谁也说不清的，直到我认识了岱渃，走进了岱渃妈妈的家。

每周一次在他妈妈家固定的晚餐，使我逐渐品尝到了很多澳洲的传统菜肴，也开始更多了解到了岱诺的妈妈，按照中国人的习惯和对老人的尊敬，我也随着岱诺开始称呼她为“妈妈”。

岱诺的妈妈 Leo，在她的家人和朋友的眼里，是一个 Larger then life（极具个性）的人，即便是她的外表和穿戴，也完全体现了这个特征。她长着一头浓密而又近乎火红的头发，衬托着雪白的皮肤和善良的海蓝色的眼睛。

她喜欢穿色彩鲜艳的衣裙，绚丽却又不失高雅，最具特色的是她色彩缤纷的十几副大眼镜，每一套服饰都会恰到好处地配上一副与之相配色的眼镜。

记得澳洲有个著名的演员 Barry Humphries，创造了一个家喻户晓、世界闻名的澳洲女人的角色——一位来自 Moonee Pond 地区的澳洲家庭主妇 Dame Edna Everidge，就是带着那样一副来自 50 年代的宽大、色彩绚丽的眼镜和一头红发。我不由地暗自遐想，当年那位演员初始的角色创造是否就是受了妈妈这样一个真人的启示？或者是妈妈的打扮效仿于舞台上的形象？总之，在很长一段时间里，我几乎不由自主地一再看着他的妈妈，觉得她的形象实在是太具有代表性了！

妈妈的嗓音洪亮而又充满中气，常常是人还没到话音和笑声已先到。她说因为自己是个女孩，父亲没让她受到大学教育，但她却用读书来弥补这一遗憾。几乎每天的所有空余时间都用来看书，读报，所以天上人间，古今中外，任何一个话题她都略知一二。

她最大的爱好是旅游。还在她 50 多岁的时候，岱诺的父亲便因病去世了，于是她独自一人每年两次出国旅游，在我认识她的那一年之前的二十年里，她几乎游遍了世界上的每一个角落。她的记忆力也是惊人的，所有她去过的国家和城市，她都可以不假思索就报出她当年入住的宾馆名字和房间的特征。

也许正因为她这种热情和豪爽的性格，使得她在旅游期间结识了许多朋友，不管是年轻的还是年长的，往往还没几分钟就开始与她倾心相交，无话不谈，最终成为跨越国度的好朋友。每年圣诞节，她都会收到来自世界各个国家和城市的贺卡和电话，这就是受大家爱戴的妈妈。

Leo 在我认识她的那一年，已经 75 岁了，却还是非常健康和充满了活力。每周每天的日程都排得满满的。周一去俱乐部打保龄球，周二是读书会，周三她们一群小姐妹总会聚到家里或是哪个咖啡馆，互相交流着子孙的信息和叙叙家常。周四总是铁定的 Shopping（购物）时间，她要忙着到 Cambewell 熟悉的肉店去买上牛排和羊排，又到海鲜店买下新鲜的鱼虾，为每个周二我们必到的晚餐做好准备。那时她还依然自己开车，那辆金色的奔驰车永远保持得干干净净，一尘不染。我常常惊异她旺盛的精力和完全的自立能力。

岱渃也是非常庆幸自己有这样一个特殊的机会，能够重新和他的妈妈住在一起。在独立生活了二十几年后又重回到母亲身边，虽然那是因为迫不得已的情况所逼，但他却感受到了过去从没有珍惜过的母亲的爱，同时也对自己的母亲有了更多的了解。

在认识我之前，岱渃就像所有已经结婚自立的男人一样，每月一次上门看一下妈妈，在一起喝一杯咖啡，谈一下自己的近况。但是现在，每天下班后都会有妈妈照料，与妈妈长夜促膝谈心，任何事情都会让妈妈一起参与。而妈妈，在这同时也突然增添了一种安全感，因为有我们在已近晚年的她身边。没有过多久，我在妈妈的眼里，已是她的“中国女儿了”！

第十三章

儿子的成长　我们买下的第一栋房子

（1995 年—1996 年 8 月）

1994 年 11 月底刚一过，我和岱诺就从香港将儿子接回了澳洲，因为再过几个月，就已是他进入中学的时候了，我们要提前为他准备。

在过去的半年里，小天天在上海直接进了小学五年级跟班，尽管他的中文程度才只有小学一年级的水平。刚开始的几个月他跟得很吃力，很多中文字母都不懂得发音和拼写，但是，在他半年以后的学期考试中，他的每一项成绩都是在 95 分以上，我真为他感到骄傲。

对于澳洲的教育制度和学校的选择，我的知识是整个的一片空白。只知道儿子同班的许多同学，还在进小学的时候就已经在同类的中学注册登记了，小学一结束，他们就会自动升入与这个教会小学连接的教会中学。但我没有替他报过名，一时间感到手足无措，不知该从哪里下手。但是有一点是非常清楚的，我一定要把他送到私立学校，让他接受最好的教育。

岱渃的妈妈建议我们为他报考 Melbourne Grammar（墨尔本私立男子中学），她认为这所中学是墨尔本传统上最优秀的男子中学，已有一百多年的历史。而且，岱渃哥哥和弟弟的孩子，都是从这个学校出来的。可是一打听，学校的名额只剩两个了，通过岱渃的努力，我们好不容易得到了面试的机会。

在这种特殊的场合中，我总是对自己的英语还不是非常有信心，于是，岱渃便理所当然地担起了陪同儿子去学校面试的任务。我忐忑不安地在外面的马路上徘徊着，不知道儿子是否有希望博得面试老师的好感。

Melbourne Grammer 校园占据了 South Yarra 最好的公园街附近的大半条街，古老灰色的英国式巨石建筑，标志着这个校园近两百年悠久长远的校史。学校对面的国家公园里，一望无际的草地与校园的绿坪连成一片。校园中，不时有几个身着深蓝色制服的学生匆匆而过，胸前是一个硕大的校徽标志。

呵，多么希望小天天将来也能够成为这个学校中的一员啊，我暗暗在心里祈祷着。

好不容易才熬过了一个世纪般长久的等待，远远地见岱渃领着儿子从学校里走出来，我迫不及待地向他们飞奔而去，还没停稳步子便气喘吁吁地问道："怎么样？你们觉得有希望吗？"

岱渃微笑着拍了拍小天天的头说："我想应该没问题！面试的考官对小天天的成绩单非常满意，无论是澳洲的还是上海的！而且，小天天对考官的提问回答得很好！"

"啊，考官问些什么啦？"我转身问天天。

"他问我长大想干什么？为什么想要来 Melbourne Grammer 读

书?”小天天回答。

“那你是怎么回答的呢?”

“我说我希望将来当个律师。Melbourne Grammer 可以帮助我成为一个 Gentelman。”(成为一个绅士)小天天重复着他刚才对考官的话。

岱诺在一边接着说:“考官听完后立刻满意地笑了,因为很少有孩子在他这样的年龄,就已经可以肯定自信地知道自己将来想做什么!考官送我们出来的时候说,像小天天这样的孩子正是他们学校需要的,我已经在里面正式填了表格注了册,等明年他小学一毕业,就可以直接进中学了!”

噢,一块巨石从我的心里卸下,小天天终于能够进入墨尔本最好的私立男子学校读中学了!这不就是我当初来澳洲时的初衷吗?

“也许天天应该有一个英语名字了,这样其他的孩子容易记住也便于交流?”岱诺突然打断了我的思绪。

“我觉得你说得有道理!不过这个名字应该由天天自己选择,你说是吗?”我转向小天天。

天天将头一歪,稍稍想了一下:“我喜欢 Tim 这个名字,你们觉得好吗?”

啊,Tim!简单、贴切而又响亮,就是它了!我赞许地给了儿子一个紧紧的拥抱!

就在那个周末,岱诺约了 Max、儿子及我一起在附近的一个咖啡店见面,一阵寒暄过后,岱诺突然神情严肃的对 Max 说:

“Max,The reason I ask you to come today is that I would like you to to wittness my desicion. From today,I will make my commitment to

Julia and her son. I will look after them and build my life with them in the future."

（麦克斯，今天我约你来这里的主要原因，是希望你能够见证我的决定：从今天起，我将对 Julia 和小天天做出我的承诺，我会关注和照料他们，并与他们一起去建立我们共同的未来。）

岱诺一面说着，一面用右手握住了我的手，另一只手紧紧地拥住了儿子的臂膀。他的掌心是滚烫的，如一股发自内心的热焰，将我的心忽的一下点燃了。我的眼睛与岱诺的对视着，热泪从心里止不住涌了出来，顺着我的脸腮直往下滚，但是我不愿抽出手去擦拭，我希望自己能够永远将自己的手交付给面前的这个男人，毫无保留的，无条件的、全身心的、永远永远的！

在这样的时刻，任何语言都是多余的，我终于找到了自己最爱、同时又能给予我同等爱的男人！我是世界上最幸福的女人！感谢上帝！

1996 年的圣诞节刚过，儿子就要进墨尔本男子中学读书了。这对我们母子俩来说都是一件大事。

一大早，Tim 穿上了为他准备好的蓝色校服，岱诺早就教会他怎样系领带，儿子的脸上泛着激动的红光，在这一刹那间，我突然意识到他再也不是那个胆怯乖巧的小男孩儿了，他的人生道路将从这个起点真正开始！

岱诺蹲下身子，正面对着儿子，看着他的眼睛认真地说：

"今天你到了学校，我要求你在见到第一个对你发出友好微笑的澳洲孩子时，立刻就主动走过去，要像一个真正的男子汉一样伸出你的手，看着对方的眼睛，然后自我介绍：Hi，My name is Tim，

Nice to meet you！ What’s your name？”（我的名字是 Tim，非常高兴认识你！请问你叫什么名字？）

儿子一面听一面认真地点着头，岱诺又继续说着：

“这样，你会开始结交上第一个澳洲的小朋友，过不了多久，你就会有一大串好朋友。如果你希望融入澳洲孩子的圈子，你就必须让自己成为他们中的一员，而不是将自己孤立起来，只和亚洲的孩子在一起。从今天起，你应该觉得自己和大家是一样的，都是澳洲的孩子！”

我在一边听着他们的对话，从心里赞同岱诺的说法。

前几天岱诺的侄子到我们家来做客，曾经告知过他前几年在这个学校的经历。他们学校有一些来自香港和马来西亚的华人学生，但是都只是与自己相同背景的孩子在一起，从来也不同当地的澳洲孩子接触，久而久之，在学校他们就变成了完全孤立的一个群体，当地的孩子也笑称他们为“Oriental one” and “Oriental two”（东方一和东方二），一直到他们毕业，这些亚洲学生都没有和澳洲的孩子打成一片。

我想岱诺今天教儿子的，就是自己必须迈出主动的一步，不去想自己的种族，从哪里来等等，只想自己是一个和所有其他孩子一样的同等的澳洲学生。

第一天的时间过得真快，转眼就是我去学校接儿子的时候了，将车泊在外面，远远的见儿子飞快地朝我跑来，一上车，就迫不及待地气喘吁吁着对我描述他第一天在学校的经历。

我真为他自豪。他认真地听从了岱诺的教诲，勇敢地迎向了第一个对他露出微笑的澳洲同学，向他伸出了友谊的手。这个学生叫威廉姆，与学校的大多数孩子一样，他是从幼儿园时就开始在这个私立学校学习，他的祖父、他的父亲、他的哥哥都曾是这个学校的学生。这个有着古老传统的学校是一个非常严谨的团体，大多数的学生都是从幼儿时便都结盟成了各自的朋友群体，像儿子这样到中学时才刚刚开始入校的中国孩子，是很难进入这个群体的，但是Tim做到了。他在新学期的第一天，所有的新群体还没有组合完毕之前，就已主动出击，找到了第一个朋友，然后又通过这个朋友，认识了威廉姆周围圈子的好朋友们，很快，他就被自然地认可为其中的一员。

儿子一进中学，我的任务突然增加了许多。首先学校离家要远多了，从我们住的Kew开车到South Yarra单程要整整半个多小时，期间又没有直通的电车线，早晚接送两次，一天两个小时就没有了。当时我的生意正是在日渐兴旺的时期，要放下一切每天去接送实在是一件令人焦心的事。我得找出个解决的办法来！

转眼岱渃与他妈妈在一起住也已两年多了，每个周二我们上他妈妈家吃完饭以后，手拉着手到他家附近的小路上散步的时候，我总是会不断地看着路上经过的一栋栋房子，透过那些从窗里透出的温暖的灯光，不断想象着，有一天，我们会有一栋属于我们的房子，拥有一个真正属于我们的家！现在，也许这个时候已经到来了？

我开始利用所有空余的时间来查找合适的房子。1996年时的澳洲，所有的购房信息都是在每周三、六的报纸上，或者是免费在每家信箱里的《Melbourne Weekly》上刊登。

每天晚间的休息时间，我都几乎是在翻阅房子的广告中度过了。尽管我对房产的知识在那一刻还是零，但是经过了几个星期的努力后，我发现自己已经开始找到了规律，也懂得了哪些地区是我需要集中精力查找的。但是我翻来覆去就是没有看到一栋我非常喜欢的房子。

星期五的晚上，我正漫不经心地翻阅着新收到的《Melbourne Weekly》时，突然，一栋白色的小屋吸引住了我的注意力：门前是绿郁葱葱的大树和色彩各异的鲜花，一个大鱼塘环绕在雕花铁筑的弯曲楼梯下，仿佛是在对我召唤。我的心一下激动地收紧起来，深深呼了一口气，毅然拨响了售房 Agent 的电话……

放下电话，我简直不敢相信自己的耳朵，这栋位于 Toorak 地区的房子开价竟只需要 37 万澳币？我的心咚咚跳着，仿佛兴奋得要从心房里蹦出来了，第二天是个星期六，正好是看房的日子，一大早我就开着车与儿子一起去实地观察。

我没有失望，也许比我想象的要更好。房子的本身有三层，足有四十个立方米，是由当年这个地区最有名的房子设计师造了给他自己住的，所以你可以到处看到做工精细的橱柜和布局得当的屋内结构。二楼的客厅、餐厅和独立的厨房，三楼的三套各有卫生间的睡房，再加上一个小书房。底楼的地下室宽大而又凉快，曾经是这个主人的工作室。虽然房子已经有二十多年的历史，许多地方都已开始变得陈旧，但我知道只要稍稍加以装修，便又可重新焕发青春的。

当我得知房子的拍卖日子是三个星期以后的时候，立刻迫不及待地给岱喏打了电话。

"你一定要来看看这栋房子，所有的一切都符合我们的要求，而且，8 号电车线路就在离这里 5 分钟路程的 Toorak 路上，一辆电车就可以直接坐到学校，立刻解决了接送儿子的问题。"

我在电话里激动地罗列了所有我可以想到的有力理由，想要说服岱喏来看一下。可是岱喏竟一点也没有被我的激动所打动。

"你知道 Toorak 这个地区是墨尔本最好最昂贵的地区吗？我刚

才也看过杂志上的介绍了，虽然 Agent 对你说只需 37 万，但那是引你入门的，真正的保留价一定会比这个高得多。我们现在的钱和收入是完全无法负担这个房子的。也许我们应该往其他边远一些的地区去看看，这样借款就不会太多。对不起，不是我保守，而是经过了前几年的经济波折后，我对贷款还是非常心有余悸的，所以我们一定要量力而行，你说呢？”

我的心在失望中越来越往下沉，我相信岱诺的话是有道理的，在房产中他也比我有经验得多，但是我绝对不是一个容易放弃的人，在这样苦心寻找了那么长一段时间后，我已经认定唯有这栋房子才是我们应该购买的，问题是要怎样说服岱诺，同时也在经济上不使我们因之而陷入困境。

经过我一再的恳求，岱诺终于答应过来看一下，果然不出我所料，他也一下子被这栋房子吸引住了，我禁不住高兴地说：“我告诉过你的吧，这栋房子仿佛是和我们有缘，每次我走进来，都会有一种熟悉的‘家’的感觉，中国人买房子讲风水，房子也是有生命有灵气的，我觉得这栋房子一定是与我们非常投缘，我们无论如何也要将它买下来，好吗？”

1996 年时的澳洲房价，相对来说还是比较稳定和低的。尽管是在 Toorak 这样最高一等的高档住宅区，我觉得房价还是可以承担得起的。尤其是在我经营了生意近三年来，已经有了一定的积蓄，我相信需要贷款的数字并不是一个令人畏惧的天文数字，即便是我自己一个人在今后的日子里偿还，我也不会太惧怕。当然，这个家将是我与岱诺两人共建的新家，我是希望所有的一切决定都来自我们两个人，不过，我一定要他在心理上做好最高拍卖价格的底线。

房子拍卖的那一天，我们早早就来到了现场，只见路口房前停满了奔驰、罗莱克斯、BMW 等好车，想必今天来参加竞价的人都有非常好的经济基础，我的心里不禁捏了一把汗。

拍卖终于开始了，不断有人竞相举着手，房价也很快突破了 39 万，不过到这时，互相竞争的也就是我们和另外一个中年女子。这是一场价位战和心理战的竞争，到了 39 万 5 千的时候，岱诺的眼睛朝我注视了一下，我知道再接下去的 40 万就已是我们商定的最高承受价了，一达到这个数字，他就会主动退出竞价。我们在一边都紧张地憋住了呼吸，但是岱诺却不露声色地继续快速举起手，一点也不让对方感到他将会退出竞价。他的自信和沉着终于在精神上彻底战胜了对方，当房价叫到 39 万 8 千的时候，我们唯一的竞争对手也退出了战场，我们终于如愿以偿得到了这栋我们非常喜欢的房子!

当我们第一次以主人的心态走进这栋房子，Agent 打开了香槟酒举杯向我们祝贺的时候，岱诺紧紧将我和小天天拥在他的胸前，我们的眼里都含着激动的泪水。

我知道，也许对于岱诺来说，这栋房子与他过去的家相比是那样的窄小，没有游泳池，也没有网球场，但这会是一个温暖的、充满爱的家，即便我们此刻在经济上还非常贫寒，但我相信这将是一个我们共同创造美好未来的新起点，我们共同的家!

当然，像我这样一个在十年前来到澳洲时一无所有的中国女子，现在能够在这样的地区拥有一个属于自己的家，一个完全是靠自己的努力得来的、可以按我的心愿随心所欲布置安排的新家，这种喜悦和自豪是无法用语言来形容的!

三个月以后，我和儿子先搬进了这个新家，经过彻底的翻新装修以后，这个家重新焕发出了绚丽迷人的青春色彩，我爱这个带给我们无限温暖的新家!

第十四章

我梦中的白色婚礼
——我们新婚后的生活

（1997 年 1 月 26 日）

1996 年 8 月一个星期六的早晨，我正准备送儿子去周末的中文学校学习，突然，电话铃响了。

“谁会在这么早给我打电话呢？一定不会是岱渃，因为他是知道我的日程安排的。”我一面在心里自说自话，一面拿起了电话。

“Good morning，希望我没有吵醒你，不过我知道你是个从来不睡懒觉的人！”岱渃妈妈 Leo 响亮的笑声从电话里传来，我不禁有些发慌，不知道发生什么事了。因为她从来也没往我家打过电话，虽然我是每周二都去她家吃晚饭的。

“啊，我只是想要问一下你打算要请多少家人和朋友来参加你们的婚礼？我要安排一下名单。”她开门见山地说。

“婚礼？”我疑惑地自语道，“可是岱渃还没有正式向我求过婚呢！”我不自信地对她说道。

“求婚？我还以为你们早已定局，还需要那套世俗的礼仪干什么？我很难想象岱诺会是那样一个单腿跪下求婚的男人，如果真是那样的话一定会是很滑稽的……！哈哈哈……！！！”她在电话的那一头独自放声大笑着，也使我不禁随着她大笑起来。

确实，我和岱诺已经认识整整三年了，虽然他还没有对我正式地求过婚，但是从那天他在Max面前对我和儿子做下承诺以后，我便已从心里知道彼此的未来是互相联在一起的，但是今天由我未来的婆婆打电话来，将这种关系变为一种婚姻的现实，确实是一件异乎寻常的事。

1997年的1月26日，我和Darryl在墨尔本市区中心的ST Peter（圣彼得）大教堂举行了婚礼。当我披着白色的婚纱，缓缓走进教堂，挽着我臂膀的是我亲爱的14岁的儿子。今天，是由他来替代爸爸陪我走进婚礼的殿堂。

此刻，在上百个亲朋好友的注目下，我缓缓走到了岱诺的身边，将双手信任地放进了他温暖的掌心中，透过他的肩头，我可以看到我未来的婆婆，在座位上对我投来鼓励的目光和充满爱的笑容，我的心里不禁充满了温暖。

也许在座的人没有人会知道，今天所有的一切，都是她为我们安排的。我当时对澳洲的习俗和婚姻礼节一窍不通，根本不懂得该从哪里入手，再加上我的生意已开始步入正轨，每天早出晚归，岱诺也是忙得不可开交，所以Leo便在几个月里独自为我们安排了一切。即便是今天为我们举行婚礼的这个教堂，也是她打了许多电话后才定下来的。

“请问你们这个教堂可以为第二次婚姻的男女主婚吗？”她每一次给教堂的电话都是以这样的开场白开始的。

那个年代的教堂还是比较保守的，很显然她是碰过好几次壁，每一次得到否定的回答时，她都会愤愤地直言相告：“都什么年代了，你们还那么守旧，我是为我的儿子和他的未婚妻来安排婚礼教堂的，要不是她是那么一个虔诚的教徒，我自己才不会来找你们呢！！”

呵，亲爱的妈妈，感谢你这样真诚地对待我，这样毫无保留地接纳我！所有我儿时没有得到的母爱，在你的爱中都得到了补偿！谢谢你给予我的一切！

此刻，我和岱诺双目对视着站在牧师的面前，跟着他的提示，在上帝面前，对彼此许下了终生的誓言——

I，Darryl，in the presence of God（我，岱诺，在上帝的面前）

Take you，Julia，to be my wife（接受你，Julia，成为我的妻子）

To have and to hold（我将与你一起并握住你的手）

From this day forward（从今天开始直到将来）

For better，for worse（不管是幸福还是灾难）

For richer，for poorer（不管是富贵还是贫穷）

In sickness and in health（无论是疾病还是健康）

To love and to cherish（永远爱你和珍视你）

So long as we both shall live（直到我们生命终止）

All this I vow and promise（这是我对你发出的誓言和保证）

在岱诺立下以上誓言后，我也对他重复了同样的誓言！

1

2

我们新家的客厅，我终于有了一个属于自己的温暖的家。

我们在 TOORAK 买下的第一个家，我和岱渃在楼梯转角口。

一个有了新家的自豪的女主妇，脸上洋溢着无法掩饰的幸福之情。

这是我们在澳洲美丽的塔斯马尼亚岛上。

1	2
	3

1、3　1997年1月26日澳洲的国庆节是我们的结婚纪念日，从此在我的生命中有了一个爱我并给予我保护的同行者，上帝是我们婚姻的见证者。

2　我们与妈妈一起在婚礼上，婚礼中所有的一切细节都是她亲自操办的，终于她可以坐下来安静地享受一下了。这一年她七十九岁，在这以后她生命的十八年里，我们是非常幸福的一家人，她是我最亲爱的的澳洲妈妈。

当年帮助我事业起步的服装公司的生产经理杰克琳在我们的婚礼上。

我的爸爸、新妈妈、大妹妹及大妹夫在我们的婚礼上。

我当年打工时对我非常信任和关爱的好老板 Jane 和她的先生 David。

当年在 Glotex 工厂打工时的好友 Jenni 与她的爱人。

1
2

1 我亲爱的儿子和岱渃及我在我们家的后花园里，那一天是我们的结婚日，从此以后我们成了幸福的一家人。

2 我们办公室的秘书 Jennet 与他的先生。

儿子将我们的结婚戒指递给了岱渃，他温暖的手握住了我因为紧张而颤抖不止的手，眼睛一刻也没有离开我的眼睛，他跟着牧师说道：

I give you this ring（我给你这个戒指）

As a symbol of our marriage（作为我们婚姻的象征）

With all that I am and all that I have（我倾尽我自己及所有我拥有的一切）

I honor you；in the name of God. Amen（尊重你，以上帝的名义，阿门）

说完，他将戒指套到了我的指上。

我跟着牧师，也接着对他说道：

I receive this ring（我收下这枚戒指）

As a symbol of your love and faithfulness（作为我们爱情和忠诚的象征）

To the end of our days（直到我们生命的结束）

May God enable us to grow in love together（愿上帝让我们一起在爱的沐浴下成长）

在我们彼此交换了象征婚姻的戒指以后，又双双虔诚地跪在上帝的面前，我们的手臂被牧师用宽带双双系在一起，随着他喃喃有词的祈祷声，我的心里充满了对这一个庄严时刻的无比膜拜。

啊，这些古老的，永恒不变的誓言是多么神圣啊！此刻，在上帝的面前，我希望能够许下我对岱渃的爱，立下与他同甘苦、共患难、一起老去的誓言！我深信，牧师给我们的祝福是来自上帝，我也同时希望能够永远得到他的保护。感谢他给予我的一切！

教堂的婚礼结束后，晚上的婚宴是在 South Yarra 的 Maxim 饭店举行的。

大多数的来宾都是岱诺的家人、同事和朋友，我的爸爸和新妈妈也特地从上海赶来参加我的婚礼。对于新妈妈，所有儿时的恩怨都早已不复存在，现在能够有她在爸爸的晚年照顾和陪伴在他的身边，就是我心里最大的慰藉了。再说，我今天的幸福和吃苦耐劳的性格形成，不是与她对我的严格教育有很大的关系的吗？我已学会凡事都用积极的想法去对待！

在座的还有我同一架飞机来澳的朋友 Jenny，教我煮咖啡的好朋友作家丁小琦，终于实现了教师梦的林丽亚，她是新金山中文学校的奠基创办人之一；当然还有晓坚——与我共同播音的搭档。所有这些中国的朋友，都在时时的提醒着我，我是从哪里来的？又是怎样走过这初始道路的。

坐在我邀请的朋友中间，有着我爱戴的老板简爱和她的先生大卫，也有着给过我许多帮助的工人杰妮。更多的是我在过去三年生意过程中，与我结下了很深友谊的客户和朋友们。

岱诺上台说话了，平时他是个大家一致赞同的非常优秀的公众演讲者，但是在那一天，他不得不对大家承认自己出乎寻常地紧张。

“今天去教堂之前，我就紧张得什么也做不成，在教堂里也是手一直颤抖个不停，这是我一辈子都没有体验过的紧张，也许是因为我对这一次的婚姻是非常认真的缘故吧。”

他同时又特别感谢了他的妈妈，再次对大家谈及了我们相识的过程和他对我的感情。

接着是我上台说话。有生第一次用英语面对这么多的来宾说话，从头至尾，岱诺一直紧靠在我的背后，用他的信任和鼓励和支撑着我。

最后，我对大家说，我的儿子 Tim 想要上台发言，但是我却不知道他想要说的是什么。心里有些不安。

今天早上刚起床，儿子就跑到了我的房间里，神秘而又认真地说："妈妈，我想今天在你们的婚礼上说一些话，可以吗？"

"你想说什么？"我惊异地问道。要知道，我的儿子才 14 岁啊，竟然希望在这样上百人的正式场合中上台说话。我不知道他怎么会不怯场。

"我不能告诉你！到时候你听了就知道了！"儿子的脸上充满了神秘的笑容，眼睛同时恳切地看着我，让我不忍回绝他。

"好吧，但你一定要想好了，不要到时出丑后悔都来不及了！"我犹豫着勉强同意了。

此刻，我和岱诺共同站在台上，看着儿子向我们走来，我的心开始紧张得怦怦跳个不停，比我自己上台还要紧张。

只见儿子稳稳地站到了讲台前，身着深蓝色西装校服的他，显得成熟而又自信。出乎我的意料之外，他的声音在麦克风前完全没有了平时的童稚气，才 14 岁的他，竟然已是一个完全有能力驾驭整个来宾席听众的自信的演说者。

"女士们，先生们！今天是我妈妈和岱诺结婚的日子，我要说，祝贺你们！说句实话，我刚认识岱诺的时候一点也不喜欢他，因为他经常带妈妈出去，而且他喜欢和我开玩笑，可是我并不认为那有什么好笑。（所有的听众都大笑）可是现在我了解了他，便开始非常喜欢他！

“我在这里想说一个曾经听说过的故事。据说当初人类成型的时候，男人和女人本是一个整体的人，有两个头，四只手和四只脚。但是当上帝将人们释放到人间的时候，他将人分成了两半，从此以后，人的这一半就在不断地苦苦寻求那另一半。但是如此硕大的世界，很多人即便是努力终生，也还是没有找到属于他们自己的那一半，怀着遗憾离开了这个世界。但是我相信，今天我的妈妈和岱诺，是找到了属于他们的真正的那一半，我从心底里为他们感到高兴，我也想在这里叫岱诺一声‘爸爸’！非常期待我们成为真正的一家人！”

儿子的话结束了，环顾四周，每一个在座的客人们都和我一样热泪盈眶，大家都不停地朝着走下台来的儿子热烈鼓着掌，显然儿子的这番话引起了在座的人们许多共鸣，也一定是深深打动了这些成年人的心。当儿子满脸通红地跑到我们身边的时候，我和岱诺都用最紧的拥抱来表示我们的感谢！

啊，我最亲爱的儿子，你已经长大了！我真为你感到自豪！

岱诺、儿子和我，三个人开始组建成了一个真正的家。

刚开始在一起生活的那几个星期里，我的心里既充满了温馨的喜悦，同时也带着暗暗的忧虑。

“你会永远爱我吗？”我不是很自信地问岱诺，根本不知道自己期望的回答是什么。

但是岱诺的回答却是充满了自信和哲理：“‘永远’是一个非常抽象的词，没有一个人能够预料未来，也无法知道这个永远是代表着什么？如果我回答你的是‘Yes’，我想那只是一句不负责任的话，因为我不能够控制未来。”

“但是有一点我们是可以控制和预知的，那就是我们的今天和明天，如果我们能够彼此将每一个今天都看作是一个新的一天，互相尊重和体贴，尽我们的努力去爱对方，帮助对方，理解对方，这样，当我们共同走过了一年、十年或者是二十年，再回头看去的时候，我们便可以非常自豪地说，我们互相深深爱了几十年，我们共同度过的每一天都充满了对彼此的爱，如果说这就是永远的话，那么我希望我生命中剩余的每一天，都可以像今天这样对你爱得那样深远，永不改变!”

这是一段多么不同寻常的话啊，就从这一天开始，我在心里对自己立下了誓言：我要将每一天都看作新的一天，爱我的丈夫，永不改变!

在我没遇到岱诺之前，像我这样类型的女人，在中国男人的眼里，常常被冠以“太多愁善感、太复杂，或者是太强、太聪明”等形容词。从传统上来说，中国的女人不应该太强势，想法和梦想不应太多，我们应该做的便是做好男人的后盾，就像那时肖明所说的，爸爸是太阳，妈妈是月亮，月亮本身是不应发光的，只能依附于来自太阳的光芒。所以，我过去的理想一直是希望能够有个强壮能干而又事业成功的丈夫，那样我就可以在家做个最好的贤妻良母。我喜欢做家务，我喜欢做菜和照顾我的丈夫，我更喜欢那种听听音乐、看看小说，与女友一起喝咖啡聊天的悠闲自在生活。

但是我不能！在我和岱诺走到一起的时候，我们彼此一无所有，一切都要从零开始！我们是两个站在第一线的战士，需要共同奋战去创造我们的未来。

只有在一起生活了，我才越来越感受到这个澳洲男子宽阔的心胸和无尽的理解!

刚开始一起与他的朋友们外出吃饭，或者是去参加正式的酒会晚宴的时候，我在生人的面前依然不敢说话、不善交流，岱渃总是用鼓励的眼光凝视着我，在桌下轻轻握着我的手，善意地提示或者帮助我开始一个熟悉的话题。就这样，慢慢的，我不再紧张和惧怕了，渐渐学会了自如地用英语对话。许多时候，当我一面说话一面抬头与岱渃的眼光相遇时，常常可以见到他的嘴唇在那里不由自主地挪动着，似乎是在帮助我完成那些不太有把握的英语语法和句子，我的心里顿时会涌出一股感激的热流，愈发爱恋我生命中的这个异国男人！

在我做生意的过程中，我曾是那样的过激，沉不住气，对于澳洲的待人接物、礼貌往来毫无经验，对做生意更是一窍不通，岱渃总是非常耐心细致地手把手教我，他的言传身教，使我少走了很多的弯路。

“你就像一盆脆弱易谢的花，需要我非常小心的浇灌和护理，这样你才能发挥自己最大的潜力，开放出你生命中最美丽的花朵！”我永远也不会忘记岱渃对我说的这番话。

他从不因为我在生意中的执著和努力而感到不安，相反地，他是那样鼓励我，理解我。“只有那些自身软弱没有能力的男人，才会对女人的成功感受到威胁，我永远也不会是这样的男人！”

他是多么理解我啊，感谢上帝将他送到了我的生命中来！

我们每天早上六点就起床，七点已经坐在办公室里，我为他泡上一杯浓郁的咖啡，烤上几片面包，各自坐在办公桌前翻阅当天的报纸，这就是我们每天早上要重复的简单内容。每周七天，也只有在那一刻，我们有着可以容自己支配的个人时间。

上班的时间总是忙得喘不过气来，电话铃声不断，人来客往，我们往往是第一个进办公室，最后一个离开。

每天早上还没出门，我就计划好了晚餐吃什么，从冰箱里拿出牛排或海鲜放在水池子里化冻。傍晚一回家，我就会立刻冲进厨房，一转眼，一顿色彩诱人、营养丰富的晚餐便已端到了儿子和丈夫的面前。

“我的妻子是个最好的厨师，你的菜做得太好吃了！”几乎每一天，我的先生都是这样夸奖我，让我越来越有信心，也越来越有学做或发明新菜肴的动力，每当我看着我的先生和孩子吃得津津有味的神情，我的心里便充满了自豪和温情。

岱诺在办公室是个能将一切安排得井井有条的人，但是在生活中，却是个一点儿也不善于做家务的男人，我常常笑他动手能力极差，连用锄头敲个钉子都不会，但是我一点也不在乎。相反，我为自己能够在工作之余照顾好自己的丈夫和孩子感到由衷的自豪和幸福。

“我是一个中国女人，我喜欢做一个中国式的传统的贤妻良母。我一点也不怕辛苦，也不在乎里里外外忙个不停，只要我的先生和孩子需要我、依赖我，我就会愿意付出我的全部。”这是当我的朋友们感叹着我永远不停的辛劳时，我对她们发出的肺腑之言。

也许我是一个观念上太过于传统的中国女人，很多女权主义者会嘲笑我的守旧。但是我总觉得即便在现代社会中，一个家庭要获得平衡，各自都应该尽自己的能力无私地付出，而不是去计较谁做得多或者少。就像在动物世界中，雌性的动物总是要为幼子筑窝寻食一样，女性总比男性更善于料理家务，这在我看来是天经地义的正常的事。人类社会千百年来流传下来的传统，一定是有它存在的道理的。我喜欢这种传统！

而且，岱诺在其他方面对我的辛劳做了补偿。我对工作上的事情连一个最小的细节都不会放过，但是对自己的私人生活却往往忙得顾不上，不是忘了医生的约会时间，就是混淆了朋友生日宴会的日子。于是，岱渃承担起了所有我们家的私事安排，开着车送我去医院，每天提醒我需要约见的客户；包括每一年旅游的计划、行程，他也都是将我想去的地方作为他安排的首选，他永远是将我的需求和爱好放在第一位。

他会选择我喜欢的电影，将它们录下来，这样我们在仅有的周末晚上的休息时，可以一起看一场电影。

他会不厌其烦地对我讲解那些西方六七十年代的流行摇滚音乐和乐队，填补了我这方面的空白。

他常对我说："你就像一块干渴的海绵，永不停息地吸吮着各种可及的知识，从不懂得停止！我赞赏你这种好学的精神！"

从小学开始，我就没有间断过晚上睡前的阅读，即便在澳洲也同样是这样。我从中国运来了所有过去积攒下来的两千多本书籍，同时又从中国买了一大批书。不过即便在澳洲已经生活了那么多年，我阅读的还都是中文书或翻译小说。

但是有一天，那是 1997 年底的一个晚上，我们正乘坐在飞往美国的飞机上，我随手翻阅起一本刚从机场书店买的美国作家 Sidney Sheldon 的英语小说，突然发现自己已能读懂，而且一打开就再也放不下，一口气将这本书读完。

我激动的泪水止不住地往下淌。"我能读英语书啦！我能看懂英语小说啦！！"我拉住岱渃哭着笑着，就好像是刚刚攀上了世界的最高峰。从这以后，空余时间读英语小说成了我阅读的一个重要组成部分，我的书架上也增添了长长的几排我喜爱的英语现代作家的书籍。

在对儿子 Tim 的教育上，我深深地感受到了东西方文化之间根本上的不同。我是一个中国母亲，就像大多数的华人妈妈一样，对孩子的管教总是非常严格的，我不断地对孩子说：“功课没做完不许看电视！不许玩游戏机！”“不要乱交朋友！不应该乱花钱！不要穿奇形怪状的衣服、不许有 Tattoo！”

每次考试的成绩必须是 A 或者 B+，我对儿子说：“我的任务是努力赚钱让你受最好的教育，你的任务是拚命学习，争取最好的成绩！如果你不 Perform（努力），你就必须从私立学校里退出来，而改为进公立学校，因为你显然是不值得我为你去努力！”当然，儿子的成绩一直保持在 A 和 A+ 上。

因为我们家现在有了岱潔，英语便成了我们日常交流的主要语言，再加上孩子在学校用英语，我在工作时也全是英语，中文突然变成了一个隐退在后的外语。

为了使儿子不忘记中文，我规定他每个周末必须要去中文学校上课，不管是愿意还是不愿意。我绝对不能让他忘了自己的母语，更不能让他忘了自己是一个中国人的后代！而且我还严格规定：“我对你说中文，你一定要用中文回答我，否则我就会不断重述，一直等到我期望的中文答复。”

中国的妈妈很少对孩子说好话或赞赏，因为我们总是会尖锐地看到孩子身上的不足之处，希望自己能够给他指出来，帮助他改正。我们每时每刻都警觉关注着孩子的言行，只要有一点越规之处便会立刻加以矫正。

我在这里举一个小小的例子。

儿子刚进这个著名的私立男子中学时候，我依然每天早晚接送，可是有一天，他突然叫我不要将车停在学校门口，而是要停在离开学校大门远一些的地方，说是他自己会走过来。刚开始的时候我还以为他长大了，是为妈妈来接他而害羞，便照他要求的做了。没过多久我才悟到，原来他是为我开的车而感到羞愧。因为这个学校来接送的母亲都不工作，开的都是高大的四轮驱动的名牌车，奔驰、BMW、PORSCHE、RANGE ROVER 等应有尽有。相比之下，像我这样一个开着小三菱旧车的中国妈妈，一定会让儿子受到同学们的讥笑了。

但是我觉得这不是一件小事，我不能让他的虚荣心滋长，那天回家后我严肃地对他说：

“我可以理解到你的心情。但作为妈妈来说，现在能够供你上这样第一流的私立中学已经是竭尽所能了，每一年的学费和各种服装活动费，就已超过了三万多澳币。而我的生意才刚刚起步，需要用钱的地方还非常多，所以，从今天开始，我希望你将所有的精力和注意力都集中在学习上，而不要被这种物质攀比的虚荣所困扰。

“我承认我们还非常贫穷，与你那些同学相比，他们的经济条件要比你优越得多，这种状态也许还会延续很长一段时间。但是，那都是属于他们父母的，而唯有知识，才是属于你们自己的！你要努力在学习上超越所有的人，在品德上成为一个优秀的人，这样，有一天你就会成为一个精神上最最富裕的人，创造出一个属于自己的未来！”

见儿子含着泪不断地点头，我又由衷地说道：

“当然，作为妈妈来说，能够给你创造一个优越的生活环境，提供给你最好的物质条件，也是我的奋斗目标，我会尽自己的努力去改变目前的状态，让我们共同去努力！我向你保证，有一天，我一定会开上奔驰车，或者是更好的车，但那不是为了满足你的或我自己的虚荣，而是要实现我当初来澳受到羞辱时立下的誓言！”

没过多久，我就买下了生平第一辆奔驰车，接着又有了第二辆。

而且，在以后的几十年里，我已经拥有更多的好车，但是买这第一辆好车的动机和起因，却使我终身难忘！

作为一个中国式的母亲，所有与孩子的交谈都是在给他灌输正面的教育，希望他能够沿着一条我为他设计的道路循规蹈矩地走下去，将来可以考上好的大学，毕业后成为一个成功的律师，那样他的一辈子就不用愁了！

但是岱渃与我的教育方法就完全不同。

他从来不呵斥孩子，也不强行要求孩子做这做那。他比我在任何时候都能够看到孩子的优点并加以赞赏；他是那样耐心地听孩子述说学校里遇到的一切问题，对孩子所取得的任何一点微小的成绩，都会毫不吝啬地给予鼓励。

他教孩子学骑自行车，当孩子胆怯得不敢往前时，毅然放手，让孩子去发现自己身上的潜力，让孩子感受到他能够有能力驾驭一切。

当孩子决定参加学校的课后辩论队，希望增加自己公众演讲的自信和能力的时候，岱渃是第一个站出来举双手赞成。果然，没过多久，儿子就成了学校辩论队的队长。

当孩子在学校参加例行的长跑，落到了最后一名，我在那里以他出生时腿部有残疾找借口的时候，岱渃会严肃地看着孩子的眼睛，认真地对他说："你没有残疾，必须从脑子里彻底把这种念头取消！你来自中国，也许没有像土生土长的澳洲孩子那样擅长体育运动，但是，长跑考验你的毅力，锻炼你的肢体，同时又教育你重视团队的重要。即便真有残疾，你也必须尽你自己最大努力跑完全程，别人用一个小时，你用两个小时，时间不是问题，关键在于你是否有完成全程的毅力和决心！你必须努力跑完跑快！”一个学期下来，儿子从起初的最后一名一下跃到了前二十名，我真为他感到骄傲！

每天的晚饭总是他们辩论的时间。岱诺教他关心国家大事；分析各个党派之间的利弊和不同的执政方向；不断地讨论着每天在澳洲发生的事件以及各种各样的话题，从来不将他看作是一个尚未成年的孩子。相反，在任何时候他都对孩子采取平等、尊重他意见的态度！也许从那个时候起，儿子就一直有着他自由、独立的政治见解，也从来不是一个人云亦云的跟随者。

每一个对澳大利亚稍稍了解的人都会知道，橄榄球赛是澳洲的国赛，尤其是在墨尔本，从政府到球迷们，都自豪地称自己的城市是“体育首府”（Sports Capital）。当然，在岱诺的引导下，儿子开始加入了对澳洲橄榄球的狂热的队伍，每周不断的球赛是我们家必看的雷打不动的节目。岱诺还为儿子在自己的球队注了册，每一场重要的比赛或总决赛都会带儿子去体育场观战，风雨无阻，使得孩子成了 Hawthorn（山鹰）球队最忠实的支持者！

岱诺教孩子游泳，教他打高尔夫球，教他品尝和熟悉各种不同国家和风格的菜肴，教他选择阅读那些可以帮助他成长的书籍。

最最重要的是，岱诺帮助孩子提高了对自己的自信心，教他做事的思维方法，增强了自行解决问题的能力，成了一个既有着中国孩子那样自觉的约束力和学习能力，又有着澳洲孩子那样有广博自由发展和思考空间的优秀综合体。

岱诺不仅是在教育儿子，同时也在教育我！他成了儿子的良师和益友，也使儿子获得了“Best of both world”！（两种文化同时并存的最好世界）

1999 年北京电视二台到澳洲来采访留澳的中国学生，拍摄了我和岱渃这段异国婚姻的纪录片。当时的采访人问我："你和你先生之间会因文化和人种不同而产生很多矛盾和争执吗？"我的回答却是一个非常肯定的"不"！（这段录像片虽然已在中国放过几次，但是我却从来没敢自己看过，一直到了十几年后的今天才第一次看这段录像。）

虽然我和岱渃出生长大的国家、种族完全不同，我们所接受的文化教育和道德准则也各有千秋。但是，也许是因为他在大学的时候就着迷于中国的文化和历史，更是对中国的食物情有独钟。而我，从儿时便如饥似渴地阅读西方的翻译小说，沉醉于宫廷、教士和王子公主的童话世界之中。我对西方的许多知名作家小说的阅读兴趣，就犹如我对《红楼梦》等中国的古典著作那样痴迷，爱不释手。

就这样，我们自然地各自往前跨一步，互相为对方的存在多做一些让步。最重要的是，我们都爱学习，我们有共同的兴趣，我们永远也不会感到闲得没事干。相反，在我们的世界里，时间——永远是不够的、最珍贵的，需要尽自己的最大努力去珍视的。

我们是充实、忙碌、幸福、和谐的一家人！感谢上帝！

1997 年 3 月 25 日，我参加了正式的澳大利亚入籍宣誓仪式，成了这个国家真正的公民。

在这同时，我也按照澳大利亚的西方传统，改随夫姓。从此以后，我在澳大利亚的名字就成了完全的英文全称：Julia Washington，朱玲·华盛顿。（Washington，"华盛顿"是我先生的姓）

第十五章

艰难的开端　我们的第一个工厂

（1997 年 5 月）

婚后的生活刚开始进入了和谐与安定，我的服装生意却遇到了突然的周折。

那是 1997 年 5 月一个下午，我刚从 Parmer Corporation 的总部与客户开完会出来，心里七上八下地忐忑不安，一回到市中心的办公室，立刻拨响了我的合伙人罗伯特的电话。

“Hi 罗伯特，JAG 的生产经理今天要求我们将每件 T-Shirt 的单价再降下 $0.3 来，说是百货公司 MYER 要作为一个圣诞节特殊的礼品降价销售，顾客每买一条牛仔裤，就会送一件 T-shirt free（免费）。他们原来的犹太人老供应商已经答应可以做到和我们一样的价格，如果我们降不下来，他们就要将订单转回原来的供货商那里去了！”

“在过去的一年多里，这个集团给我们的订单已经达到了每个月几万件，在每一个百货商店和 JAG 自己的零售商店里的所有 T-shirt

都是我们为他们生产制造的，而且品牌的范围已经衍生到了集团其他的部门中去，成了我们公司现在最大的客户了，我们不能拒绝他们的要求！”

“但是，我们的利润已经非常低了，再要降下 $0.3，我做不下来！”罗伯特在着急的时候口吃得更加厉害，我早已习惯这点，耐心听取他的意见后对他说：“我知道，那么如果你的工厂只降 $0.15，我们公司也承担 $0.15，这样至少我们可以达到客户的要求，否则的话，不仅仅是失去这批一万多件订单的问题，而是一旦客户转回到他们原来的供货商那里我们就会永远失去这个客户，所有的订单就再也回不来了！”

我以为这样合情合理的要求一定会得到罗伯特的支持，但是没想到他竟然非常无情地回复道：“不行，我这里是一分钱也降不下来了，要降的话全部由你自己降！”

T-Shirt 本来就卖得很便宜，利润确实也很薄，但是双方承担一些的话还是做得下来的，要让我一个人承担的话损失就会太大，一年十几万件衣服的话就会少收入几万元钱。

我没想到罗伯特突然会变得这样强硬，也许是我给他的订单越来越大，他认为我离开了他就无法生存。但我还是希望找个不同的角度来说服他。

“罗伯特，我想我们两人都是没有其他选择的，让我一人负担不太公平，你如果不让步的话就会彻底失去客户，少赚钱总比没钱赚好，你说呢？”

“这个已经是我最低的价格了，如果你不满意这个价格，为什么你不自己去做呢？在办公室动嘴要比在工厂里劳作容易得多呢！”

罗伯特的态度变得异乎寻常的激烈，因为无法非常顺利地表达他的意思，他的口吃似乎更厉害了，即便在电话上，我也可以想象出他的脸被憋得通红的形象。在这样的时候，我知道再努力也已没有用了，既然他这样固执，看来我们近两年的愉快合作也将到此结束了。

我没有再争辩，万分失望地放下了电话。

第二天，我赶到了客户的公司里，将我们原有的价格按照客户的要求降下了 \$0.3，拿到了那个一万件 T-Shirt 的订单，但是在那一刻，我却不知道上哪里去生产。

罗伯特那里是绝对不能再回去做的了！我这个人对于合作的伙伴是忠心并竭尽全力的，但是如果对方要以此来卡住我的脖子，我是绝对不会低头屈服的!

墨尔本那时到处都是制衣工厂，每一个工厂都会举双手欢迎这个，以及将来源源不断的订单，但是我不能轻易地放手，要达到客户期望的要求也绝非每一个工厂都能做到的。再加上已确定好的版型，通过的面料品质和色样、做工、价格，等等、等等。

我必须自立，我也相信自己开工厂的时机已成熟，唯有自己掌控一切，才能使我立于不败之地，再也不用依附于别人，看别人的脸色过日子。

我与岱渃商量后，决定立刻购买缝纫设备，寻找厂房，招聘工人，我们给自己的期限是必须要在一个月内将工厂开起来，因为订单的交期是四个月以后。这是一个巨大的冒险，我们自己的心里也是一点底都没有，但是岱渃却将所有的信任给了我。“你能行的，我相信你!”

长远的目标既然已定，接下去就是具体付诸实践的时候了！我

我们买下的第一个工厂办公室的入口处。

刚刚开始学做老板的我，在办公室的入口处。

'98 2 10

1	2
3	
4	

1 我们的办公室和服装工作样衣架。

2 我们的会议室。

3 样衣间悬挂的品牌衣服。

4 我们的办公室及工作间 。

我们买的第二家厂房，前排我左右的是Vivian与Cathy，以及后排的Angela，都为公司工作了十几年，后排的Vicky和Grace，也是公司多年的好员工。

我们第二个厂房占地3500平方米，给我们的生产有了很大的发展空间。

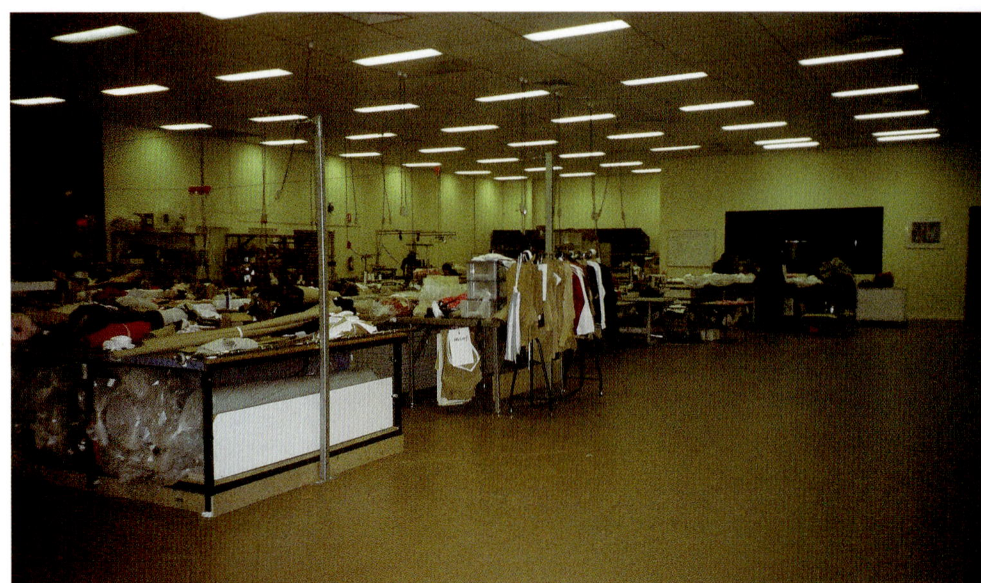

们开始双双努力，分头行动。

首先，我要将面料订下去，因为面料的完成将需要一个月的时间。可是，虽然我知道谁是罗伯特的面料供应商，但是，我不懂版子，不懂排料，更不知道该怎样计算每一件衣服所需的料子是多少。这手里的一万多件订单，每款每色到底要订多少料？怎么订？我一无所知。

在急中生智中，我决定亲自拜访这个名叫HMA的面料厂。面料厂的老板是个叫侯赛因的土耳其人，在澳洲已经是第二代的全棉面料制造商了。他亲自教我该怎样算料、怎样排版，只见我们两人跪在办公室的地毯上，左比右划，横算竖量，总算完成了我人生的第一个面料订单。幸好所有的色样和面料品质都是过去与罗伯特合作时就早已确认过的，使得我的起步相对简单得多。当然，最重要的是，我赢得了侯赛因的信任和尊重，答应给我交货后三个月的付款期，这样就可以减缓我的资金周转的压力，把我手头上的钱用到更需要用的地方去。

接下来的是要找个厂房，那是岱渃分管的工作。

几天查询下来便立刻意识到租厂房的条件很苛刻，手续繁琐。于是我们决定自己买一个小厂房加办公室，这样就可以从岱渃现在租的市中心的办公室搬出来，既可以节省每天昂贵的停车费，又可以将我们的办公室和厂方设在一起，但是这个工厂的位置一定要在市中心附近的环城区域内，这对我先生的生意非常重要。而且办公室一定要新，装修要完美，这样他客户中的政府或大公司的来访者，才不会引起不专业的感觉。

我们决定在市区北面的North Melbourne地区买下一栋新的厂房

和办公室。但是，这栋厂房刚刚开始动工，连地基都还没有打下去，虽然我们因之而省下了一大笔印花税，但是目前当务之急要设立的厂房却还需六个月才能搬进去，而任何一个临时租用的工厂都是不会与我们签署仅仅六个月的租约的。再说，我们也没有多余的钱来提前交大笔的订金和租金。

在万般无奈中，我们突然想到了自己家的底层，那是一间足有60平方米的地下室，过去的主人曾将此作为他的工作室和酒窖，自打我们搬进来后，一直还没有时间打理过，现在正好可以利用起来先设立一个小车间，至少可以解解燃眉之火，先完成这批棘手的订单。

可是，我前面提到过，我们家住的这个地区是墨尔本最高档、最昂贵的住宅区，虽然我们家与那些硕大豪华的的住宅相比只是一个非常小的家，但依然是这个地区的一员。而且政府有严格规定，住宅区是不容许用作商业用途的。可是在那个时期，我们别无选择，只能冒险一下了。

第三件事，要有张裁床台。

当时见罗伯特的工厂里的裁床足有十几米长，两米多宽，每次拉起布来，依然会是像切蛋糕一样厚厚的一叠。我们家的地方实在太小，能勉强设下一张三米多长的裁床就已是不得了的事了。立刻请来了木工师傅，帮助我们在一个多星期里做出了一张像样的裁床桌。

我们通过面料厂的介绍，找来了一位临时的裁床师傅，因为他平时要上班，只能在下班后或周末来帮助我们工作，我让他手把手地教我怎样铺设面料，怎样画版子，怎样使用锋利可怕的工业裁床刀。

刚开始的几天里，只要一听见裁剪刀发出的尖厉刺耳的鸣叫声，我就会不由自主地蒙上耳朵，躲到外面去，但是，我没有退路，如果我不学的话，这位师傅不在的时候就没有人可以干活，我不得不挺身而上。几天下来，我已经能够自如地运用这台可怕的裁剪机了，当面料到达的那几天里，我每天都趴在裁床的桌面上，在拉好的面料上不停地画啊、裁啊，独自工作到深夜。

第四件要做的事情是买缝纫机。

新的机器我们是肯定买不起的，我们要用最有限的资金来做最多的事。我突然想到了在为 Jane 的工厂工作时，她借给我机器在家工作，如果机器有问题，她还会请我们熟悉的机修工 Said（赛德）来帮助我维修。于是，我拨通了他的电话，说明了我的现状，希望他能够帮助我找到几台质量好的二手机器，并负责将来的维修工作。我的愿望实现了，仅仅才过了两天，Said 就用他的面包车为我运来了两台拷边机，一台平车和一台卷边机，就这样，在我们底楼地下室的一个角落里，我的第一个缝纫车间就这样设立起来了。

我立刻在中文报纸上刊登招工的广告，非常幸运的是，开初来应聘的几个工人就是手艺非常高强的缝纫高手。我挑选的小程刚从上海来了三个月，过去是拿手的西装师傅；另一位小张来自山东，也是服装行业的高手，让他们到我这样的家庭作坊来，做这样简单的衣服真是大材小用，委屈他们了。

我为他们在家附近的 South Yarra 地区找到了住处将他们安顿下来，又给他们很好的报酬，他们也就安心地跟着我干起来了。好在我自己对缝纫机的操作是非常熟悉的，刚来澳洲在工厂打工时学的一切技艺，现在又重新得到了发挥，只要有一点空闲时间，我自己也会加入缝制的队伍中去。

面料终于运来了，但是没想到是装在那样大的一辆至少有十吨的大货卡车上，因为我们的货是他们那天要送的一小部分。但是这样一辆像整个集装箱那样长的大卡车，将我们的整条住宅街挡住了半条。

布很重，每一卷都有二十多公斤，我们两人提一卷，加快步伐小跑着将布放进我们的车库，就这样一面来回小跑着卸货，一面心里七上八下地忐忑不安，生怕有人走过来发现我们民宅商用的违法行为，万一报告给区政府，我们吃不了也要兜着走。

幸好那段时间，我们的左邻刚刚将房子卖给了一个地产商，他们准备造一栋三层的高级楼房，正在设计等待审批中，无暇顾及我们这个邻居的举动；另一个右邻常年住在国外，这段时间正好也不在家；我们屋后的那对老人夫妻，已经年近八十，耳背眼花，想必也听不到我们机器的骚扰；整条街上的家庭大都门窗紧闭，互不干扰，就这样，我们万幸地在众人眼皮底下，平平安安地度过了这段特殊的过渡期。

直到今天，我还在为当时的举动感到羞愧和不安，但那是我们唯一可走的路，相信上帝也可以原谅我们万不得已的行动。

两个月以后，我们刚刚将手里的订单计划安排好，客户新的订单又来了，这一次又是两万件的订单。我是绝对不会对客户说“不”的，尽管我知道自己这个三人的小工厂是无法完成这么多订单的。

但是这难不倒我，我照常接下了订单，将面料定下去后，通过机修工的介绍，我找到了许多在家工作的越南和希腊来的缝纫工，这些工人大都需要在家照看接送孩子做家务，无法正常地到工厂打八小时的工。这样将活接到家里来干，既让她们可以根据自己的特殊家庭情况来制定灵活的工作时间，又让她们增加了许多的收入。因为接回家的都是计件活，完成每件都是统一的价格，也使双方都有一个比较公平合理的计算方法。

就这样，在以后的几个月中，我和我先生每天下班后，或者几乎是每一个周末，都将我们的车装得满满的，一家又一家地去送货。一年下来，我们对墨尔本西区的 Footscray、St Albans、Sunshine 的许多街道已经非常熟悉了。

我先生常常笑着对我说，在这之前他几乎从没去过西区，因为传统上那都是最穷的外来移民住的地区，但是因为有了我，他接触到了自己过去从来没有接触过的社会的另一面，使得我们更加珍惜现在所拥有的一切，同时也与许多外发的工人家庭，结下了良好的友谊。

在这一段时间里，我几乎每天都工作十几个小时，每周工作七天。好在家就在楼上，傍晚上楼匆匆为他们准备好晚饭，立刻又下楼来接着干。

儿子也来帮忙了，不会缝纫机，就来帮忙包装。我让他做计件制，贴一个吊牌五分，包装一件衣服一角五，你越认真快速做，你的收入就越高。当他看见自己的每小时收入已可达到 15 澳元，远远超过了当时规定的基本小时工资时，他对自己的成绩和贡献感到了由衷的自豪！当然，让他赚钱并不是我的目的，培养他的工作能力和吃苦能力，了解父母赚钱的不易，发挥他自身的主观能动性去参与我们的事业，才是我希望达到的效果。我想我们做到了！

在这段艰苦忍耐的时间里，我们每时每刻都在关注着厂房的建造进度，希望能够按期完成，早日搬进去。当然，正如每一个地产商都无法按时完成交房一样，我们的新厂房也遇到了波折，说是要再往后推几个月。万般无奈中，我们来到了工地巡视，只见大体的厂房框架已经搭起，四面的高墙已经耸立。但是，我们突然发现，自己原来按照图纸计划买的那一套厂房，在计划书上标注的门户号码竟然是13号，而且在高墙的环绕下，厂房的面积显得是那样的小，门前的泊车位也不够，我立刻和岱渃商量说："我是个中国人，13这个数字太不吉利了，我们决不能将生意设在这里，将来不会给我们带来好运的！再说，这间厂房现在已经嫌小，将来要发展的话，地方就会更不够用，我们应该立刻换一套厂房！"

岱渃总是要比我保守一些。

"可是，我们当初之所以买这套小一些的，就是因为最便宜，现在如果换大的，房价将会涨上去许多，我们家里的房债还没还清，这里又背上更重的债，现在厂里又要每周支付工资，还要垫付面料钱，你不觉得我们担的风险太大了吗？"

我依然坚持自己的想法。

"可是如果我们现在已经看到问题的存在，而不去立刻加以纠正的话，那么后果是可想而知的！就好像我们应该买一双适合自己脚的鞋子，而不是要将自己的脚趾头切掉，来忍痛强穿进这双鞋去啊！虽然我们现在是多背了一些债，但这正是为了扩大我们的事业，将来可以更快赚到钱来还债，我相信我们一定会成功的，应该将眼光看得远一些，你说呢？"

也许是我的激情和勇气感染了岱渃，他终于同意我们去找地产商，退掉了那栋窄小的13号厂房，又另外买了同一组建筑中那栋位于正面的8号大厂房。在这一组厂房的建筑中，我们曾是第一个与他们签订合约的顾客，他们也就此将保留的最大、最好也是最后的一套厂房卖给了我们。我们庆幸当时的改变，使得我们事业的未来，有了一个非常好的开端！

1998年3月，我们终于搬进了新工厂。正门的楼前是一排办公室，我把最好、最大的一间给了我先生，然后将自己的办公室设在楼后的那一间。一打开身后的窗，探头望去，便是我们楼下宽阔、整洁的车间。在家临时搭的裁床现在已经用做了包装台，我们又让专人为我们制作了一张十几米长的大裁床，全职聘用了一位从香港来的专业裁床师傅。缝纫小组的人员也增加许多，还添置了专业的烫台和配备的人员。

自从我们的工厂设立后，客户的订单越来越多，所做的款式也越来越复杂，面料的种类和印刷的技艺都已达到了一个全新的高度。几乎每一天，客户都会派车源源不断地送来各式各样的面料，让我们做来料加工。每天下班后，我也必须路经客户的办公室，到不同品牌的设计师那里去领取新的款式图和订单。

就在这时候，又有几个新品牌的客户找上门来了，其中有世界知名的Convers、Adidas等体育品牌，Stussy、Mossimo等流行的美国品牌。

原来那是因为几个曾经在Parmer Corp工作的设计师转到了其他的公司去工作，也许是已经习惯了和我一起合作，又非常满意我们的质量和服务，于是就将我们带到了他们所任职的新公司。就这样，在没有任何推销员的情况下，我们工厂的业务越来越扩大，生产也越来越繁忙，我一个人已经无法管得了所有的业务，便又聘请了生产经理为我分管楼下工厂的业务，而我，几乎每周工作七天，还是无法做完想要做的事情。

“你要开始学电脑，学会用科学化的方法来管理工厂！”岱渃对我说。

“我哪有时间啊？再说，我已经四十四岁了，要从头开始学电脑是不是太晚了呀？而且我又不会打字，对于电脑的程序一窍不通，我想还是找个秘书来帮助我吧！”我敷衍着岱渃说，心里确实对自己无法掌控的电脑充满了敬畏和恐惧。

秘书开始来帮助我写信件、打电话、存档案，但是还是有无数的事情需要我自己亲自料理——

我需与客户交流，因为他们只认定我。

我要算料、报价，安排订单。

我要订面料、定商标、预算安排工人的生产进度和成本。

我要为新的工厂订立有效的生产手册和管理制度。

每个周六，我还要和新来的生产经理 Vivian 一起裁剪堆积如山的样衣。

我要为客户安排印刷、绣花的品质和商讨价格。

我要同时照顾好旅游纪念品衣服的商店及维多利亚市场摊位的订单。

我要做账、出发票、付工资，还要做经济预算……

在这样连续三个月每天工作十几小时，每周工作七天，没有休息过一天的情况下，我先生出来干涉了。

“你要将所有需做的事写下来，看哪一些是必须你亲自做的，哪一些是可以分给其他人做的。公司在不断地扩大，业务在快速地发展，你要学会做个领导，而不是一个只知自己埋头拼命干的劳动者。”

我按着他说的去做了，将很多能够挪出去的工作都尽量让大家替我分担，同时又聘请了一个专业的会计 Cathy，来为我们公司管理所有的账务和工资。我第一次感到自己的头开始浮到了水面上，终于可以呼吸一点新鲜的空气了！

但是在每一天的工作中，我们还是会不断碰到各种突发的问题，每当这样的时候，岱诺就会来教我处理的方法。

有一天，我们这个地区突然被通知要停电两天，可是正赶上五天后要交货，已做好的 Converse 的 T 恤堆积如山，都等在那里需要整烫包装，可把我急坏了。因为客户是不会接受因为停电而晚交货的，商店会因之而对他们罚款，客户就会要我们承担这个经济损失。

我先生看着这一大堆衣服问我："你知道这些衣服需要多少天烫完吗？"

我摇了摇头："不知道！"

我先生紧接着说："作为一个领导，是不能对这样的生产细节心中无数的，You need to start to learn how to think ahead.（你要开始学会提前量的思考）"

"提前量的思考？"我不是很理解这句话的意思。

岱诺耐心地对我解释说："我来给你打个比方：工厂有两个专业的烫工，你要了解一下每人每天可以烫多少件？如果一人一天可以完成 1000 件的话，每天可以完成的就是 2000 件。你现在有 15500 件衣服在等着整烫，就需要两个人整整八天才能完成，而现在如果停电的话，你就只剩三天的工作日，再加班也是不可能完成的。这种提前量的思考方法，可以帮助你预计到可能发生的情况，并且及时采取相应的措施，而不是到了事情发生以后再去补救，那就来不及了。"

我立刻采取措施，联系了专业的整烫公司，将我们能力不可及以外的所有衣服都送到外面去烫了，这样，只用了一天就返回了所有送出去的衣服，立刻着手包装，使我们得以按时交了货。

通过这件事情，我学会了这样的思维方法，并将此作为了我从今以后对所有工作的必然思考方式。

我先生又教育我说："公司的每一个员工、每一项工作，都应该按照一个固定的程序来操作，就好像是麦当劳的工作方法，每一个员工都是整个运转机器中一个不可缺少的螺丝钉，应该有严格的工作细节的规定。一个人如果离开了，另一个人补上去的话，就会按照相同的程序来运作。另外，对质量的要求和管理的方法，应该像飞行员起飞前的检查程序一样，一道程序都不能漏掉。因为你上了天，出了问题就没有回头路！我们虽然是个新开的小工厂，但是如果基础打好的话，将来一定会发展得很大！"

我们听从了岱渃的管理方法，并将此落实到了实际的工作中去，大大减少了生产中的返修率和错误，并且学会了"决不让相同的错误犯第二次"，每一个员工都有了一种积极向上的精神，工厂一片欣欣向荣。

当2003年到来的时候，我们工厂已经非常繁忙。我们为之生产的品牌已有几大类。世界知名体育品牌：Adidas，Chanpion，Everlast，Converse；休闲服装品牌：JAG，26Red，Sugur，Mossimo，Stussy，Paul frank，M11，Hurly等等。

我们将工厂完全定位在高质量的品牌生产上。虽然我们从来没有刻意出去销售过，但是对于所有自行找上门来的客户，我们都给予了最好的服务，建立起了长久的良好的合作关系。

但是我们万万没有想到，这一切在不久的将来会突然终止……

第十六章

我先生领我走进了澳洲的上层社会
带我到全世界旅游

（1993 年—2015 年）

作为一个来自中国的女子，既没有背景，也没有学历，经营的只是一家小小的生产工厂，每天生活、工作的圈子永远是那样的两点一线，极其狭窄。所接触和认识的澳洲社会，也只是极其有限的一面，或者来自电视、电台的新闻报道。

在那段时间里，我总觉得自己完全成了一台永无休止的机器，脑子里想的只是事业的发展和成功，每时每刻，我的心里都充满了紧迫感，那是一种完全来于自己内心的压力，逼使我不去浪费生活中的每一天、每一分钟！

也许我曾经是那样的贫穷、寄人篱下、一无所有，但是现在，我开始尝到了自我创造、自我驾驭生活的甜头，在这条大道上一起步就再也不允许自己有回头路了！

如果随我意的话，我可以每天工作十几小时而不抱怨。我几乎从整个过去认识的华人圈子里隐退了出来，也放弃了自己朋友圈中所有的社交；朋友是需要用时间去奉献、维持的。即便是抽空一起喝杯咖啡、吃顿饭，但那在于我已是一种奢侈的享受，在这世界上我最缺乏的便是时间，我不允许自己将生命中的任何一分钟花费在自我消遣中。

我有时会感到自己是一个非常自私的人，因为在任何时候，当我遇到无法解答的问题，或是需要有个人说说话、理清一下自己的思绪时，我总是会立刻走进我先生的办公室，一股脑地将我想说的话倒个尽，在这样的时候，岱诺总是表示出他最大的关注和无尽的耐心，来听取我的想法，并给予我最及时的忠告。

可是我对他的工作却了解得很少。

虽然我与岱诺早晨一起去上班，每天在一栋楼里工作，但我在开初时对他工作的范围只是有一个模糊的概念，而对所有的细节却一无所知，也许是我的脑子已经太满，容纳不下除自己工作以外的任何信息。我对此感到非常惭愧，告诫自己应该对岱诺做出同等的付出，需要学会和了解他的工作，这样我们才会成为真正的、长久的爱人和伙伴。

在前面的部分我已说过，我先生在80年代末的那几年里跌得非常惨重，在经济上也几乎失去了所有的一切。但是我觉得最可悲的是，岱诺似乎因之而失去了自信，在很长的一段时间里，他都无法彻底跳出这笼罩在他心头的阴影。

虽然在表面上，他依然给人一种坚强、踏实，像巨石那样稳健有力的印象，但是，作为一个妻子，我可以经常听到他在浴室里悲愤的独自哀叹，或是无助地彻夜不眠，那些昔日的魔鬼继续骚扰着他的内心。

我想对于一个男人来说，金钱标志着成功，但并不是他们所追寻的一切，男人比女人更需要社会的认可，需要觉得自己的存在对于社会有着一定的重量，尤其是像岱诺这样一个曾经在社会上颇受尊重的男人。

我决定要更多地了解和介入到我先生的工作中去，也许，通过我们一起的努力，又能重新找回我先生过去的自信？

刚开始的时候我只知道，岱诺是 AHA Accommodation Division 的 General Manager（澳大利亚酒店协会宾馆分部的总经理）——他代表着墨尔本所有五星级以及四星级的高级宾馆，作为他们的召集人和政府的代言人。所以，几乎所有墨尔本大宾馆的经理都是他的朋友，有些在工作之余还成了我们家的常客。

后来慢慢的对他的工作了解得多了，才知他其实还担任着非常众多的公众职务。

他是 Director Melbourne Convention Bureau（澳大利亚墨尔本会展活动策划委员会主席团的成员之一），整个墨尔本只有 9 个人在委员会里：那是澳洲航空公司的第一把手、管理澳洲最大百货公司和零售业的主席、墨尔本会议展销中心的第一把手，而我先生，则是代表维省所有的五星及四星级的宾馆及酒店业。他是这个委员会中资历最长的一个代表，已经在这个委员会任职 23 年。

他们的工作是对墨尔本每一年的会展中心和世界型会议作出整体规划。在过去的几年里，来自中国的大型集会也开始增多，以此可以赢得更多的国际和外省的游客。

几年前，当他发现墨尔本的各大宾馆在冬季都相对比较空当，有许多房间滞销。于是他发起了一个冬季的宾馆促销活动，联手航空公司和各大百货公司及剧院，一下子增多了几万个房位，为墨尔本的各大宾馆增益不少。

他同时还在 Tourism Accommodation Australia（Vic，澳大利亚旅游协会）里担任好几个项目的主席团成员，比方说各个葡萄酒酿造业的旅游项目、酒店安排的项目等等。

39 年前，我先生和几个同是酒店行业的朋友，在一个雪山的小屋里，创办了一个名叫“United Innkeeper Association Ltd INN KEPPER”的联合购买集团协会，是为当时他们那种性质的小酒店服务的。现在这个集团已经发展到了全国几千个会员，成了维多利亚省最大和最有实力的小酒店购买集团，所有澳大利亚各大品牌的葡萄酒商和啤酒公司，以及可口可乐那样的饮料集团，都对这个集团协会非常重视。

10 年前，为了使他们的这个公司跟上时代，吸引更多的年轻人上他们代表的小酒店里消费，他们将集团的名字重新更新，我先生作出了极大努力和全面的规划，如今，“THIRSTY CAMEL”这个黄绿相间的小酒店品牌变成了一个家喻户晓、到处可见的知名品牌。

现在他一直担任主席团的副主席，成为了这个协会的终身荣誉会员。每年他都会亲自规划到世界各个国家旅游，每次都会有他们的一百多会员参加，在过去的 39 年里周游遍了世界各大洲的国家和城市。从 1996 年开始，我也随同他一起每年旅行两次，去过了二十多个国家和三十几个城市。

在过去的十几年中，因为他不懈的努力工作，在他熟悉的酒店业和旅游业中，他又逐渐恢复了同行业中人们对他的尊重，再次成了一个举足轻重的人。

2012 年，他被澳洲酒店协会评为那一年度全国最杰出贡献的优秀人物（Wall of fame），成为酒店协会全国和全省的荣誉终身会员，他的照片被永久地挂在荣誉走廊里。

在最近的几年中，他又收到了墨尔本市长的亲笔邀请，成了市长顾问团的主席，是专门为墨尔本的零售商店业和酒店业方面为市长做出专业的参谋。

就在上个月，他又被维省的旅游部长邀请参加一个特殊的委员会（Victorian Visitor Economy Review-Reference Group Members and Terms of Reference），以帮助政府重新整理和统一规划维省的旅游事业。这个新组的委员会只有 12 个人，都是墨尔本在这个领域非常重要的人选，我为我先生能够为他所深爱的国家和城市做出个人的贡献而感到非常骄傲！

我之所以要列出他的这些头衔和职位，并不是想要炫耀，而是因为连我自己都不很清楚他的工作范围和具体的职务是什么？不理一遍的话，我想在中国是没有人可以懂得我在说什么的，所以我只能这样繁琐地罗列，请原谅！

因为他的工作性质，几乎每个星期都会接到许多酒会活动的请柬，我先生总是希望我能与他同行，因为这也是他工作的一个组成部分。刚开始的时候，我总是以太忙为借口推脱掉，但自从我调整了自己的内心以后，便会尽可能地提前安排好自己的工作，与我先生一起同行。

因为白天在工厂工作，常常要介入体力活，所以总是穿着最简单舒服的运动服，但是晚上要参加正规的酒会的话，就必须化妆，身穿长裙。在那样的场合，我经常是唯一一个来自中国的女子，我先生总是会因之而感到非常的自豪。

“你是今晚最美丽的一个女人！”他经常会对我轻轻地耳语。虽然我知道这不是一个事实，但是至少懂得我先生真的是以我为荣的，这便给了我无限的慰藉。

很多次，当酒会间的邻座与我们开始交谈时，我先生总会告知他们关于我的故事，话语间充满了赞叹和无尽的爱。他的手永远是紧握着我的手，我们彼此传递着正能量的爱，我觉得因为我的存在，岱渃不再感到孤独，我也越来越对真正的澳洲人的社会圈子有了一个比较清晰的认识。

细数一下我参加过的正式酒会和各种宴会及大型活动，真是数不胜数。

几乎每一年，我们都会被邀参加 Australian Open（墨尔本的国际网球赛），在专设的主席宴席上晚餐，还坐在主席台后一排最好的座位上观看。

每年的 FORMULA 1 AUSTRLIAN GRAND PRIX（世界方程式汽车赛，澳大利亚锦标赛），我们都会受邀参加赛前的正式酒会，在最好赛车 Corporat box（贵宾包间）看比赛。

墨尔本方程赛的地点设在墨尔本市中心美丽的 Albert lake 湖泊边，在每年三月份那短暂的一个星期里，平时安静的湖泊边突然被设立起许多栅栏，周围的居民被赛车的噪音摧残得怨声载道，而且

因为有了岱诺，我的生活突然变得美好而又开阔，一个全新的世界展现在了我的面前，只要我的先生永远在我的身后支撑住我。

Happy New Year 1997

、2、3　这些当年不经意的照片却留下了永恒美好的瞬间，在任何时候，我的先生都是我不可置疑的保护者。

1	4
2	
3	

与我先生一起参加酒会，我右边的是上届的维多利亚州长，前面那对夫妻是我先生多年的好友夫妇。穿粉红色外套的夫人是有半个华人血统的澳洲人——她的父亲是华人。

岱诺与前维多利亚州的州长在一起。

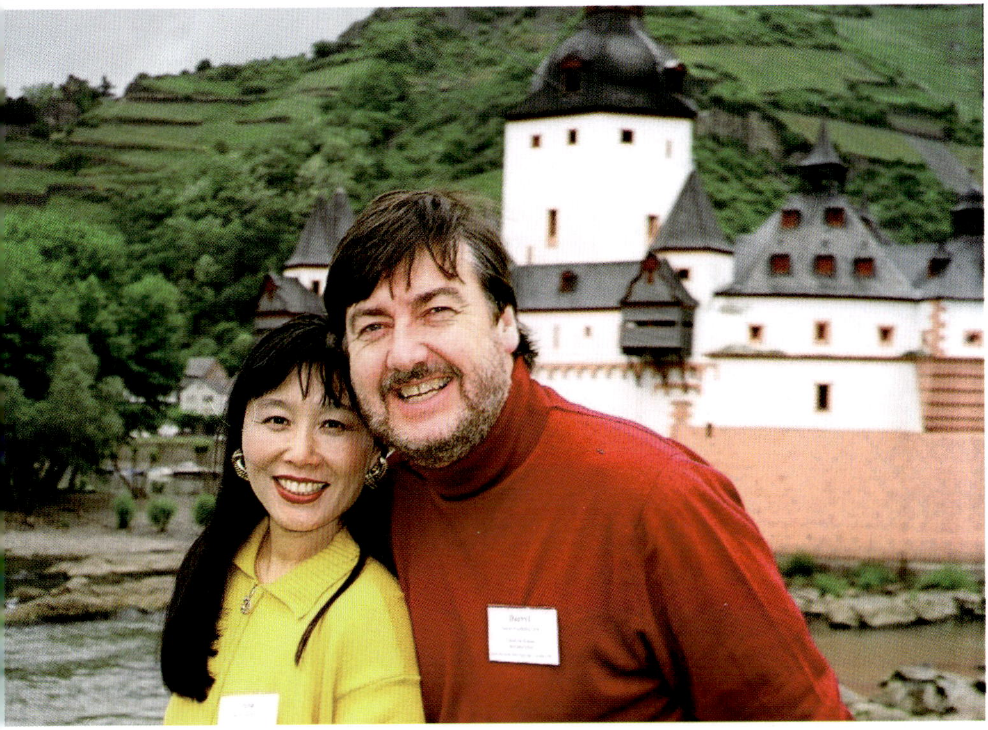

从1997年开始，我先生便带着我每年去世界各地旅游。上图是1998年在德国的Mosel河上。

1	3
2	4

1　1998 年在法国的罗丹艺术馆。

2　1998 年在法国卢浮宫。

3　1998 年在英国的莎士比亚剧场遗迹，我先生可以整段地背诵莎士比亚的戏剧台词。

4　1998 年在英国伦敦。

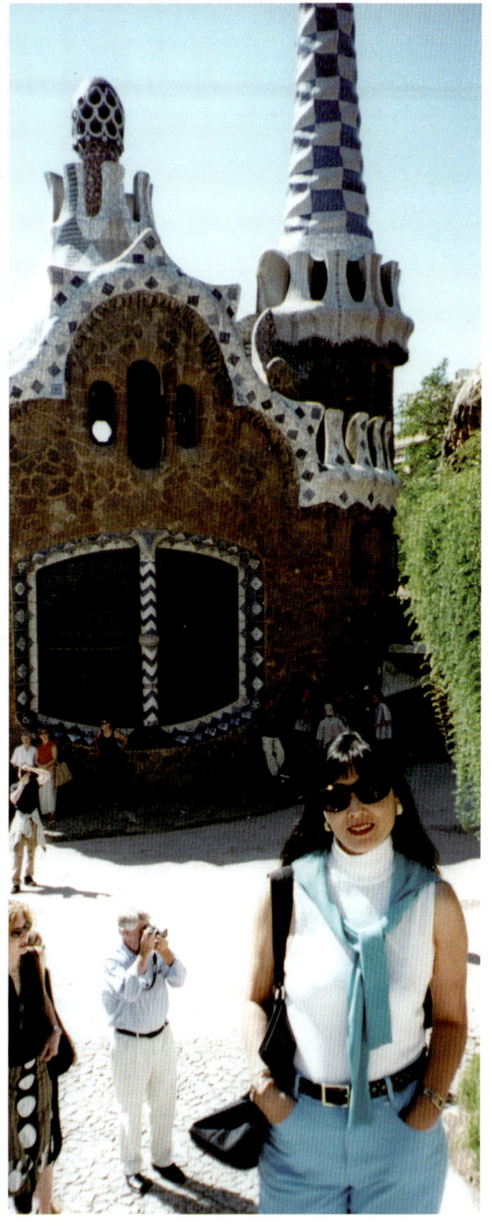

<table>
<tr><td>1</td><td rowspan="2">3</td><td rowspan="2">4</td></tr>
<tr><td>2</td></tr>
</table>

1　2000 年岱渃带领 100 多人的澳洲团队在中国北京和上海旅游。

2　2001 年我们在加拿大的温哥华及雪山上。

3、4　2002 年在西班牙巴塞罗那，从此以后，西班牙的食物和艺术成了我的最爱。

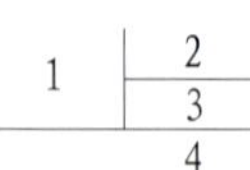

1　2002 年在威尼斯的广场上，耳边正震荡着教堂的钟声。

2、3、4　2002 年在意大利威尼斯和克罗地亚与 TOBY 夫妇一起度假，他们是我先生三十多年的好朋友，也是我先生几十年来的网球对手。

1	3
2	

1　2004 年在匈牙利与八十岁的导游在一起，她的丈夫及儿子不幸都在战争中失去了生命，但是她却将自己的毕生精力都投入了对下一代的教育中，退休后用她丰富的历史知识向每一个她遇到的游客，讲述着属于她的国家的故事。

2　2004 年在匈牙利的布达佩斯。

3　2004 年在奥地利的首都维也纳。

2004 年在捷克的布拉格桥上，这是一座充满历史和神秘色彩的独一无二的桥，我在桥上不断地来回，流连忘返。

2005 年在马来西亚与我们的朋友 GREG 在一起。

2005 年的埃及之行是最震撼人心和令人难忘的。几千年前留下的辉煌历史遗迹和现实中的破落贫寒，似乎在不断地提醒着世人，不要让这样历史在我们的国家中重现。

2005 年在埃及的 LEXUE 遗迹。

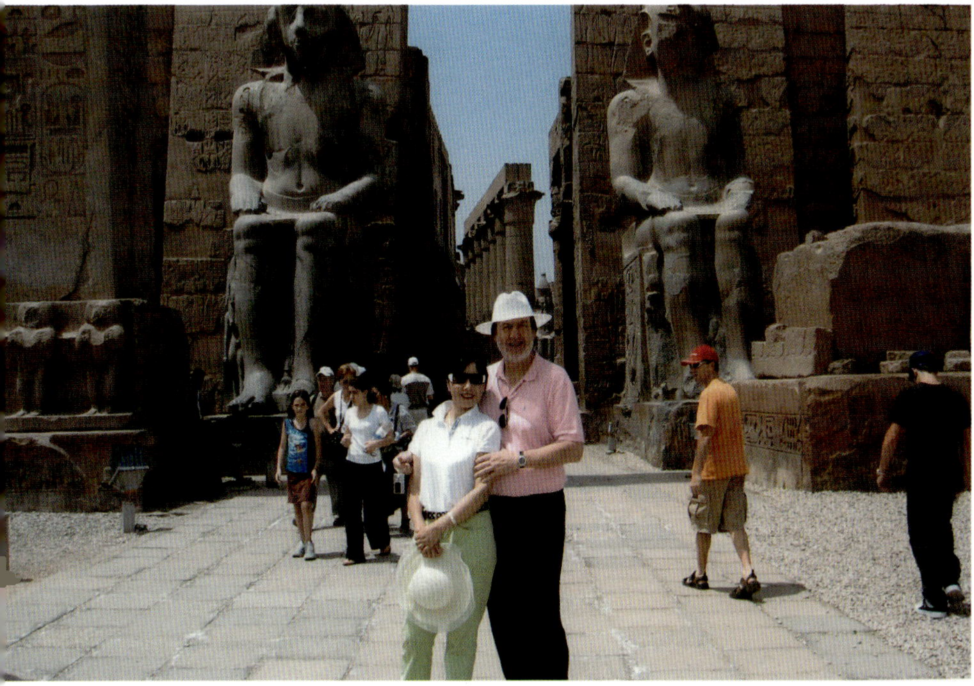

1　2006 年在土耳其的伊斯丹堡， 船上都是我们同行的朋友们。在过去的三十多年里，我先生的公司每年都组织一次赴世界各地的旅行。

2　在伊斯丹堡与朋友们一起晚餐。

1	3
2	4

3　2006 年在迪拜的沙漠上，我喜欢沙漠的这份苍凉和神秘。

4　2008 年在迪拜的船型旅馆前，这是我们下榻的宾馆。

1		4
		5
2	3	

1　2006 年在欧洲地中海的船上。

2　2006 年在希腊群岛上。

3　2006 年载我们游希腊群岛的机帆船。

4　2006 年在土耳其的 GLIPI 岛上，在那里留下了无数澳洲将士的鲜血。

5　2006 年在希腊雅典的奥林匹克广场原址前。

2007 年在原属英国女王私人的游艇上，我很为当年女王失去她心爱的游轮而感到不平。但也许因之世人有了参观的机会？

2007 年在苏格兰。

2007 年在爱尔兰下榻的城堡。

2007 年在爱尔兰下榻的城堡里，前来欢迎我们的骑士和猎狗们。

2007 年在上海，我先生与我一样酷爱上海菜。

2008 年在南美阿根廷首都里约热内卢。

2008 年在南美洲著名的巴西伊瓜苏瀑布前。

2008 年在巴西海边。

1	3
2	4

1　2009 年在美国华盛顿，我先生为自己有同样的华盛顿姓氏而感到骄傲。

2　2010 年岱湉与儿子在蒙地卡罗最著名的宾馆前。

3　2010 年全家在法国南部乡村。

4　2010 年儿子与我们在法国凡尔赛宫。

1	3
2	4

1 2011年在阿拉斯加的船上。

2 2011年在加拿大的落基山脉间。

3 2012年第三次来三藩市，依然是我喜欢的城市。

4 2012年在芬兰的首都赫尔辛基。

1	3
2	4

1　2011 年岱渃与我在法国凡尔赛宫。

2　2012 年在德国慕尼黑市中心的广场上。

3　2012 年在莫扎特故乡萨尔兹堡。

4　2012 年在丹麦首都哥本哈根的安徒生童话美人鱼前。

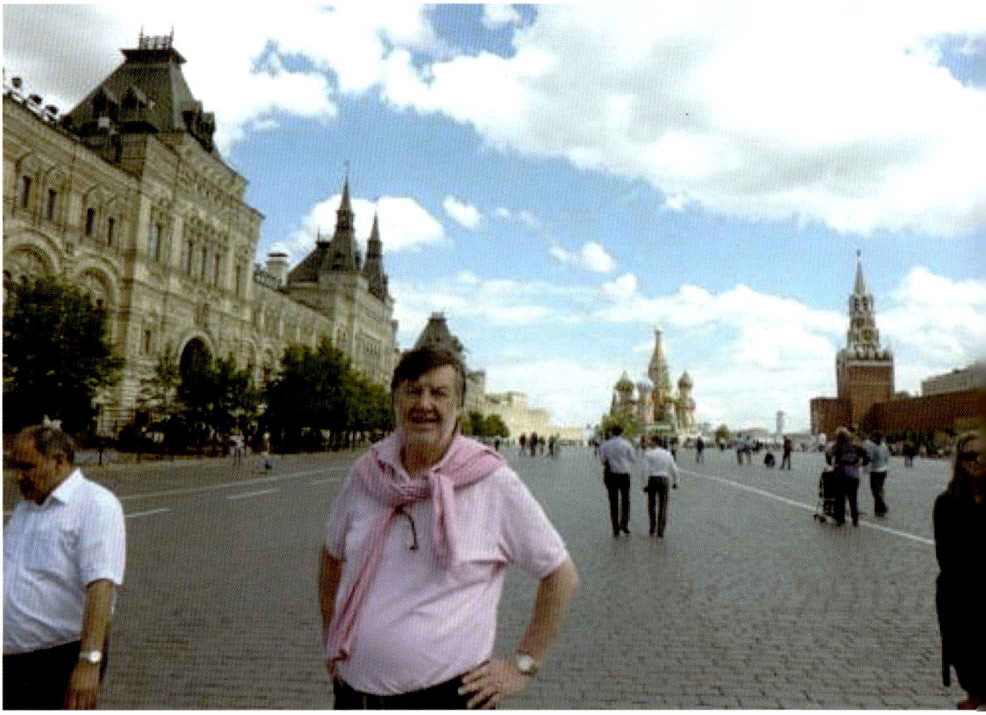

岱渃在莫斯科的红场上。

2012 年在瑞典颁发诺贝尔奖的大楼前。

2013 年航行在克罗地亚美丽的大海上，在 TOBY 的私人游艇上度过了难忘的一周。

2012 年在瑞士首都苏黎世，正赶上了他们的五月节日。

2013 年在意大利的西西里岛。

2014 年在纽约。

每年维省政府要因之而赔上好几百万的钱。

每年这时候我先生都会接到电台、电视台和报社的采访，问他对这个项目的感想，他总是会以大局的利益为基点，支持这项运动，因为它可以将墨尔本随同广播电视的报道传播到世界各地，同时他所代表的宾馆和零售业及饭店，都会因之受益匪浅。

9 月的墨尔本跑马节，是澳洲最大的节日之一，全国上下男女盛装前行。而我们，总是被邀请在赛马终点站的贵宾房里观看。而且，从那天的一早开始，便穿行于各个大宾馆之间，头戴花色的帽子品尝着专为这些持请柬者而设的丰盛的美食。

我们参加过无数的歌剧、芭蕾舞剧以及其他大型演出在墨尔本的首演或首映式，非常荣幸地被安排在全场最好的一排座位上。不仅仅是在演出前参加专宴，演出后还会在后台与主要演员见面。

我们被邀请参加许多省级、市级或者是国家级的宴会，岱渃有幸与当任过的四位国家总理谈过话，还被当年的霍华德总理专门请去私下交谈了半小时，我为他感到无比的骄傲和自豪。

我们还多次被邀去维省的总督府（Government House）和省政府厅里参加过酒会，听到当年的省长 Jeff Kennett 以及许多部长在会议上直呼他的名字，列出他对墨尔本所作出的贡献，我想这真是一件可以让他感到欣慰的事。

当然这样频繁不断的正式晚宴，往往一坐下来就会至深夜，席间我常常困得连眼睛都睁不开，还要强打起精神笑颜应答邻座。我常常对岱渃自嘲像个“灰姑娘”，因为半夜的钟声一响，我就要赶紧回家上床了，脱下长裙盛装，第二天又复原成了那个在工厂辛勤工作的我，再也找不到一丝那个晚间在宴会上令我先生自豪的影子。

我经常笑称这些需我陪伴的晚宴为“应酬”，因为这些场合虽然使我大开了眼界，但是仍然是与我的个性有很大距离的，如果让我选择，我也许会宁愿躲在家里，手捧一本我爱的书，耳边是柔和的音乐，那就是我认为最奢侈的享受了。我没有属于自己可以支配的时间。

在我与岱渃肩并肩地出入于各种不同的场合和酒会以后，我对他的工作性质有了许多了解，任何时候提及他工作中的话题，我都能够立刻给予我自己的见解，不再是那个他当初认识的害羞、胆怯、不自信的女子了。

虽然我的工作与他相比是这样的平凡、普通，但却带给了我们这个家庭非常稳定的经济来源，也使我因之增添了无限的自信心，在任何时候，我们两个都是平等的、互相尊重的、相亲相爱的。

当然我们也会有不同的意见，时常会有争议，或者是碰到重大的事情，往往需要坐下来反复地讨论才能达到一致。于是我们便有了一个不成文的约定，如果在周末必须要谈工作，就会走出家门，找一个小咖啡店或饭店坐下来，心平气和地将问题放到桌面上来说，绝不将问题和争议带回家来。如果我们对彼此有意见，心里有疙瘩，也一定会在睡觉前将问题说清楚，绝不将心里的疙瘩存到第二天早上，因为我们希望每一个明天都是一个新的和美好的起点。

记得在我们婚后五年的一次新年前夜的聚会上，主办者让每一个来客都总结一下过去一年中生活的最亮点，轮到我发言的时候，我想了一下说：“我的 Highlight 是我和我先生每天在一起工作、生活，几乎一天二十四小时都在一起，但是我们依然深爱对方，理解对方和互相帮助，我感到自己是个世界上最幸福的女人！我感到这就是生活给我的最高最亮点。”我的话音刚落，立刻博得了全场所有朋友的掌声。也许，像我这样将家庭的幸福看作最高点的女人是可以得到许多人的共鸣的。

第十七章

走向中国
事业开始更上一层楼——第二家工厂
（2003 年—2006 年）

2003 年初到来的那一个月，我们原本干得轰轰烈烈，订单络绎不绝的工厂突然变得异常安静，所有的客户好像都互相说好了似的，在短短的几个月中都突然消失了。

虽然我们的工人们还在机器上赶货，但那都是几个月前接下的订单，如果我们现在没有足够的新订单进来，没过多久工人就会没活干了，我是第一个敏感到有什么不寻常的事发生了。

由于工作的关系，我已经与几个大品牌的生产经理结下了非常好的个人友谊，于是我决定单刀直入地问个究竟，总比惶恐不安的猜测要好得多。第一个通话的是 Irene，她是著名的体育品牌 Convers（康威）的业务经理。

“Hi Irene，你好吗？最近发生了什么事？你们的订单突然消失了？你能告诉我是什么原因吗？如果是我们的服务不好或是质量有问题，我们会立刻改进！”

我稍微问候了几句便立刻进入了正题，毕竟我们已经认识了六年，我们工厂每年都要为他们生产十几万件T恤衫。

“啊，Julia，真是对不起，我们公司从去年下半年开始重新调整了生产和进货方向。我想你也一定听说了，现在澳洲所有服装业的大趋势都往中国跑，因为他们的价格比澳洲本地生产的要便宜得多，所以我们的老板已经明确下了指示，从今年开始，所有的衣服都要在中国打样和生产。澳洲方面看来是只能给你一些复杂一些的款式和小订单了，真是对不起！”

“啊，Irene，谢谢你告诉我实情，但是你们一下子将这么多的款式和订单都给中国，不是太冒险了吗？”我还是想尽力挽回这种局面。

“实话说吧，我刚开始也有同样的顾虑。”Irene直率地对我说：

“但是从去年下半年开始他们已帮助我们打样，说给你听也许你都会不相信，他们的面料质量比澳洲的还要好，印刷的工艺也要高很多。你知道我们在澳洲让印刷厂打个样要那么多的Set up（打样制版）费用，等上几个星期也完不成。但是在中国打样，两天就完成了，DHL三天之内就已直接送到了我们办公室，比在澳洲当地做要快多了。”

看来要转变这种趋势已是不可能的了，但我还是想要换个角度了解更多一些。“我很难想象出你们是怎样和中国工厂交流的，他们的英语都非常好吗？”

“哦，不是的，我们是通过在香港的Agent与他们做的，但是即便这样，甚至加上政府的进口关税，最终核算的价格还是要比在澳洲当地做的便宜。你试想一下，如果一件衣服可以省下 AUS$1.00，每年单是 T 恤衫我们就可以省下几十万澳币，因为批发价和零售价是不变的，所以这些钱实际上是我们老板多赚的，这样你就明白这个去中国生产的大方向是不可能再改变的了。

“作为客户，我要让你知道这个决定没有任何个人恩怨，纯属公事公办。但是作为朋友，我要劝你赶快想办法另找出路！因为据我了解，在澳洲的工厂现在都会面临倒闭的趋势，到中国去生产是一个大趋势，没有人会阻挡得住的。你来自中国，语言条件要比别人有优势得多，要赶快行动！”Irene 诚挚地对我说。

放下电话，我的心里真是百感交集。作为一个中国人，我真为自己的祖国感到骄傲，看来改革开放以后的中国真的是开始站起来了，能够让那么多的世界知名品牌信任地交付他们订单，是非常不容易的一件事。

但是，我现在生活在澳洲，这番事业是用了我十年的时间才苦心经营起来的。而且手下现在有那么多的工人，他们大多来自中国，或是来自像越南、柬埔寨那样不发达的国家，几乎所有的新来移民都不会说英语，他们唯一的生活技能便是踩缝纫机做衣服，如果像我们这样的工厂都关门的话，他们就会失去工作，全部靠救济金过日子，原本的纳税人就会突然变成需要政府补贴的人。无论是对国家，还是对他们个人，都是一件有害无益的事。

我突然想起了当年离开我澳洲老板的工厂的时候，Jane 就对我说过，从 1990 年开始，澳洲政府就开始降低进口税，开放了国门，大批的廉价进口物资冲击着澳洲市场。我相信政府这样做一定有非常正确的理由，可是在这样的政策下，作为澳洲生命线的许多中小工厂企业都是非常难以生存的。

再说在澳洲当地，政府有着非常严格的工资制度，工会也有非常强硬的要求，任何超过八小时以外的工作时间都要加一倍工资，我们知道这对于工人们是非常有益的，但是如果来不及交货，需要加班加点的话，每件衣服的成本便会突然增加许多，而客户是绝不会因此给你加一分钱的。这样的结果是我们自己每天工作到深夜，一周工作七天，就这样往往还完不成任务，最终亏本。

人们都说澳洲是打工者的天堂，过去并不懂得其中的真正含义，唯有开工厂后，自己当了一个小老板才了解到创业的艰难。尤其是像我们这种中小型的企业，既不想要国家的一分钱补助，又想在创业的同时，成为一个提供工作机会给新移民的好公民，但是，最终常常觉得夹在各种沉重的税务和工资待遇中间，导致我们生产的成本越来越高，越来越没有竞争性。

而且，工会的代表常常到我们的工厂里来，在中午休息的时间里与工人们座谈，并给他们发许多表格，我们公司有任何不符规定的地方让他们随时汇报。虽然我们所有的一切都是按照政府的条例行事，心里没有一丝不安之处，但是，工会的做法突然将我和员工隔离开了，好像老板突然成了对立的阶级，这一点使我感到非常的痛苦和不平。

因为我原本就是工人，从一分钱都没有开始起家，每天与大家同甘苦、共患难，而且工作的时间比任何一个员工的都长，都更辛苦。我不会有任何怨言，因为这是我的梦。但是为什么要把我们对立开来呢？这使我想到了中国的文化大革命，难道在澳洲也有这样的阶级之分吗？想要成功，不甘于穷困，不想有任何借口偷懒，不想依靠政府施舍，不想拿纳税人一分钱，只想为这个国家报恩，希望能给更多的人工作的机会，难道反而成了阶级敌人了吗？我不能理解！

前一阵，工会又提出要让所有外发的工人都享受和工厂工人同样的工资待遇。电视里也不断播放着某些外发工人抱怨工资低的报道，一时间，所有的品牌都收紧和停止了外发，生怕自己被点上名。

但是我们站在澳洲生产的第一线，非常清楚地知道，这些外发工作的本身就是具有极大的灵活性，目的是让那些需要在家照顾孩子的妈妈们能够自由地选择合适她们的时间来工作，而不用按时固定上班。她们的收入是计件制的，做多做少全由他们自己的时间来决定。我们预算过，他们的工资应该是与在工厂工人的收入不相上下，或者更多一些。

我自己过去打工的时候，就是工厂和家里同时做，我觉得自己在家做的小时收入要比在工厂的时候要高很多。但是如果按照现在这样的新规定，我们该如何去预算他们在家的工作时间呢？那是任何企业都不可能做到的。可想而知，工会的意愿是好的，希望帮助那些在家工作的人，但是实际上的结果却使这些人全部失去了工作时间灵活的机会，最终又转向政府去拿救济金。我个人的想法也许是太微不足道了，即便是反映了真实的现状，也绝不会有人加以任何注意的，我唯一能做的便是随大流。也许 Irene 是对的，现在已到了我该另找出路的时候了。

可是我该从哪里着手开始呢？在澳洲已经生活了整整 15 年了。1987 年离开中国的时候，改革开放还刚刚开始不久，但是现在飞跃发展的中国已是我完全不了解的了，尤其是对工厂企业，更是一个我全然陌生的领域。虽然我在 1998 年就已去中国考察过，曾想过要在中国生产，但最终还是没有敢跨出这一步。

现在又是五年过去了，我必须试一试，不然就会面临倒闭，我绝不能够轻易放弃，那绝不是我的个性！

走出的第一步是去参加广交会，寻找与我们产品对口的工厂。

我手里有客户，我知道他们需要的是什么，如果我能够将生产线设在中国，由我们来控制质量标准和其间的文字、语言交流，我相信香港 Agent 可以做到的事情我也一定能做到。关键是价格和质量，对于服务我是非常有信心的！这些都是我的想法，但是要将此付诸实现并不是一件容易的事。

已经近 20 年没有去过广州了，当年途经广州去深圳的时候，深圳还是一个有着一条中英街的小镇。广交会期间的广州，真是人山人海，到处是国外来的参会者，五颜六色的发色和肤色，穿梭在每一个楼面和摊位间。

我们的第一次参展还是非常有收获的，我着重寻找的工厂要在江浙一带，需要离上海近一些，那是我比较熟悉的范围，至少在语言和风俗习惯上，再说，谁又能够抵御上海那家乡菜的诱惑呢？

我们寻找到了许多在苏州、宁波地区的生产工厂。在展销会结束以后，我们又先后实地考察了这些企业，根据我们的标准，从我们的名单中筛掉了一些达不到我们标准的工厂，因为我们是不可能拿客户的订单开玩笑的。再说，如果工厂的生产环境很差，质量把关体系不到位，即便他们给的价格再好也是没有用的。

当年，我的亲生父母从宁波的象山到上海去创业，如今，我又重返乡土来做生意，真是一个历史的大回转。尽管我不认识任何一个故乡的亲属们，但对宁波，尤其是象山，依然有一种故乡的情结。

2003年时候的宁波市区还刚在基建的开初阶段，一片片的农田都被大块的钢筋水泥所占领，建起了中国每个城市似乎都在新兴崛起的工业园。

记得1998年与我先生第一次来象山，那时象山与宁波之间的公路还没有全部修好，我们还需要坐摆渡船才能到象山，可是现在，高速公路和大桥已经四通八达，与宁波直接相同。

象山原是个小渔村，但是在几年之间突然成了中国的T恤集中生产基地，几乎每一条街上都有一个工厂。T恤的价格低到了我们无法相信的地步，一件衣服面料加人工只要一块多美元，而我们那里的人工就远远不止这些，我从心里为中国廉价的劳动力感到不平，但又受不住这些廉价产品的诱惑，人的复杂性在这些问题上表现得异常突出。我们决定与宁波市和象山的几家工厂同时开始打样合作，希望最终能够找到长期稳定的合作伙伴。

一个月后，当我将来自中国的样品展示在几个客户面前的时候，他们立刻表现出了极大的兴趣。当然，比我们现在工厂生产的要优惠近乎一半的价格，这是他们无法抗拒的诱惑！再说，大多数澳洲公司的品牌都只管设计和销售，而我们，则是将他们的设计付诸实现的一个重要的组成部分。尤其是在现今人员流动非常频繁的大企业中，像我们这样懂行而又稳定的生产工厂，便是非常重要的了。

不管你是在哪个国家生产，只要你的质量过关，价格有竞争性，在2003年时的澳洲还是有一线立足之地的，我终于找到了另一条起死回生的路，开始在中国为几个品牌生产。

在进口量不断增加的同时，我们在澳洲当地工厂的规模却开始逐渐缩小，不得不忍痛裁员，只留下了几个可以做样衣的熟练工人。可是一件突发的事件，使得我最终决定将工厂完全关闭。

那是一个普通的早晨，我正埋头在办公桌前工作，突然秘书进来说有人要找我，赶快迎出门去，只见一个政府官员正微笑着等候在门口。还没等我开口，他便和蔼地对我说道：

“我是移民局的官员，我们接到举报，说你们工厂有一个来自中国的逾期滞留的黑民叫张玉石，现正在这里非法打工，我们需要找她问话。”

我的心一下沉到了无尽的深渊，那种久违的绞痛一阵阵牵引着我的心。当年做黑民时的那种熟悉的恐惧感觉，又一次占据了我的整个心房，尽管他们今天并不是冲着我来的，而且我现在已是个合法的澳洲公民，但内心还是无法摆脱昔日的阴影。我强迫自己静下心来，下意识地重复着他刚才提及的名字。

“张玉石？我们这里好像没有这个人？”我说的有一半是真话，因为有那么多的工人，所有人都是用的英文名字，本身的真实姓名倒反而被人忽视了，我真的想不起这个名字该与哪个英语名字对上号。

在这同时，我心里顾及的却是另一个他没有提及的人，那就是从上海来的小程，几年前他刚来工作的时候签证是合法的，但是后来好像没有拿到留下的签证。因为自己当年的经历，我对这些人充满了同情，知道他们因为出国负债累累，即便要回国，总是需要赚些钱的，用自己的劳动来积累资金，我觉得是情有可原的。我不想做犯法的事情，所以从来也不问他的签证进展情况。可是今天，移民局来找的虽是另一个人，我不禁暗暗为小程捏了一把汗。

我强迫自己镇定下来，在领着移民官员往楼下的工厂走去的同时，下意识地往大门口扫了一眼，只见那里已有几个官员把在门口，可见情况是非常严重的了。走到车间，让所有的人将机器都关掉，一个个申报自己的姓名和出示证件，移民局官员再逐一电话与总部联系复查。那个年代的电脑联网还没有太完全，所以检查还是非常人工化和缓慢的。

那个被举报的张玉石平时我们都叫她 Jade，是绿宝石的意思，那是我先生为她取的名字。她和小程都是我们优秀的样衣工，已经跟着我工作了好几年了，她来找工作时的签证都是有效的，看来是有什么情况发生了。

见移民官员单独将 Jade 带到了楼下角落的厨房里坐下谈话，我开始环顾四周寻找小程，但寻遍全厂，就是不见他的踪影。我抬头用疑惑的眼光注视着生产经理，她也对我摇了摇头，表示不知道。再看看工厂的后门口，也已有人把在那里，任何人插翅都别想飞出去。几个移民官员在车间里将每一卷布，每一个筐，以及每一个角落都翻了个遍，即便你想藏身也是绝对不可能的了。可是，小程究竟上哪里去了呢？难道变成了空气消失了吗？还是他突然有了隐身法，让我们都看不到他？

整整过了四个小时，移民局的官员才完成了对所有工人的证件审核，万幸的是，除了 Jade 一个人的签证是过期的，其他人都 ok。而我们公司当时雇用她时的证件存档是合法有效的，所以不会受到牵连。因为澳洲政府有规定，任何企业雇佣非法移民的话，会被罚重款，并严加惩罚。他们将 Jade 当场带走了，看着她哭肿了的眼睛，我的心里充满了同情，因为如果这一幕早发生十几年，今天的 Jade 就是当年的我！

送走了他们，我的心如释重负，但还是无法理解小程究竟飞到哪里去了？我刚走进楼下的厨房想要倒一杯水，突然头顶上的移动板打开了，一个人沿着墙壁缓缓移了下来，定睛一看，正是小程。只见他满头满脸都是灰，手臂上是一道长长的伤口，上面是已经凝聚呈黑紫色的血迹。我惊叫着冲到了他面前。

“天哪？你原来藏在天花板上啊？屋顶那么高，你是怎么爬上去，又是怎么不掉下来的呢？”

我知道天花板是用非常细的铁条和薄薄的泡沫板制成的，连一个婴儿的重量都不可能承受得住，我很难想象小程是如何熬过这漫长的四个多小时的。

小程一边转动着受伤的手腕，一面苦笑着说：“早上我到门口去抽支烟，见有澳洲的官员把在后门不让我出去，就已知道情况不妙，那时你们还没有从楼上下来。这个顶楼是我早已观察和准备好应急用的，因为在前边有一个下水道的管子突出来，刚好可以容我放下一只脚，而整个的手臂就必须牢牢把住横梁上的柱子，吊在那里才能保住身体的平衡，稍不留意就会掉下去。没想到梁上有个钉子，黑暗中把我的手臂划了一个深深的口子，鲜血止都止不住，我的脚既站不稳，又怕血滴到天花板上印下来，所以就只能咬着牙硬挺着不动。没想到移民官竟然将 Jade 带到厨房里来谈话，我就在他们的头顶上，连呼吸都憋住了，灰尘呛得我只想咳嗽，但不敢出声。这四个小时是我在世界上度过的最艰难的一段时间！”

小程说着说着，眼泪哗哗地顺着他灰蓬满面的脸颊直往下淌，我拉起他的手臂，只见上面青一块紫一块布满了伤痕，那一定是他在藏身时留下的印记。我同情地看着他，又想起刚被带走的 Jade，再也忍不住我的眼泪，竟然当着大家的面痛哭起来。也许就是在那一刻，我已在内心决定要将工厂关掉了？我不知道！

Jade 在移民局被关押拘留了几个星期以后，被允许回墨尔本处理一下离境前的事务。小程从这以后也变了一个人，再也没有了过去的笑声和干劲。为了能够帮助他们，我允许他们在晚上工作一段时间，至少可以多赚一些钱回去。没过多久，Jade 被要求离境，小程也自动离开澳洲回国了。即便在十年后的今天，我想起这几个与我开初创业时同甘苦的同胞时，心里还是感慨万分。希望他们现在中国生活得平安幸福！

2004 年到来的时候，我们又买了一个更大一些的厂房。并不是说我们在澳洲当地的生产要扩大，而是因为从中国为客户进口，需要越来越多的储存仓库，而原来的小厂房已经无法满足我们的需求。

新买的厂房占地 3500 平方米，横跨三个街口，在离市区这么近的地方，这样的厂房面积是很大的了。我们将左面一边的一排办公室租了出去，这样至少可以帮助我们还掉贷款，这样我们自己的办公室就全部是 Free（免费）的了。

过去地方小，大家都是螺蛳壳里做道场，挤在一块儿。现在有了足够的地方让我们施展，不仅是办公室宽敞、增多了，还有了产品的展示厅，货物储藏仓库，以及两个可供装卸货的大铁门。

2004 年是英联邦运动会在墨尔本举办的一年，我们非常荣幸地，为运动会的火炬传递者和参加运动会的志愿者以及警察们生产了服装，因为无论是从情感上还是从政治影响上来说，Made in Australia（澳洲制造）这个标签对参会者来说，都是非常重要的。当我看到自己工厂制作的白绿相间的运动服，出现在报纸和电视新闻的头版头条时，禁不住在办公室拉住我的先生大笑大叫："快看快看，这是我们生产的服装！！"言语间充满了由衷的骄傲和自豪！

然而这个订单可以说是我们工厂的最后一批产品。

在过去的几年中，我一直在抗拒着，坚持着，希望至少可以保住这个工厂，让我们的工人可以继续他们的工作。但是，自从小程他们回国后，有技术的工人越来越难找，从国内新来的移民都是年轻的一代，只愿意在办公室工作，而像我们这一辈来澳的人，大多已经开始了自己的生意。再说，澳洲的政策似乎并不鼓励像我们这样的小企业，我也就不要再忧国忧民了。

目送着车间最后一个工人离去，心里变得空荡荡的。但是我知道，这是我唯一能够选择的一条出路，从此以后，我将开始一条全新的奋斗之路。

第十八章

我与爸爸终生的告别

（2003 年 1 月 6 日）

当我终于有时间来写下这一章的时候，我亲爱的爸爸已经离开这个世界很多年了。

2000 年的 5 月，我随我先生岱诺带队的一百多澳洲人到中国来旅游，下榻在上海静安寺的希尔顿酒店。

爸爸赶来宾馆看我，才一年没见，他似乎一下子瘦了一圈，双手不停地颤抖着，连一杯我递给他的茶都捧不住，我预感到有什么不寻常的事情发生了。还没等我开口询问，爸爸便开门见山地说："我得了癌症，是在口腔上颚的部分，医生说已是晚期了，可能还有半年的时间。"

这话犹如晴天霹雳，震得我目瞪口呆，看着爸爸一句话都说不出来，眼泪却不听使唤地一个劲儿往下流，最终忍不住大声哭泣起来。

见我如此伤心，爸爸反倒来安慰我了。“好了好了，别哭了，眼泪又解决不了问题，我倒是很高兴你正好在上海，至少我可以和你一起说说话，因为医生也是前天才对我作出最终确诊的。”

“可是医生总应该有个救急的方法，至少可以延缓病情的恶化？也许做化疗可以杀掉局部的病菌？或者医生可以做切割手术？无论如何我们都应该试一试？”我语无伦次地哽咽着，只想从中找到一点希望。

爸爸叹息着摇了摇头，苦笑了一下。“所有你说的这一切我都想过也问过了，医生的建议是做化疗，但是那样最多也就是多活几个月。我已是 80 岁的人了，不想再去吃化疗那个苦头，头发掉光不说，饭还吃不进，与其那么痛苦地在医院里折腾，倒不如让我快快乐乐度过生命的最后一段时光，你说呢？”

爸爸说的也许有道理。他平时身体很好，走路快步如飞，每天还坚持游泳、跑步，尽管 80 岁的人了，可依然是满头乌发，腰板挺直，除了血压稍稍有点高以外几乎从不吃药。我们一直以为爸爸至少可以活到 90 岁，所以对于这个突如其来的噩耗，我真的是没有丝毫思想准备的。

“爸爸，我尊重你的想法，因为这样的事情是任何人都没有权利替你做决定的。但是，有一点我是可以做的，就是让你生命中的最后这段时间快乐！你心中最大的愿望是什么？我会尽力满足你！”我抽泣着坐到了爸爸的身边，拉住他的手由衷地说。

爸爸将手轻轻地抽回，拍了拍我的肩，低头避开了我的眼神，沉思着没有回答。

嗨，这就是我爸爸，从来不轻易表露自己的感情，即便是这几十年的养育之情恩重如山，他也从来没有向我提及或索取过任何一丝回报。

爸爸想了很久很久，在我再三的恳请下，他才不是很确定地说：“今年是澳洲悉尼举办2000年奥运会，如果不是太麻烦的话，我想再到澳洲去一次，在那里可以每天都在电视上看比赛，又可以和你在一起，希望上帝可以让我坚持到那一天，这就是我人生最后的愿望了。”说到这里，爸爸的眼圈红了。

我一面不住地流泪点着头，一面上前给了爸爸一个紧紧的拥抱。

“当然了，一定的！让妈妈也来陪伴你吧，我一回去立刻就替你们去办探亲申请手续！”

目送着爸爸远去的背影，我的心里充满了酸楚和失落。

想到三年前爸爸和新妈妈来澳洲参加我和岱渃婚礼的时候，我的事业正处于刚刚起步的阶段，每天废寝忘食早出晚归，几乎很少能抽出时间来陪伴他们，爸爸总是对此充满了理解，从来没有发出过一丝怨言。

那一年正是1997年，四万多留澳学生在历尽了磨难和分离之苦之后，终于苦尽甜来，得以与自己分离多年的亲人团聚，于是，澳洲掀起了一股申请父母探亲、要求定居的高潮。

我父母在到达澳洲参加我的婚礼以后的一个月，在目睹了这个国家美丽良好的生活环境以后，当然也有了这样的愿望。

“也许，我们也应该移民澳洲？尤其是你和大妹妹都已在澳洲定居，小妹妹也已随她丈夫去美国工作了，我们两个老人现在都已年近古稀，如果能够在澳洲与你们一起安享晚年，那便是最大的安慰了！”

当然了，能够让父母到澳洲与我们团聚是一件天经地义的好事，我答应他们立刻就着手筹办。但是，接下来的一次对话突然使这件事情半途中断。

“玲玲，我们想让你仔细打听一下，像我们这样来移民的老人，是否可以得到政府的养老金？因为我们不希望到这里来之后成为你和妹妹的负担！”新妈妈代替爸爸说出了他们的忧虑。

我几乎毫不犹豫地立刻说出了自己的想法。

“如果我要申请你们来澳洲，那就将是我自己的责任，我会尽自己的努力来使你们的晚年幸福。但是，非常对不起，我绝对不会让你们去拿国家的一分钱！这个国家对我们这四万多中国人是有恩的，我们连回报都来不及，怎么还能够更多地向国家索取呢？

“再说，虽然我们是纳税人，但是我们的父母是没有对这个国家做过任何贡献的，我不能让国家再来承受更多的经济负担，而是应该让纳税人的钱用到那些更需要帮助的澳洲人身上去。所以，如果我要申请你们来澳洲移民，我就会负担你们所有的一切，我相信不会有问题的！”我对父母发自内心地说。

虽然我知道来澳洲团聚的中国人申请国家的补贴和养老金是非常普遍的，也是国家允许和认可的政策，我觉得每个人都有自己选择的自由，不应该将自己的观念强加于任何人，但是对于自己的家庭和亲人，我必须平衡自己内心的道德天平。

爸爸当时没有说话，但是从他的眼睛里，我可以看到他对我的赞许。不是吗，这一直是爸爸从小教育我做人的道理，今天面对关系到自身的利害冲突，我相信爸爸也是会非常理解我的选择的。

就这样，在结束了三个月的婚礼探亲以后，父母决定返回上海，不再想要移民澳洲了。

“虽然我们的愿望是能够在澳洲与你们一起安度自己的晚年，但是我们觉得，你现在才刚刚开始走上事业的起步阶段，需要你去做的事情太多，我们不希望分散你的注意力，更不愿意成为你和妹妹的负担。再说，在澳洲生活了几个月下来，生活虽好，但毕竟不是自己的故乡，语言不通，电视看不懂，不会开车又寸步难行，所以还是决定回上海去居住。金窝银窝还是不如自己的草窝，年纪大了，习惯已很难改变，希望你们谅解我们。”

就这样，在三年前，父母又回到上海生活。在这期间，虽然我经常捎钱回去让他们补贴家用，但是见到他们的时间却是极其有限的。

每年一次回家探望父母，总是愿意在家小住几天，为的就是爸爸的那一份亲情。每天早上，我刚起床，他就会将一杯浓浓喷香的牛奶咖啡放到我的面前，边上是我儿时最爱吃的上海细脆油条和撒满芝麻粒的香酥甜大饼，那是他一早起来，从街口的小店里为我买来的。

爸爸总是很少说话，那样默默地坐在我的对面，微笑地看着我，不用一丝语言，我也能感受到他对我的慈父之情。

记得在我开初到澳洲的那几年里，因为孤独和痛苦，我几乎每周都给家里写信，仿佛用那些一泻千里的文字，可以稍稍驱走一些心中的伤感。在那漫长的五年多时间里，爸爸几乎每信必回，那些写在方格纸上的工工整整的文字，每字每句都流露出他对我的理解和爱。在信中所说的很多话，是他在现实生活中很少能够直接用语言表达的。

爸爸一直是这样一个含蓄、内向、谦虚而又不善言谈的人，即便是在每封来信的签名处，他也永远是毕恭毕敬地写上自己的全名——朱颀，仿佛他依然对自己是我的父亲感到不自信，即便他是我一生中唯一认可的父亲。

自从 1993 年我开始自己的事业起，就仿佛被卷入了一个巨大的漩涡中，身不由己地不停旋转着，思想也开始变得单一、专注，不再有时间写信，也没有再伤感的机会，于是我们之间的通信戛然中止了。

我知道爸爸妈妈搬进了新居，我为他们花钱装好了煤气，也接上了电话，爸爸还专门买了一台传真机，希望缩短我们通信的速度和距离。但是，令人感到惭愧的是，我总是太忙，即便打个电话，也总是匆匆的问候，简短地汇报一下近况。我几乎没有时间写信，所以爸爸的传真机上一直没有收到我的片言只字。

“你爸爸刚买回这台传真机的时候，兴奋得就像个孩子，每天都对住机器盯着，盼望能够传出你的信来。只要机器的铃声一响，他就会放下一切奔过去，守在机器前。可是，你的信一直没来，看着他失望地坐在那里发呆的样子，我真为他难过！你要知道，尽管你不是他亲生的，他自己也有了两个女儿，但是在他的心里，永远是把你放在最重要的位置！”新妈妈有次悄悄对我说，使我的心愧疚得一阵阵发痛。

2000 年 9 月，悉尼奥运会开幕的前夕，爸爸妈妈再次来到了澳洲探亲，与我和岱渃住在一起。我决心要放下一切，尽自己的可能多花点时间来陪伴爸爸。可是爸爸拒绝了。“不要为了我们而影响你的工作，我们会照料好自己的生活的。”

每天我下班回家已经快天黑了，爸爸总是在阳台上守候着我，只要我的车刚在大铁门前停下，他就会立刻按通了手中的遥控器。在长长的车道的终点，是他默默等待的瘦小的身影。

家里的脏衣服都被洗干净了，烫熨折叠得整整齐齐。厨房里飘浮着诱人的香味，热腾腾的饭菜在等待着我们的归来。每天晚上我们不是聚首聊天，就是爸爸对着电视机上的奥运比赛项目自言自语地助战。每个周末，我和岱渃带他们饮茶吃饭，浏览墨尔本的各个景点。

我自从 17 岁离家出走，几十年来走南闯北，从来都是一个人独来孤行，早已习惯了那种没有人关爱等待的生活，可是，因为爸爸的存在，让我重又找回了家的温暖感觉。

在这期间，我们似乎忘记了爸爸的癌症的存在，他也从来不让自己在我们面前流露出任何的痛苦之情。

才刚刚过了两个月，爸爸就将我叫到了他的面前。

“奥运会结束了，我想要来和你们在一起生活一段时间的愿望也实现了，谢谢你为我们所做的一切，现在是我回家和亲朋好友告别的时候了，我希望自己最后的这段时间，能够在上海的家中度过。”

哪怕是我再想挽留，也知道他的决定是不可改变的，上海是他们的家，中国是他们的祖国，落叶归根，他是需要为自己最后的日子做安排的。

我的心很疼很疼，我们谈了很久很久。我告诉他，自己早已不对新妈妈有任何宿怨，相反，我感激她儿时对我的严格要求，也许正因为这些锻炼，才使我变成了今天这样一个肯吃苦耐劳，跌倒了又能爬起来的斗士。

我向他保证，将来即便他离开了这个世界，我依然会尽心照顾新妈妈的生活，一定会在经济上如同现在一样资助她，待她如同自己的母亲。

爸爸回到上海后没多久，病情就开始恶化，被癌症侵袭的口腔上颚部分已经完全病变了，再也无法吃进任何饭菜，只能每天喝流汁。

我几乎每隔一天就打电话回去，还给爸爸写了长长的三页纸的信，用传真机将它们送到了爸爸的身边。爸爸一定是看到了，也听到了我的心声，但是他已经说不出话来，也再没有力气给我回信。

几天之后的一个深夜，爸爸口吐鲜血永远离开了这个世界，在他生命的最后一刻，口里喊着的是我的小名："玲玲，玲玲……"

我独自坐在上海龙华火化间的门口守候着，等待着与爸爸的重聚。

早上，当我从机场直接赶到医院，俯身亲吻爸爸冰冷的前额时，竟然没有一丝对死亡的恐惧，我知道他终于解脱了痛苦，上帝将接纳他的灵魂。

在这大千世界中，他也许只是一个非常普通的凡人，但是对于我来说，他却是一个善良伟大的人。因为有了他，我的命运才得以改变，虽然他没有给我血肉之躯，但是在我的心里，他是我生命中唯一真正的父亲。谢谢你，我亲爱的爸爸，谢谢你选择我成为你的女儿！

我万分庆幸自己能够在他离开这个世界之前，对他倾诉了我所有的感激之情。当然，在此时此刻，任何语言都是多余的，任何感激之情与他朴实的奉献相比，都是微不足道的。

此刻，无声的守候便是一份最深的爱。我很希望能够将他的骨灰带回澳洲，这样我和妹妹以及我们的孩子也能够经常去看望他。但是也许，把他从妈妈身边带走也是不公平的，我们应该让他留守在这片他熟悉的土地上。

爸爸走后还没有满一年，新妈妈也随他而去了，临离开这个世界之前，我去医院看她，她拉住了我的手，感谢我在爸爸过世后对她的照顾和资助。

她的泪水不停地流着，连声对我说着“对不起”。也许，内心的自责已经伴随了她的后半生，在生与死的门槛前，我们彼此得到了互相的宽容。

世界之大，人海茫茫，我们虽无血缘的连接，但是因为一种机缘，一分天意，能够走在一起，便是一种缘分。不管是痛苦，是欢乐，终会过去，终将解脱。过去的就让它过去吧，我们应该珍惜曾经拥有的和付出的。

爸爸妈妈，谢谢你们曾给予我的一切，安息吧！

第十九章

永不放弃的追寻，终将实现的梦
——Adidas 澳洲的供货商
（2005 年—2013 年）

尽管我们工厂停止了在澳洲车间的生产，但是与中国工厂的合作却日益递增，服装款式越做越多，产量也越来越大，很多在澳洲有局限性的面料和印刷，现在到了中国突然变成了极易解决的问题。

我们的公司新聘了许多从中国来的新移民。与我们这一批老移民完全不同的是，他们都属于我们孩子的那一辈。他们年轻，在中国和澳洲都受过良好的教育，而且英语和中文双语流利，电脑操作熟练，打字飞快，使得我们的公司很快从一个纯生产的工厂，转换成了专业的服装进口公司。

因为与中国的交流增多，我也日渐感到了掌握电脑操作的重要，决定从头学起。“姑娘们，从今天起，我要每天学一个电脑操作的项目，希望你们能够随时教我。谢谢大家！”我对公司的女孩子们说。

几个月以后，我已经完全摆脱了对电脑的畏惧，能够自信地独立操作电脑了。

我对进口服装专业毫无经验，也没有人来教我该怎么做。但是我愿意在工作中边干边学，同时设立相应的制度，才短短的几个月时间，我们就有了一套自己的完整工作体系，并逐渐扩大了我们的业务队伍。

在过去的两年中，我们已经在国内有了几家固定的定点工厂为我们生产，我几乎每隔两个月便要飞一次中国，辗转于各个城市和工厂之间，为他们做培训工作，力图将我们的工作体系和质量标准也传授到合作的工厂中去。

接触的工厂多了，便开始意识到，其实像我们这样的公司订单，对于中国这样的大工厂来说，是非常微不足道的。紧接着出现的一次事件，使我更加对前途充满了担忧。

那是2004年底圣诞节前的两个星期，我们突然被告知在中国做的一批Paul Frank订单不能按期出货。我听了以后心急火燎，立刻开始与工厂的跟单员展开交涉。

“我们和你们签订的合约上是标明交期的，这批货是一定要在圣诞节前出运的，现在到了最后一刻，你们突然通知我们完成不了，这让我们怎么向客户交代呢？”

对方的跟单员小殷是个很好的女孩子，已经与我们一起打交道半年多了，显然她也很无奈。

“Julia，请不要生气，如果我有能力推得动这个单子，你知道我是一定会努力的。但是实话告诉你，我们厂上个月刚刚接到了美国GAP的一个小童订单，一个款式才两个颜色，每个颜色是四十万件，而且一定要我们在圣诞节前先交出一半，另一半在中国新年前完成，所以，现在从上到下，包括我们的纺织织布间，所有的部门都以这个订单为主，大开绿灯，其他原计划中的所有订单都只能重新排列，你们公司的订单也在这个其中。”

我听后不禁大叫起来：“可这不是对我们都没有了诚信，完全违反了国际贸易的规定，将来大家还怎么做生意啊？”

小殷稍微支吾了一下，突然对我说道：

“Julia，我要直说一句话请你不要在意，其实你们的单子实在太小了，虽然看上去有好几万件，但是却要分到几十个款式上去，还要打推销样，花费的成本实在太高了。我们业务部门是看在将来的合作前途上才勉强接下的，但是工厂就是不肯做，说是那么多的颜色和不同的印绣花，工人一会儿就要换线，计件做都出不了活，厂长硬压都压不下去。现在车间都讲承包，讲经济效益，你这种订单将来我们是不会再接了。吃力不讨好！”

我知道小殷说的都是实话，但是他们为什么不早说呢，在半年前就已将所有的推销样打好销售出去了，到了这最后交货的一刻，突然对我说做不出了，不是让人哭笑不得吗？

我知道，在这样的关头上，再与业务员交涉费舌也是无用的，决定权不在她手上，我必须要找到领导。

第二天，我就登上了飞往中国的飞机，赶到了工厂。

工厂的总经理成总对我千道万歉，但就是无法给我承诺一个出货的时间。我又绝没有退路，无法去向我的客户交代。这在国外是绝对不可能的失信做法，在中国却似乎是一件正常事情。

我只能对成总打心理战，知道她与我同龄，都是从那个艰苦的年代走过来的，彼此突然找到了很多的共鸣。在中国做事都是需要关系和感情联系的，成总终于被我的坚持打动了。

她从一个车间里拨出了一个小组，单独小流水线做我的单子，并一再保证会在两周里完成。她没有食言，货物终于按时进港了，一场风险最终以美好的结果而告终。

通过这件事情，我懂得了在中国做生意的几个道理。

第一是人际关系。你必须要与工厂的老板或主要的生产负责经理保持良好的个人关系，这样当有问题出现的时候，你一个电话便能解决问题。

第二是你必须有强大的品牌和大的订单做后盾，只要你的手里有足够量的订单，任何一个大的工厂都会对你展开笑颜，大开绿灯。

与中国打交道的道理是悟出来了，但是要真正的做到还是非常困难的，尤其是第二条。澳洲总人口加起来还没有一个上海的人口多，每个订单大多只有每款每色五百到一千件，要想达到 GAP 那样的订单量几乎是不可能的，得不到工厂的特别重视也是可以理解的。

但我立誓要改变这种局面！我必须要让更多的大品牌让我做代理，我一定要成为让那些中国工厂尊敬和重视的客户！

从我们公司改做进口服装代理商以来，大多数的老客户都给了我帮助他们继续在中国生产的机会，唯有我们最重要的客户 Adidas 一直没有松口，后来我才知道，在他们复杂庞大的信息储存中，我们公司的名字只局限于澳洲当地生产的工厂范围，而这两个部门是由完全不同的经理来分管的。

从 1999 年开始，我们工厂就一直是 Adidas 在澳洲当地生产的一个主要工厂。但是到 2004 年的时候，他们的订单也几乎全部停止了。不管我怎样打电话，发邮件，希望他们能够给我一个在中国生产的机会，但是都如石沉大海，得不到一点回音。

我不想放弃，但又不知道该如何与进口部门的经理接上头，因为她根本就不知道我们公司的存在，我发给她的邮件一定也和所有其他的供货商邮件一样，还没时间读便被送进了垃圾邮箱。

有一天，机会突然从天而降。

那天我刚上班，突然接到了 Adidas 当地生产经理的一个电话，我们已经认识了五年了。

“Hi，Julia，我知道你的工厂已经要关门，但是我还是想问一下你能否帮助我？我们有一批梭织的推销样通过香港的总部在中国做，现在突然说来不及完成了。我们与所有商店的展示会已经定好时间，不可能临时改变了。但是如果这批样衣不做出来的话，展会期间就无法让商店看到，不仅是这一季所有的设计都白费了，而且订货减少的经济损失至少几十万元。我对进口部经理说，唯一可以补救的便是你们工厂，你能帮助我们在一周之内赶出来吗？加起来一共有大约近百件服装。”

哇，近百件样衣，而且还是梭织的衣服，难度很高。像这样做样衣是只赔不赚的，往往是吃力不讨好。我很想对他说工人已经都走了，我们帮不了他，但是我没有。

我知道这也许是一次千载难逢的好机会，是一次体现我们的服务、我们的质量还有我们的诚意的机会，至少，我相信可以有机会与进口部的经理认识，以此打开为他们去中国生产的大门。

我知道这一切都只是自己的遐想，目前最重要的第一步就是要完成这些样衣。我立刻请回了所有的技术工人，让他们来帮助我们完成这批样衣。

当我们的全体员工披星戴月度过了整整一个星期的不眠之夜，

终于将这批样衣按时赶出来的时候，我们被告知 Adidas 进口部的经理早上会来检查样衣，说是要当面感谢我们。那种期待的兴奋和激动之情是无法言喻的，因为在过去的一个多星期里，几乎每一天我都在期待着这一刻的到来，今天终于如愿以偿了！

Adidas 的进口部经理是个叫 Arona 的年轻女子，与她一起同来的是她的助手，一个完全是中国人的脸，但却有着一个纯外国人的姓名，并说着一口流利英语的男子，想必他是在澳洲受教育长大的香蕉人——黄皮白心。他让我想起了自己的儿子，有一天 Tim 也会是这样的吗？

在短暂的寒暄之后，我领着他们走进了样衣房，自己则留在了门外，因为我不想 Push，只希望我们的样衣可以自行说明一切。只见他们仔细地浏览着，不断地停下来用手触摸着面料的品质，翻开衣服检查做工的质量，并不停地小声赞叹着，惊呼着，互相短促地交流着什么。我知道这说明样衣已经打动了他们的心，至少他们懂得我们公司的制作能力和质量标准，因为这些样衣都是我们公司曾经生产过的款式，在这一点上我有着充分的自信。

“这么多的品牌和衣服都是你们做的吗？为什么我们从不知道你们的存在？”刚从样衣间里出来，Arona 便直率地问道。

我很想说曾给她发过无数封自我介绍的邮件都石沉大海，但是我忍住了，今天他们能够在这里便是最大的成功，我必须珍惜这个机会。

“我们已为 Adidas 澳大利亚生产了六年，是 Adidas 审核过的工厂。”我沉着简单地回答道。

“哦，那么说明你们公司已经在我们的供货商的电脑系统里，这样就要方便多了。”Arona 说。

看来在这样的大公司中，人们彼此之间是不太用语言交流的，电脑系统的信息决定一切。

我立刻抓住了这个机会。“我们从去年开始刚刚转向去中国生产，与我们合作的工厂都是第一流的，如果有可能的话，是否也能让我们成为 Adidas 在中国的生产供应商呢？”我的用词是极其小心谨慎的，绝对不想吓着他们。

“非常遗憾的是，我们的总部规定，大多数的产品都要从香港总部订，他们集中到中国或其他东南亚国家去生产，只有那些他们搞不定，订单量太小、太复杂的款式，我们才能自己找出路。这次让你帮忙做的梭织样衣便是一个例子。真的要谢谢你们了！”

看来 Arona 说的是实话，我的心不禁有些凉了，但还是不甘心，念头一转又问他们：“可是过去所有的 T 恤都是在澳洲做，现在也都集中到香港了吗？能否给我们个机会试试报个价呢？如果我们的价格比你们现在拿到的要优惠，而我们又非常熟悉你们的质量和程序，是不是有这个可能呢？”

Arona 的助手 Joseph 出来插嘴说话了。

“对不起我要插一句，我们现在的 T 恤是直接与中国的工厂做的，因为他们的价格要远远优惠于香港总部可以做到的价格，可是你们公司在中国没有工厂，我们为什么要通过一个澳洲公司的 Agent 去中国生产呢？This does not make sense.（这是没有道理的）”

听了他的话我一点都没有气馁，反而从他的话语间找到了希望，至少可以确定，只要价格比香港总部的优惠，他们还是可以自己找工厂做的，我于是诚恳地对他们说：“我需要的只是一个报价的机会，如果我们的价格可以比你们现有的供货商优惠，而我们又有了过去六年为你们在澳洲生产的经验，如果在公平竞价的基础上我们占有优势，为什么你们不愿意试试我们呢？”

“我还是无法想象得出，你的价格怎么可能比得上我们直接从中国进来的价格？”Joseph 疑惑地说。

我没有立刻正面回答他，而是转了个话题，问他道：“我想问个直接的问题，希望你不要介意！你说的与中国工厂直接做，指的是 Adidas 澳洲的人与中国工厂办公室直接交流的吗？”

2004 年到 2005 年时的中国工厂，大多数还是通过外贸公司接单的，我心里比较有数，所以才大胆出这个问题。

“哦，我们是通过一个外贸公司交流的，他们在中国与工厂接洽，代表我们打样、跟单和检查质量。”Joseph 不是很肯定我问话的用意，但还是将实情告知了我，这正与我预料的相吻合。

这样类型的谈话，我早已在过去的两年中，与其他的客户有过无数次的交流，完全可以做到胸有成竹。于是我笑道：“其实我们公司的性质和做法，与那些在中国或者是香港的代理是一模一样的，我们都是有直接合作的工厂，都有一套完善的跟单系统和丰富的经验。我想所有人从中国工厂可以拿到的价格也都是大同小异的。

“但是，中国代理商的服务也不是免费的，他们需要将他们的费用直接加到价格上去，比方讲，一件衣服工厂的价格是两美金，外贸的费用是一美金，那么他们报给你的价格便会是三美金。你们就必须按照这三美金去报 17.5% 的进口税。

“而且中国都是以美金计算 FOB 价，货刚一进仓你就得立刻付款，否则他们不会放单。现在澳币对美金的汇率那么不稳定，忽上忽下，整个季节的订单从打样到成衣进货到澳洲需要半年的时间，万一澳币狂跌，你们的利润便会全部没有了！

“而我们可以直接报给你FIS的澳币价。这就是说，我们公司如果从工厂拿到的价格也是同样两美金的话，我们会直接先进口到澳洲，先按两美金去交税，然后再加上我们公司的利润，所以哪怕我们加上的都同样是一美金，我们的成本费已经比中国的外贸公司要低。

“再说，做FIS你不用付任何费用，一直到货物进了你们的仓库，为你们省下了至少一个月的周转资金的利息，而且还毫无货币汇率的风险，因为我们的价格是在半年前打样的时候就报好的固定澳币价，由我们公司来承担这个货币汇率的风险！”

我一口气将要说的托盘而出，不让他们有打断我的机会。我的话显然是引起了他们的注意，见他们小声地商量着，我借故站起离开，给他们一点说话空间。

当我再次回到座位上的时候，他们的脸上都洋溢着热情的笑容，Arona笑着对我说道：“我们很欣赏你的执著精神，而且也希望对你给我们这次的无私帮助做一点回报。这样吧，我们先从一些比较复杂的款式报报价看，如果你的价格优于香港总部，我们可以先从这些款式开始做起。当然在这同时，我们也会给你一些基本款式去报价，量相对来说要大很多，至少这是一个起点。”

“那么T恤衫呢？我是否可以至少有个报价机会呢？哪怕你们以后塞在抽屉里不用。”我知道T恤的订单量是最大的，不愿意就此轻易放弃，于是半开玩笑地说。

Arona听后哈哈大笑起来。“我就知道你是不肯轻易放过的。说句老实话吧，我们现在对目前的中国供货商很满意，不想轻易舍弃他们，所以你现在需要做的第一步是从我们给你的这个机会开始，如果你用实际行动向我们证明了你的能力和价位优势，那么将来的机会便会源源不断地到来！”

我不能再 Push（追逼）了，立刻知趣地点头同意。

将他们送到门口的时候，我的心里充满了真诚的谢意。“谢谢你们给我这样的机会，相信我一定会百般珍惜！虽然工厂的生产是在中国，但是我们的团队将给予你们最好的澳洲当地服务，任何时候你们需要我们，一个电话我们就会立刻赶来见你们！”

几天以后，Arona 兑现了他们对我的承诺，从电脑上发来了几十个款式让我们报价，于是我们全体出动，理单、翻译、与中国工厂交流等等，在几天之内便将所需报的价格发给了客户。

后面几个星期的等待是焦虑而又漫长的，不过结果也是既让人惊喜又似乎是在意料之中的，我们开始为 Adidas 新一季的产品打推销样，为 Adidas 澳洲和新西兰公司在中国生产的业务，迈出了珍贵的第一步。

第二十章

Adidas 在中国的验厂制度
业务扩展到了欧洲，事业的最高峰

（2006 年—2013 年）

谁都没有想到，情况又有了突变。

几个月后——2015 年春季，当我们刚开始做 2016 年春季的样衣时，Joseph 离开了澳洲转到香港去另一个大体育品牌公司的总部工作，而 Arona 则因为怀孕，改为兼职工作，而她的进口部经理的工作则在全国公开招聘，要找到一个称职的人来担任。也就是说，我们好不容易才与客户建立起来的工作友谊，又会因为人员的变动需要从头开始。

万幸的是，他们很快就找到了一个有经验的经理，而我们也十分欣喜地得知，这位新上任的经理马克，就是原来 Parmmer Corp 公司的生产经理，是杰奎琳的助手和后任，他与我们公司有过多年的交往，非常了解我们的质量和服务，而且与我个人之间，也一直保持着良好的工作友谊。

哇！！！上帝助我！至少无需太拼命向别人证实我们自己了，他了解我们。

马克是新官上任三把火，对所有的供货商都重新整理了一遍，更对我们的报价毫不留情地大砍了一番。我们不在意，对客户尽力是我们的职责。可紧接下来的一番谈话却使我们处于了一种完全的被动状态。

马克那天早上来到我们办公室，一见面便开门见山地说："Julia，你们的工厂没有验过厂吗？"

"有啊，前几年 Adidas 香港总部就派人来验过了，我们是合格的供货商。"我自信地回答。

"嗨，我说的不是澳洲的工厂，是你们在中国的合作工厂，他们有 Adidas 人权和工作环境保护的验证报告吗？"

"哦……我不是太确定。我知道他们是有欧洲和美国的验证的，但是好像没有专门为 Adidas 验过，我需要问一下。"我的手心出了一把冷汗，不是非常自信地说。

"这真让我失望！你已经为 Adidas 生产了六年，应该非常清楚我们的政策，没有通过验厂和认证的工厂是绝对不能用的！"马克虽然和我们的关系很好，但是在工作上是不讲私人情面的，我欣赏他的这种直率！

"对不起，是我忽视了，我以为对于中国的工厂不需这么严格！"我赶紧道歉。

"你错了，尤其是对这些发展中的国家，我们的政策更加严谨！

因为万一他们用童工，或是任意增加工作的时间，就会违反我们的人权政策。再说，所有的防火、逃生系统，还有工厂医疗急救设备及人员的配备，都是要他们注意的方面。最近在东南亚的几次工厂失火事件，应该是我们大家都需借鉴的教训，我们可不能让 Adidas 品牌声誉受到伤害！”马克的话说得非常有道理，我听了不停地点着头。

忽然，我想起了现在正进入后期的新一季样衣，离正式订单下达的时间只有三个月了，工厂万一验不出的话，所有做的样衣就全部前功尽弃了，必须让其他工厂从头开始。可是我们没有时间，再说，我手里也没有一个通过 Adidas 验证的工厂。我的心开始再一次下沉，不知该怎么办才好。

马克毕竟是个有经验的业务经理，像这样的事情他显然是遇到过多次，在我们两人仔细协商后决定，样衣的制作必须继续，在这同时，我们两人立刻飞往中国，他自己来对工厂的现状做个评判，如果他觉得可以的话，我们就当面告知工厂做好验厂的准备工作，马克也会立刻将工厂的名字报上去，争取让上海 Adidas 分部的验厂部来做验厂的工作。

两天后，我和马克以及 Adidas 澳洲的副总经理 Jemy，也是马克的顶头上司，一同飞往中国宁波，直奔我们合作的工厂明达。

2005 年时的宁波已俨然是一个非常大的工业生产基地，尤其是纺织业，在中国的各大省市中也是名列前茅的。我想也许是宁波离上海那么近，在上海将传统的工业都撤出市区以后，位于第二线的宁波便理所当然地成为了周边城市的受益者。

与我们合作的工厂明达，是个从国营企业转成私人公司的大型工厂。当年计划经济下的国营工厂一直亏本，但是在几个大胆的员工承包买下了这个工厂以后，在几年之间已经发展成了拥有六千多员工，集制造面料、印染、印绣花和成衣制作以及进出口部一条龙的集团公司。

所有的车间都宽敞明亮，机器排列得井井有条，面料堆放得整整齐齐。地上画着明显的逃生紧急出口线，每一个小组边上的墙上都贴着医疗急救负责人的名字和照片；每隔一段便是一个灭火器。马克一边巡视，一边检查着灭火器上标志的检查日期。

新厂区干净、有条理，种满了花草。中午时分，不断有穿着统一颜色工作服的工人列队走向厨房用餐，一打听，才知中国的工厂老板不仅要付工资，还要管员工的吃住，而宿舍的条件好坏以及伙食也是需要通过审核的一部分。

马克他们对工厂的巡视和审查是满意的，觉得明达具备为Adidas品牌生产的条件，接下来就需马克将这个工厂往香港总部报上去了，希望他们能够派专职的验厂员来做最后的审理，因为只有总部颁发了正式的验厂通过证书以后，工厂才可以允许为我们生产。

在经过了无数个不眠之夜的等待之后，我们被告知明达的验厂没有通过："他们表面的工作都做得很好，但是最重要的软件部分都不行，比方讲工人加班超时，比规定的每周最多工作时间要超了好多，本子上的记录与实际的工作时间不符等等、等等。"马克在电话的那一头无奈地说。

天哪，这可是一个制度与现实之间的巨大矛盾。

验厂和国家规定最多的工作时间是一种非常好的意愿，为了保护员工的身体并给予他们足够的休息时间，这在国外是天经地义、理所当然的。但是，中国当时的国情是，大多数的工人来自边远乡村，平时除了工作就是挤在宿舍里，他们的希望是每天可以多加点班，每天多干几小时，一年的收入就会增加很多。他们并不希望吃大锅饭，而是喜欢按计件来算，这样谁干得越多，收入也就越高，合情合理，对大家都公平。现在因为验厂的规定，他们不再允许多加班，这样收入就会明显减少许多，于是很多工人就转向不需验厂的小工厂去了，像明达这样既要符合验厂条例又想保住员工的工厂，是需要在夹缝中生存的，我真替他们捏了一把汗，也不懂到底该怎样做才可以两全。

“你把这件事情交给我们吧！”马克在电话里非常自信地对我说道。

当然了，负责验厂的是Adidas上海总部的员工，也许马克和他们在香港总部的经理通融一下，告知需在这家工厂生产的紧迫性，说不定他们会对我们破一下例。这种理想化的愿望当然是没有任何根基的，马克与香港经理的通话不欢而散。

“其实任何上一级的领导都不会去Contradict（唱反调）他们手下员工的决定的，否则就会引起内部的不满。”我先生在一边插嘴说。

我想他是对的，如果验厂的人员说这个工厂有问题，不能通过，而他们的经理来通融，要他们放手，这样不就成了开后门了吗？将来这个经理还怎样能够保持他在员工中的威信？

我们与宁波明达的生产计划似乎因为验厂的问题而受到了巨大的阻力。明达做的几十个款式的推销样衣，Adidas已经将这些样衣推销给了全国的各大商店，现在从澳洲到新西兰的所有商店订单已经都归类进入电脑系统，再有一个星期，就是订单的截止日，我们原本应该收到综合的订单，需要在几天之内投入生产。

而现在，如果明达拿不到验厂合格证书的话，我们就必须立刻另找工厂，即便是已有证书的 Adidas 工厂，要将这么多复杂的款式从头开始从样衣做起，也是来不及的，而 Adidas 允许我们的生产周期只有六十天。再说，我们现在有 Adidas 验证的工厂是零！

我心里非常清楚，如果我们不在一两天内将这个局面扭转过来的话，我们公司面临的就将是彻底的失败，而我，是绝对不能让这样的结局发生的，我必须想办法，不允许自己消极地等待，或是幻想会有什么奇迹发生。

我觉得要解决问题的第一步，应该是找到问题的症结究竟在哪里？到底为什么验厂通不过？是否可以在短期内加以整改？

我把所有手头的工作都放下，集中全部精力来寻找突破口。一上午的时间，仔细看完了马克转来的查验报告，发现在所有的硬件部分，也就是说工厂的环境设施、防火设备、医疗救急、有关工人权利的大型宣传广告的陈列展示、员工宿舍的条件等等，都是完全符合规定和达到国际标准的，唯有在加班加点和工资、出勤这一块有很多漏洞，尤其是验厂的人员到车间去与工人抽查谈话以后，发现了许多问题。

我于是连续和工厂负责验厂的王女士通了四次电话，反反复复商讨研究，我觉得要想回避或者是找假证据来掩饰自己的错误，只会愈加损坏工厂的声誉，建议工厂主动承认自己在这方面的错误，告知已采取的改进措施，以确保同样的问题不再发生，只有这样才能重新赢得验厂人员的信任。

在这同时，我又从工厂和马克那里打听到了那天去工厂验证人员的名字，这才知道她的名字叫周梅，是上海 Adidas 验厂部门的主要负责人，于是，我立刻拨通了她上海办公室的电话。

“请问是周梅吗？我是澳大利亚 Wag 公司的 Julia，非常不好意思给你打这个电话，我能够占用你五分钟的时间，和你谈一谈关于宁波明达验厂的问题吗？”

虽然我知道这是一种几乎没有先例的做法，因为唯有工厂和 Adidas 办公室才是与他们联系的人，而我们公司作为一个中间商，是不应该与验厂机构直接对话的。但是我必须试一下，因为我相信任何一个机构都是由人组成的，而人与人之间的交流是解决问题最有效的手段。这也许是我们唯一的出路。

我原来以为周梅会是一个非常强硬的人，她完全可以非常冷淡地拒绝我，或是对我直接挂断电话，因为在马克对她在香港的顶头上司施加压力以后，我相信她的心里一定已对我们这个案例心存警惕，颇有反感的了。

但是没想到，在电话上的她却是个慢条斯理，声音非常柔和、有礼貌的女子，一听就是受过很好的教育，而且是个通情达理的人，我突然感到是可以与这样的人沟通的，即便我们从来没有见过面。

于是，在电话里，我对周梅诚实地摊开了一切，告知了我们公司的现状，Adidas 澳大利亚这批订单的危急处境，以及明达工厂的整改决心。我的话语诚挚而又不愿给她一丝压力，我只是希望通过这次谈话，可以找到问题的症结，这样工厂可以立刻整改。

她耐心地听完了我的话，沉默了一会儿，然后慢慢地说道：“其实，我们经常跑工厂，站在第一线，也非常了解目前中国工厂的现实与国际的验厂标准还是有一定距离的，尤其是在工资加班这一块，要完全做到百分之一百确实是有困难的。但是关键是工厂领导的态度，看他们是否有整改的决心。我感到非常遗憾的是，明达的老板对这件事情根本就不重视，所以我们觉得他们这个工厂并没有很大的诚意，也不符合为我们品牌生产的工厂的标准。”

我听到这里，心里忽地一亮。周梅是不是在说老板不重视是这次验厂没有通过的主要原因？如果是这样，工厂再整改也不在点上，必须找到真正的病根在哪里？

在我们继续友好的交谈中，我这才明白那天周梅她们一行去明达验厂的时候，明达的老板邱总根本没有出场，连打个招呼都没有，全部交给了手下负责的业务员，使周梅他们对这个工厂对这次Adidas验厂的重视程度有了很大的质疑，因为他们过去所到的每一个工厂，都会受到老板的亲自陪同和接洽，这种对比太明显了。

我终于找到了问题的症结所在，心里一块石头落下。如果是这样的话，我们就应该对症下药。

在与工厂再次通话后，我亲自给周梅写了一封长长的邮件。我感谢她对我的耐心，我强调了工厂在软件上确实存在的问题，我也坚信工厂整改的诚意。

最最重要的是，我要替明达的老总转达他的歉意，并希望澄清一个可能的误会。在过去的几个月中，明达已经有过许多大的验厂公司来验过厂，他过去都是从头至尾陪同的。但前一次有欧洲来验厂的人员告知不需他跟着，因为他们要到车间找工人随机访谈，怕有老板在工人害怕不敢说真话，所以从那以后，他就不再出面陪同了，没想到反而造成了没有诚意的误解。我相信我们的理由是非常合情理，也是真实可信的。

就这样，一个星期以后，我再次飞往宁波，与周梅她们一行在工厂见面，明达的老板邱总当然更是全程陪同。在周梅她们再次严格地审理了工厂的整改方案后，终于点头通过了。

几个星期后，我们得到了 Adidas 验证工厂的证书，马克和他们的经理简直不敢相信我们创造的奇迹！

就这样，我们公司再次开始了与 Adidas 澳大利亚总部的合作，将他们所有的产品都转到了中国的工厂去生产，渐渐地又将验厂的范围扩大到了其他的许多工厂，从宁波、象山到青岛即墨，从纯粹、简单的针织服装扩大到了复杂的梭织产品。在 2006 年到 2013 年间，商店里 Adidas 的大多数普通 T 恤衫和厚绒衣裤全部是我们生产的。

在这同时，我们依然是 Convers（康威）的主要供货商，不仅是澳大利亚和新西兰，我们还为欧洲五个国家（荷兰、德国、挪威、瑞士、比利时）的 Converse 品牌生产。我们的客户又增加了 Hurly、Everlast、Champion、Leluu、Lorna Jane、2XU、BLK 等国际知名的品牌。

虽然我们身在澳洲，但是我们公司的女孩子们却通过电脑的交流，控制着与各个国家和不同客户的联系。我们给中国的综合订单量达到了每年几百万件，分布在中国的几个城市和不同的工厂里生产。几乎每一个星期，便会有一个货柜从中国的港口出发，直接运往世界不同的国家。

对于中国的工厂来说，在那几年之间，我们从一个微不足道的小客人，一跃而成了他们非常重视的大客户。对于我们的客户来说，我们公司成了他们品牌设计理念的一个执行者，用我们不断更新学习的专业知识，为我们的客户带来了非常高质量的产品，减低了他们的成本，大大增加了他们的销售量。直到今天，我还一直为我们所经手产品的高质量而感到由衷的自豪!

作为一个生活在澳洲的中国人，我相信自己给合作的工厂带来了很多的生机，使许多工人有了一份丰厚稳定的收入，在中国飞速增长的经济发展中，贡献了自己一份小小的力量。

在这同时，作为一个澳洲公民，我们交纳了成千上百万的进口税和所得税，降低了服装的市场价，并使我们公司的员工们都有一份稳定的工作。

这些都来自一种不甘失败的执著，一股永不放弃的决心，当然，还有那个简单的希望成功的梦想。

生活永远不会是一帆风顺的，在任何问题出现的时候，我学会了用积极的态度去对待，而且懂得了，应该在千丝万缕中抽出一条头绪来，寻根追源，找到问题的症结。往往浮在最上面的表面现象，并不一定会是问题的真正所在。你需要锻炼捕捉到隐藏症结的敏感性以及洞察的能力。这是我在工作中体会很深的一点!

第二十一章

我的澳洲婆婆变成了一只蝴蝶

（2013 年）

没有人会相信我的婆婆离开人世后变成了一只蝴蝶，但是我的先生却见证了我的故事的每一个细节，尽管在这之前，他是个绝对的无神论者，也从不相信来世。

就在我婆婆 92 岁生日的前夕，我突然觉得应该在自己的笔记本里为她记下些什么。

“我的婆婆是个澳洲人，她今年 92 岁了……”

我才刚刚写下了第一行字，婆婆那洪亮、中气十足的嗓音便从电话的那一头响起。

“No！No！No！！！I'm not 92 yet，still have one month to go！”（不！不！不！我还没到 92 岁呢，还有一个月才到我的生日）

我不禁暗自笑起来。是的，这就是我婆婆，永远是那样的直率，有个性，想说什么就说什么。她是对的，要到今年 6 月份才是她 92

岁的生日，与她隔壁的那位96岁的好朋友Vina相比，她还是属于年轻的那位。

“Vina is 4 years older than me；I'm the younger one.”（Vina要比我大四岁呢，我比她年轻的多了）Vina是我们的邻居，每次她们俩去Toorak village喝咖啡的时候，我婆婆总是会寻找任何机会向他人孩子气般地炫耀着她在年龄上的优势。

也许在大多数的眼里，老人只要过了80岁，便都已成了不需关注的一族，不管你是85岁还是95岁，似乎已无太大的区别，但对我婆婆这样的老人来说，对于年龄的敏感依然不亚于年轻人。与之不同的是，他们面对每一岁的增长，既为自己有幸在这世界上多活一年而心怀感激，但同时又对那渐渐老去的生命有着深深的恐惧，所以在还没有到92岁生日的时候，她是绝对不希望你将她的年龄多说一岁的。就像39岁的女人绝对不愿被人说成是40岁一样，一岁之差对他们来说同样是非常重要的。

1997年我与岱潴的婚礼后不久，有一天我给她打电话，连着一天都没人接，下班后我立刻冲到她独自居住的Hawthorne的家，才知她已病着在楼上两天卧床不起，连下楼倒水的力气都没有。我和岱潴商量后，二话不说，立刻为妈妈在我们家隔壁买下了一套房子，为她装修布置后，将她接到我们身边来住。

“妈妈，从此以后我要好好照顾你，不用再担心年老，有我在，绝对不会让你进养老院！”我对婆婆由衷地说。

前几年，在我初到澳洲最困苦的一段生活中，曾经在一个养老院工作过几个星期，看着这些孤苦寂寞的老人，我几乎每天都是以泪洗面，想念着我的爸爸。就从那时候起，我就发誓永远不会将我的父母送进养老院。

我婆婆欣慰地笑了，信任地对我点着头。

每一天，她都会穿过花园走进我们家，为我们折叠晾干了的衣服。为我们准备一些小小的惊喜，哪怕只是一块小小的甜点。

每一个周末，我们都会带她外出吃饭或参加各项活动，十多年如一日，使她的生命重又焕发出了青春。

80 岁的那年她跟着我们重游了欧洲，又与我一起回到了我亲爱的故乡上海，陪伴着我走过那些带有亲切记忆的故居。她不要别人搀扶，独自登上了北京的长城，并逢人就讲她有一个最好的中国媳妇。

她的记忆力好得惊人，所有她去过的国家，住过的宾馆，竟然能够一丝不漏地描述出来，而且对我的事业，表现出极大的兴趣，所有的品牌和客户的名字，只要我说过一遍，她就会立刻记住，几个月以后重复说出，令我惊异不止。

因为有了我，她学会了吃中餐，并得意地在她的朋友那里炫耀自己对中国食物的知识。有了她，我也学会了用烤箱，做澳洲菜，她更教会了我许多必要的生活知识。

她是那样的自立和不求于人，即便我们就住在隔壁，不到万不得已，她绝不愿意来给我们增添一点麻烦。

2012 年的父亲节是个周六，儿子带我和岱渃外出吃饭。在这期间我不停地给婆婆打电话，想告诉她我们会稍稍晚一些去接她外出，可是电话一直没人接，我就预感到发生了什么事。果然，她突然进入了昏迷状态。

从那以后的几个月里，我婆婆的生活已经完全不能自理，连吃饭都是由我喂她的，因为她的眼睛已经几乎完全失明。

因为我们每天还要工作，在万般无奈之下，我先生和他哥哥最终决定将妈妈托付给养老院，但是我的内心，却一直为此深感不安，因为我曾经对她作过承诺，尽管这是万不得已，但我却无法逃过自己的内心自责。

在她生命的最后几个星期里，她已经完全失去了感知，连我先生是谁都认不出来了，但是，唯有对我的声音她会有明显的反应，大声地叫着："She is my Chinese daughter！"（她是我的中国女儿！）

2012年11月21日，我的婆婆离开了人世，享年93岁。

我的先生因为悲伤而陷入了无尽的黑暗之中无法自拔，不愿意去面对这个永远失去他亲爱的母亲的事实，以至于到了难以料理后事的地步。自然的，就像过去二十几年来照顾婆婆一样，我为全家担起了办理婆婆后事的重任。

我给婆婆准备了全新的衣裤，我知道她的喜好，因为在过去的十几年里，几乎所有她的衣服全是我给她买的。刚开始的时候买的是16号，因为我婆婆高大健挺，又喜好鲜亮的颜色。但是随着年龄的增长每过五年便小一号，到了她去世之前的那两年，她的身躯已萎缩到了只需8号的尺寸了。所以我对给她准备什么样的衣服是非常有信心的。

但是在对鞋子尺寸的选择上，我却完全没有把握了。我知道她有着一双宽大的脚，但是在她生命中的最后几年，随着她身体的萎缩，她的脚也变得瘦小无力，而且大多数的时候，她的脚上都缠着紧紧的绷带，穿着宽松的软底拖鞋，所以我一直不知道她现在要穿什么号的鞋才能合适上路。于是我给她准备了一双38号的新鞋，与所有的衣物一起送到了为她最后梳洗的地方。但是心里却一直忐忑

这只蝴蝶一直静静地停在那里等我拿照相机出来给它拍照，每天都跟着我，身上的花纹是我婆婆离世前穿衣的颜色，我相信它是我婆婆的化身。

我们请了中国的婆婆两次来澳洲，我的澳洲和中国婆婆都是亲密的一家人。

1	3
2	4

1、3　妈妈最后一个圣诞节在我们家。她身边是岱渃的儿子、媳妇及我们两个可爱的小孙子。

2　这是妈妈1998年与我们一起在欧洲，那时她虽已年近八十岁，但依然年轻独立。我永远怀念亲爱的妈妈。

4　这是妈妈在世的最后一年在我家与小孙子们在一起，她已九十二岁。

在我城里家的餐厅一角。

我的儿子与他妻子 Ellen 在我家过圣诞节.

不安，担心着这双鞋也许会不合脚。

最后与我婆婆告别的那天是个周六的早晨，我和儿子及他的妻子 Ellen 一起赶到了专门为我婆婆准备的房间。她面色安详地躺在那里，就好像只是暂时睡着，随时都会坐起身来，用她那清脆响亮的笑声与我们交谈。

儿子与 Ellen 俯下身去，各自亲吻了我婆婆的前额，悲伤的泪水流满了他们的面颊。这是他们两个年轻人第一次真正面对死亡，却似乎没有一点惧怕。我默默地注视着他们，心里感到非常欣慰。因为虽然我婆婆不是儿子的亲生奶奶，但却从他 9 岁以来一直视他为己出，照顾他如自己的孙子，并坚持要我们给儿子最好的教育，送他到最好的私立男子学校。

在他与 Ellen 刚开始交往的那几年里，又是我婆婆给了他们无条件的肯定和支持。所以，在我婆婆最后几年开始衰老、无法行动自如的时候，只要我和我先生不在，他们夫妇都会义不容辞地放弃他们唯一的休息天，去履行与我们一样的职责，将奶奶接出家门，带她到餐馆或咖啡馆去美餐一顿。

虽然我婆婆有十多个属于她自己的直系儿孙，我和我先生及儿子和 Ellen，却是唯一二十年如一日，将我们每一个周末中的一天给予妈妈的人。她逢人便说："我的中国媳妇就像我的亲生女儿。"能使老人的晚年有安全感和依靠感，使我心中欣慰不已。

在中国的文化中，敬老爱幼的传统有着千百年的历史，能够将此言传身教给生活在异国他乡的下一代，是我义不容辞的责任。在这同时，也能让我的澳洲丈夫感受到中华民族的优良传统，并能以有一个中国妻子而感到骄傲！我希望没有使他失望。

当我们与婆婆道完别，悄声离开房间的时候，一位女子迎上前来，脸上充满了同情而又善良的笑容。

“昨天是我为你妈妈清洗着衣的，你一定注意到那套衣服有多合身，颜色有多般配啊！”

那是一套淡米色的上装和咖啡色的裤子，因为妈妈有着一头火红色的头发，所以米黄色和褐色是她的最爱。

“啊，真是太谢谢你了！可是你能告诉我那双鞋合适吗？”我迫不及待地问道。因为从前天我送去衣物之后，心里就一直在为这个鞋的问题不安。

“不瞒你说，那双鞋太小了一些，我们无法替她穿上，只能放在她的脚后。”

这位女士轻柔的话音还没有落，却已如一颗炸弹在我的耳边爆裂，刚才与妈妈告别时积压在心中的泪水，一下子如山泉般喷泻了下来，我的心突然被愧疚和恐惧填满，禁不住哀声向这位工作人员问道：“你是说妈妈脚上没有鞋，那么她到另外一个世界去的时候就会光着脚了，这可怎么办呢？她的脚本来就有伤，没有鞋该怎么走路呢？都是我的错，都是我的错……！”我不断地责备着自己。

“别难过，你妈妈到天堂后已经不需要世俗中的鞋了，她会飞的。”这位女士轻声安慰着我。

因为我们预约的时间已到，这位工作人员要去照顾其他的客人了，我这才带着满心的愧疚和自责离开了。

在这以后的几个星期里，我的心一直沉浸在这种忐忑不安的情绪中，真希望妈妈能在梦中出现，让我有机会对她说声对不起，但是她一直没有出现。

几天后，我正在家中的花园里忙碌，突然发现一只美丽的大蝴蝶围绕在我的身边转。我在前园浇花，它就在我边上的花丛里起舞，一小时后我转到后院，它又在那里的绿叶上等待我。它的双翅的颜色是淡米色的，上面镶嵌着大片咖啡色的美丽图案。看着这似曾相识的熟悉的颜色，我突然有了一种强烈的预感，也许这是妈妈转世后来看我们了？

几天后，我和儿子一起到 Adidas 总部开会，他们的公司是在一个离我家 30 公里之外的地方。下车后，我们直接进入了客户总部的大楼，刚刚迈上楼梯，突然发现一只美丽的大蝴蝶围绕着我们的头顶心在起舞，我一眼就认出了那熟悉的米色加咖啡色的图案，全身的肌肉一下子绷紧到了极限，一时连话都说不出来。

“这就是你给我描述的蝴蝶吗？”儿子惊异地叫道：“这一定是奶奶，一定是的！不然的话，她是怎么飞得进这栋大楼的呢？”

我不知道如何回答儿子。这是一栋现代化的新大楼，所有的大门都是自动感应开启的。实在无法想象一只蝴蝶是怎样飞进来的？而且，它的花纹图案和颜色，怎么会与我在花园里见到的一模一样呢？

尽管我是一个基督徒，也相信天堂和来世，但是当这个无法解释的现象展示在我面前的时候，我却不知道仅仅是一种巧合，还是真的妈妈来世现身？但是至少，也许因为妈妈在离开人世时没有一双合适的鞋，所以上帝才将她变为了一只蝴蝶，这样她就不会因赤脚而受伤了，如果真是这样，感谢上帝对妈妈的照顾，也请妈妈原谅我的粗心。不知为什么，我的心突然变得平静了，也许是妈妈已经听到了我的心声。

澳大利亚墨尔本2013年的冬季是寒冷而又漫长的，因为忙，也就逐渐将这个蝴蝶的故事给淡忘了。

一直到了2014年的晚春初夏的那个月，墨尔本的天气突然开始了连续几个星期不寻常的高温，花园的自动浇水装置又出了故障，于是我只能自己去给干渴的花草浇水。

一进入花园，我立刻注意到了那只米褐色的蝴蝶又出现了，同样的颜色，同样的花纹，她似乎一点也不怕我，总是在我能够跟得上她的短距离之内追随着我。

“妈妈，我知道这是你，如果真是你，你能等我一下，我进去叫Darryl出来，让他也见见你好吗？”我轻轻地对着蝴蝶说。

令我惊异的是，她似乎能够听懂我的话，立刻停立在我家大门前的墙脚边上。

“妈妈，请你别走，我立刻就回来！”我边说边轻轻打开大门，将我先生从书房里叫出来，并随手拿来了我的相机。

当我将Darryl带到蝴蝶面前的时候，她正在那里静候着我们。即便是我给她拍了无数的照片，她却像通灵性似的一动也不动。

我的先生已经听我说过无数次关于妈妈变为蝴蝶的故事，总是笑笑而不以为然，但是今天，当他看到这只有着与他妈妈同样衣服颜色的蝴蝶重又出现，而且毫不惧怕人类，一直固守在同样的地方，与我们在一起这么长的时间，他也变得无语了。

因为一直想要退休，希望过一种简单的回归自然的田园生活，我们在离开墨尔本一百公里以外的郊外买了一个农庄，每到周末就急急离开酷热的城里而奔向乡村。

我们的农庄坐落在一片红色的小山坡上，门前正好眺望着大海，大片的草地和数不尽的花草遍布在我们十七 公顷的庄园里，真好似一个世外桃源。但是，因为天气干旱酷热，连着几个月都没好好下雨了，水塘里的水也开始干枯了，所以我每次一到农庄就得拿起水管去给我的花草们浇水。

不可思议的事情发生了，这只同样花纹颜色的蝴蝶又跟着我来到了农庄。它是怎样飞过这一百多公里的路的呢？如果仅是巧合，那么世界上的蝴蝶种类和花色应该有上千万种，为什么出现在我身边的永远只是同样的一种颜色和花纹呢？我们的花园有那么大，为什么它永远只是围着我在转呢？

我已忘了自己有多少次大声地急叫我先生来看这只神奇的蝴蝶，我也已记不清，她有多少次在陪伴着我为花草浇水。一直到了夏季快结束的最后一周，她又一次飞到了我的身边，但是她的花色似乎已经变得黯淡，肢体也开始萎缩，她疲惫地扑扇着翅膀，最后停在我脚边的水泥地上。我轻轻地走过去，将手伸出去，她没有动。

“我知道你是累了，妈妈，谢谢你来看我并和我作伴，你快去吧，我们明年再相见！”我话音刚落，她缓慢地挣扎着飞了起来，我一转身，她就消失了。从这以后一直到现在，我再也没有看到过她的出现。

虽然我早已查过蝴蝶的平均寿命只有短暂的两个星期，但我却不再为此去烦恼和惊异了。因为我知道，在这个世界上，还有太多我们尚未了解，也许是永远无法解答的问题。

令我欣慰的是，妈妈变成了一只自由美丽的蝴蝶，能够在大自然的怀抱中无忧无虑地飞翔。最重要的是，她依然和我们在一起，不管明年开春时她是以什么样花纹重现，我相信自己会在一瞬间便会感应到她的存在。

也许有一天，我和我先生也要离开这个世界的时候，我们会化为农庄里的一棵树或一片花，妈妈就会永远和我们在一起。

第二十二章

儿子成长的道路——他不再属于我
公司的兴起和低落

（2011 年—2014 年）

一直想要为儿子在澳洲的成长记下点什么，但苦于没有时间。

现在，当我终于可以坐下来回顾一下儿子的成长历程时，他却已经到了三十而立之年，早已脱离了儿时的旧巢，独立而又自信地走上了一条属于他自己的人生道路。

作为他的母亲，二十多年前独自漂洋过海，来到这个异国他乡开始自己的奋斗之路，当时帮助我闯过一个又一个难关的唯一支撑点便是我亲爱的儿子。那时候其实我才 34 岁，却已经觉得自己很老了，在中国的那一段短暂生命历程中，挤压了太多的痛苦、失落、起伏和波折，以致使我觉得自己剩下的余生已经全然不再重要，唯有为儿子的将来奠基打底，才是我活着和存在的唯一意义。

当然，现在回首这过去的27年，我非常有幸能为儿子的教育和自己的生活铺下了一条平坦的道路，也重新悟到了自己本身存在的生命价值，并找回了真正的自我，在这一点上，我对澳洲这个慷慨善良的国家感激不尽。

但是在这同时，我的心里对儿子却充满了愧意，因为当我是那样执著和不顾一切地去追寻自己的梦想和创造事业时，我几乎没有时间去更多地关注儿子的成长。

自他读小学三年级开始，从来就是自己上学、放学，风雨无阻。因为我曾是一个单身母亲，需要拚命工作来维持生计。

我几乎从没时间去参加学校组织的各项活动，也没时间和其他的妈妈们一起聊天融洽感情。

每个周末在其他学校的体育比赛活动，我只能匆匆开车送到门口，然后又急急赶着去上班，从来没有机会站在球场上看他比赛。

从小学到中学毕业，所有家庭作业都是他自己自觉完成的，我几乎没有过问或督促过一次。

他的学习成绩一直是在A或A+，我却觉得这是理所当然，而且是在期望中的，很少对他的努力给予表扬。但是如果有一次他的成绩降到了B，我就会毫不留情地给予他严厉的批评，不管他的理由是什么。

在小学的时候，其他同学的妈妈们都会在课后送孩子去学钢琴、学游泳、学网球或学画画。而我，则从来就没有多余的钱或时间，来花费在培养他的课外兴趣上，而是把一切都投入到工作和事业中去了。

小学毕业的时候，他的老师对我说："你有一个非常优秀的儿子，不仅学习成绩总是名列前茅，而且能言善辩，又有极好的人缘，在学校是个非常受欢迎的人。我们一直笑称他将来可以成为澳洲的

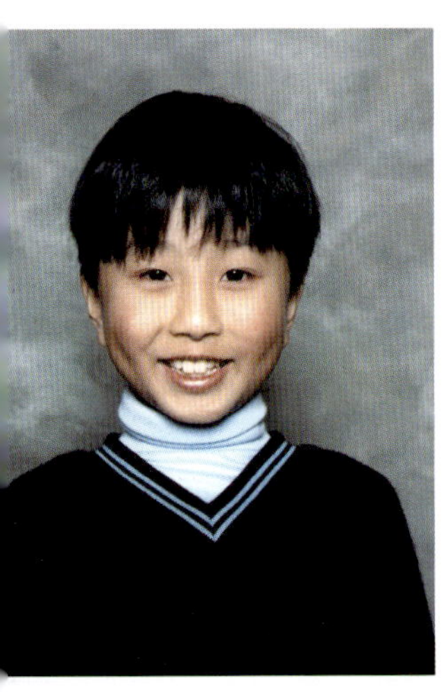

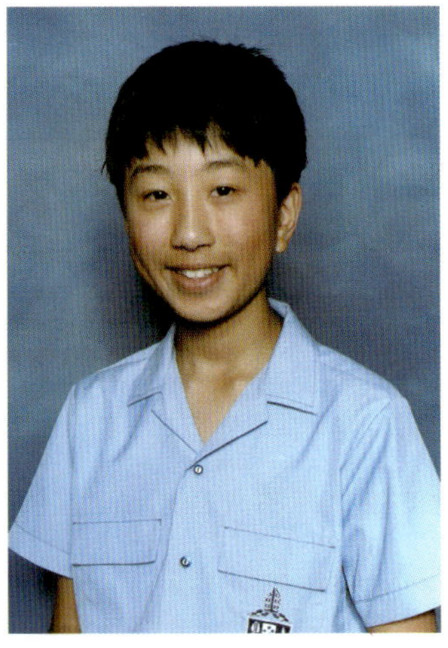

在澳洲受过良好教育的儿子终于以优异的成绩从墨尔本大学法律系毕业，成了一名著名律师楼的律师。

万幸的是儿子也找到了自己的另一半，这是在他和Ellen的婚礼上。我们欢迎家中又有了一个新成员。

1
2

1　我们的第二个家，可惜儿子希望独立自主，永远搬离了这个家。但这仍是我和我先生温暖幸福的家。我们是幸运的。

2　我们城里家正式餐厅的一角。

这是我们在市区 TOORAK 家的后院，那是属于我的一个安静的角落。

这是我儿子与他的妻子 Ellen 在我家的厨房里。

第一个亚裔的总理!”当然他长大后的志向并不是从政，但我为老师对他的赞赏感到由衷的欣慰!

在中学，他有那样一批志同道合的好朋友，从来没有因为自己的肤色和种族有过一丝的自卑，相反，他在学校成了受人拥戴和尊重的好学生。

中学的开初几年，他狂热地爱上了戏剧表演，热心地参加学校剧社的排练和演出，但是我却极力反对他往这方面的发展。

“为什么？为什么不让我参加演出？妈妈你在年轻的时候，当一个演员不也是你唯一的希望吗?”儿子哀声地叫着，我却毫不让步。

“你这是在澳洲，除非你能够成个明星，搞艺术的人是很难维持生计的。我现在那么辛苦地工作创业，就是为了给你受最好的教育，将来可以成为医生或律师，一辈子吃穿不愁，再也无需重复我刚来时的困苦命运。”我不断向他灌输着自己为他设计的人生道路，而完全忽视了他内心的渴求和爱好。

由于他的写作和演说才能，他成了墨尔本 Melbourne Grammer 学校的辩论会主席，但是因为我总是忙于工作，竟然在中学时从来没有时间去看过他的任何一场辩论演讲比赛。一直到中学毕业的那一天，我们去参加他的毕业典礼，看到他作为代表在台上演讲，并看到他的名字，因为他优良的成绩和对学校作出的特殊贡献，而被用金字刻在学校的荣誉墙上。

在最后的全省高考中，他得到了 Premier award for legal study 荣誉奖（全省最高法律学荣誉奖），也就是说，他的法律课程考试的总分数是全省最高分。

作为母亲，我的心里对儿子的成长充满了自豪！但是却依然吝啬慷慨的表扬词语，仿佛他儿时的所有赞赏和鼓励都是来自我先生，而我，永远是那样一个将爱藏在心底的严格的中国母亲。我的理由是，孩子多表扬会骄傲和飘飘然的。在这一点上，岱渃永远和我有分歧。

他还在五年级的时候，仿佛就已非常清楚地知道自己将来想干什么：“我要当个律师，为没有钱的穷人辩护！”

我想那时候的他，每天迷醉于电视节目中大律师的口才和法庭上的慷慨激昂，不管是受什么影响，有个清晰的目标是非常难能可贵的，我们小心地引导着他。

他终于以优异的成绩考上了墨尔本大学的法律系，并成了大学辩论队连任的第一召集人和主席，带队去澳洲全国和东南亚各地参加比赛。除了学习以外，他几乎将所有的课余时间都奉献给了这个组织。我们非常欣喜地看到，辩论队的锻炼使他在写作、演讲和自信方面都有了显著的进步。

大学的暑假中，我催促他出去打工，尽管那时候我们的经济基础已经比较扎实，不再需要为钱发愁，但是我依然需要他去自己面对现实生活的一面，从小学会独立自主，不依赖父母。

“你找到工作了吗？”学校的暑假才开始了一个星期，我就这样问他。

“我已向几个单位递交了好几份 Application（工作申请表）。”儿子放松地坐在电视前回答。

“那么 Result（结果）呢？你做任何事情都需要得到一个结果，如果别人没有给你，你就必须自己去寻找答案！”任何时候我对他说话都像个老师，而不像个宽容慈爱的妈妈。

“我这是为他的前途着想，绝不能够让他娇生惯养，坐享其成！”我在心里为自己辩护。

“我想从今天起，你的零用钱将会停止，一直等到你在暑期中找到了工作！你赚一块钱，我就补贴你一块钱，你赚多少，我也会同样 Match the amount！（给你等同的数字！）”我对儿子说，希望用这样的方法来激励他外出找工。

这一招成功了，第二天他就找到了工作。

在以后的几年假期中，他做过快餐店的帮厨，在商店当过营业员；在宴会上当过侍应生，替低年级的学生做过补习家教，还为许多慈善机构做过无数的义务劳动。

“妈妈，你不要再给我钱了，我自己赚来的工资已经足够我零用的了！”才刚刚开始了第二个暑期的工作，儿子就这样对我说。

我欣慰地看到了儿子的成长，相信他也已经理解到，让他外出打工的目的并不是为了钱，而是要让他体会到钱来之不易！在这同时，培养他面对社会和独立自主的能力，从小就养成努力工作的习惯，而不是整天看电视、玩游戏机，躺在父母的辛劳成果上高枕无忧。

儿子终于大学毕业了，他考试的成绩名列前茅，在他们那一届的法律系毕业生中，他是个非常优秀和引人瞩目的佼佼者。

在那一年澳洲全国高等院校的辩论比赛中，Tim 和他的搭档——一个金发碧眼的女孩儿，经过了无数轮的竞赛筛选，进入了最后的总决赛。澳洲最高法院、维多利亚省法院以及地方法院的三位资深真正的法官，来作为最后的评判小组。决赛的内容是法官们在 24 小时之前才出的，参赛的两组学生需要用国家正式的法律条文来阐述自己的立场，儿子的这一组是辩护方，需要对他们的受托人作出辩护。

这是我第一次坐在真正的法庭里，看着成熟自信、嗓音宏亮、条理清晰的面对法官的儿子，似乎不敢相信那个刚来时连 ABCD 都不懂的中国孩子，仿佛在这一瞬间已经完全长大成一个优秀的澳洲律师！

尽管那时我的日常英语已经完全没有问题，但是坐在这样的场合中，儿子所用的专业法律语言对我来说几乎是对牛弹琴，真是太深奥太专业了，完全超出了我英语词汇量的极限。

直到我先生眼里含着热泪，和全场一起站起拼命鼓掌的那一刻，我才意识到儿子赢得了总决赛的冠军！在这正式的法庭上，在三位真正的大法官面前，儿子成为了澳洲历史上第一位得到了大学法律辩论冠军奖杯的亚裔学生，他的名字同时被用金字刻到了墨尔本大学古老的荣誉墙上，在他大学的生涯中，留下了不会忘怀的一页。

更使我们高兴的是，也就是在那一阶段中，他认识了 Ellen，开始了他们之间长达七年的恋情。

在正式参加工作之前，Tim 和 Ellen 结伴开始了长达一年的世界旅游。他们自己安排住宿，寻找自己喜爱的旅游点，在美国各个大小城市中，留下了他们游览的足迹。

过去我一直怀有遗憾，因为没有时间去培育孩子爱好美术、文学的兴趣，但是 Ellen 替我填补了这空缺的一栏，在她的引导下，儿子的心灵开始对艺术和大自然敞开，让自己完全置身于美术作品的历史长河中，尽情吸吮着滋润心灵的甘露。

我欣喜地发现，他们都与我一样偏爱大自然，对所有的动物都有着出自本能的爱心，在南美洲的原始森林和偏僻小岛上，到处是他们两个年轻的探险者的身影。而所有的一切费用，都来自他们自己业余打工的积蓄。他们在途中省吃俭用，精打细算，没有向我要过一分钱。儿子终于长大成了一个独立自主、品质优秀的人！

2006年的新年是令人难忘的，因为在那特殊的一个早晨，我们和儿子都一起在等待早晨的电话铃声。

大学毕业后，儿子曾去了几个大律师楼实习，结束后他给四个墨尔本最高等级和最知名的律师楼填写了工作申请书。早上九点，所有的律师楼都会给他们希望接纳的申请人打电话，而上班后第一打出电话的对象，便会是申请者中最优秀的人。

那天我们全家都在香港度假，因为时差，清晨便守在手提电话边上。早上六点（澳洲是早上九点钟）的秒针刚刚跳过，儿子的手机铃声就响了，他申请的Mallison律师楼首先对他的工作申请表示接受，希望他能够到那里工作。在接下来的几分钟内，他又连续接听了来自Blake Dawson和Free Hill两个澳洲数一数二的大律师楼的邀请通知，也就是说，在所有的这些律师楼中，他的申请表格是他们希望接纳的首选。现在他需要面对的不再是有否公司接受，而是他可以在三个大律师楼里去选择自己希望的去向。我真为他感到骄傲！

他最终决定到Black Doson这个律师楼去，因为他在那里实习时，遇上了一位非常好的导师Peter，这是一个有着长久英国历史的律师楼，用我的话来说，这是个具有Traditional way（传统的）的律师楼，也许可以让儿子在刚起步的时候，奠下一个扎实的基础。

Ellen也同时被Free Hill律师楼录取，两人同时在墨尔本市中心的Coling st 101大楼里上班，那是一栋墨尔本最昂贵的办公大楼，他们两人所在的律师楼分别占据了顶部的几个大楼层。

没过多久，他们两人都在法庭上宣誓成了真正的律师，当我和我先生出席这一个庄严神圣的宣誓仪式的时候，不禁热泪盈眶，这个在他儿时便已有雏形的律师梦终于实现了！

当然在那一刻，谁都不会想到这个梦只是短暂的昙花一现。

在那以后的不久，我们告别了留下十年美好家庭记忆的旧居，在同样的TOORAK地区搬进了一栋全新的法国式别墅。在那过去的十年间，澳洲的房价已经猛增了好几倍，尤其是在我们这个地区，当然也使我们当年咬牙买下的家，成了一笔不错的投资。

我们为儿子在新家里专门设立了一个独立的生活区域，并为他的睡房添置了最现代化的新家具。“现在我们的经济条件好了，再也不用为生活发愁，让妈妈好好补偿一下你过去没有得到的一切。”我对儿子发自内心地说。

可是儿子却要求搬出去租房子独立居住。

“为什么？为什么要离开这样一个舒适美好的家？我们刚买了这样大的一栋房子，就是希望全家能够在一起和和睦睦地生活。我们平时早出晚归，互相根本就碰不上，你不也有属于自己的空间吗？为什么要去花那样贵的租金，住到条件这样差的Flat里面去？是因为妈妈对你照顾不好吗？是你不愿意再和我们生活在一起吗？”这下轮到我在那里大声哀叫了，竭力希望挽回儿子的心。

儿子上前温柔地将他的手臂环绕着我，轻声对我说：“妈妈，不要将这事情看得太Personal（个人）化了，这个决定纯属我个人的意愿，完全为了我自己。也许在你们的眼里，我的这个举动太自私了，羽毛还没长全就想飞了，一点也不考虑父母的一片心。但是我希望你理解的是，在我刚上大学的时候，许多同学就都已离开父母自立。正因为我知道你爱我，不希望我离开，所以我就一直呆到现在大学毕业有了工作。

“可是，我已经长大了，你一直教育我要独立自主，靠自己去闯天下。如果我仍然是住在家里，就永远不会脱离妈妈的庇护，也永远不可能真正地成熟自立。你应该放手让我自己去面对生活，自己去学会付账单和料理柴米油盐，最重要的是，我必须自己去犯错误，自己去找到纠正的方法，摸索出一条属于自己的生活道路。妈妈，你要帮助我，理解我！”

呵，我亲爱的儿子，在这样诚挚的一番话面前，做妈妈的还能说什么呢？你是我教育出来的孩子，我应该尊重你的意愿。

儿子在我们家附近的 Amadale 租了一个一房一厅的 Flat，每周还要付昂贵的 350 澳币的租金。因为在顶楼，冬冷夏热。如此简陋的生活环境让我心疼不已，但是他似乎一点也不介意，而是将小屋布置得颇有情趣，自得其乐不已。

2009 年即将结束的时候，儿子 Tim 突然提出要到我们公司来工作。

“妈妈，你不是一直想要退休吗？这么好，这样成功的生意就此轻易放弃关门实在太可惜了，让我试着来接班吧？”儿子满怀希望地问。

“可法律才是你学习的专业，将来熬上个律师楼合伙人肯定不成问题，到我们这样的家庭公司来工作不是太大材小用你了吗？”我毫不犹豫地希望将他的念头打消。

“我不想再当律师了，尤其是这个 Corporate law，与我当时的期望相差太远了，我不想在这种枯燥、令人乏味的专业中度过我的余生！”儿子似乎对他的决定早已有深思熟虑，态度肯定且不容置疑。

在这过去的三年半里，儿子确实工作得异常辛苦，每天早出晚归，几乎都是工作到深夜十一点左右才回家，第二天又是九点钟进入办公室。周而复始，一周工作七天，至少七十个工作小时。有时候为了赶一个项目，竟会工作通宵，连圣诞节前夜还在工作。而且这些大量的加班工作竟都是义务的，没有加班工资的，连额外的小时工资都没有，真让我感到不可理解。因为据我所知，在澳洲的任何一个企业和工厂，如果工作需要你加班，公司和单位就得给你额外、加倍的经济补偿，大律师楼也许是唯一不在这个法律范围之内的企业。

他的脸明显消瘦下来，眼睛经常布满着血丝，看上去是如此地疲惫不堪。我常常心疼地对他呼吁："你为什么不对你们的负责律师说你太累了，没有时间来看完他们交给你的文件，应该让他们多给你配备一个助手？"

这在我看来是理所当然的要求。如果是在我们的公司，我们几乎从来不叫雇员加班，如果我稍稍敏感到有哪一个小组的工作压力太大，不用他们提出，我便会立刻自行调整团队的工作量，让其他小组的人员去增援。我不懂为什么这样历史悠久的律师楼，却不懂得去照顾他们的员工。

"妈，你不懂，世界上所有的律师楼都是一样的，They don't care！！这就是他们的 Culture（传统）。因为每年都有无数的法律系毕业生愿意来做这样的工作，就像我四年前一样，一直等到他们 Burnt out（筋疲力竭，像蜡烛一样被烧尽了）。"儿子的眼里充满了失落和不平，为了平息我的忧患，他又继续对我解释。

"其实工作稍微辛苦一些我是不怕的，唯一不能忍受的是工作的枯燥，我们每天面对几十、上百页的 Corporate Contract（集团公司协议文件），内容都是大同小异，但你绝不能忽视任何一个标点符号和用词，万一有漏洞，正好让对方的律师钻了空子，后果将不堪设想，会导致成千上百万元的经济损失。你试想一下，如果我每天都是在做这样的工作，就像电脑中的一道程序，完全没有让我的脑子有创意的机会，心中也永无激情，这样度过一生将是多么可怕啊！这不是我想象的Law（法律），我也不是在做一个与任何法律有关的事情，我们都只不过是一部人工阅读文件的机器。所以，与我一起进律师楼的很多同学都早已离开了，我还算是坚持到很晚的人了！”

“可是像你们这样一批优秀的法律系毕业生，为什么他们不懂得保住你们呢？这多浪费啊，当年的高考总分似乎再没有任何意义，所有在大学法律教育学习也都白费了？我原来以为你至少可以熬到一个合伙人，到那时候收入高了，工作性质也会有改变，也许会有兴趣得多？”我还在对儿子做最后的努力，心里却越来越觉得连自己都无法说服。

儿子又对我解释说：“我也曾经这样对自己说过无数次，但是你看看我们律师楼现在的合伙人们（Partner），虽然他们的收入会好些，但是依然是早出晚归，极少有时间和他们的家人和孩子在一起。就拿我非常尊重的律师合伙人Peter来说，他每天工作的时间和我是一样的，也许更多，压力和责任更大，如果他的今天就是我努力想要达到的明天的话，我已完全没有了努力的动力和方向了，因为我不希望重复他的命运！”

儿子的话也许有道理，现在的年轻人比我们更懂得生活，更需要平衡工作和家庭的比重，不像我们年轻的时候，几乎没有选择的机会和权利。我已经可以感觉到他的主意已定，不管我是否接受他来公司工作，他要离开律师楼的这一决心似乎已是很难改变了的，我必须尊重他的意愿。

就这样，儿子开始来我们公司上班。

记得他刚来的那几个星期里，几乎完全失去了他的自信，丝毫摸不着方向。主要的是我们公司办公室的十几个雇员，都是近几年来自中国的大学生或硕士生，无论是中文还是英语，都是说写流利，与客户和工厂的交流自然完全不费工夫。

可儿子是在澳洲长大的，虽然在小学五年级时回国补习了半年，但他的中文水平还只是维持在小学生的程度，平时说话还稍稍好一些，碰到我们工作中用到的专用词汇和语言，他就简直像是在听其他国家的方言了，整个一个听不懂。中文写字和读邮件就更困难了，一封短短的邮件，他需要查几十次中英文对照字典，这让我回忆起刚来澳洲时，在英语面前一筹莫展的我。

我发现他是个在困难面前不愿意畏缩的人，除了每天反复阅读学习，碰到不懂的地方便大胆开口向姑娘们请教，在这同时，他和Ellen还自费请了中文老师，每天下班后给他们补课，几个月以后，他的中文程度有了飞一般的进步。

但是在我的心里，我依然不觉得他属于这里。

“你说话写信太生硬，活像一个与人争辩的律师。而我们对客户的态度需要谦恭，低下且忘却自我，对于客户的任何要求，我们永远不会说‘不’，因为服务好客户，让客户感到需要我们，才是我们这样的公司能够生存的唯一基础。”我不断地这样教育着他。

当然我也懂得，他已经在律师楼工作了四年，早已习惯了冷酷、不带任何感情色彩的交流方法，不可能要求他在短时间里改变。

一年两季的新款样衣，总有几百款的价格需要报给客户，而且客户总会将我们的报价退回来，需要我们不断降价，工厂也会铁定不动，丝毫不愿让步，在这样的时候，总是需要我花费大量的时间不断斟酌和协调，儿子常会感到不以为然。

“你何必要为了这样的几分钱浪费时间呢？最多也不就是几百元钱吗，这个订单亏了在另外一个单子上补回来就行了，只要总体不亏，这样反复来来回回，是否让人觉得我们很斤斤计较？”

我对儿子在生意方面的无知真是又好气又好笑。

“做生意的最基本原则就是盈利，而且必须在每一个订单上都做到自负盈亏，每一个项目都需要事先考虑好，包括成本预算、工资、快递费用、船运费、保险费、国家的进口税、GST（澳洲的消费税）等等。

“更主要的是汇率的因素，你必须要有充分的考虑。因为我们现在报价的澳币，是要到六个月以后才变成成品到澳洲的，没有一个人，包括有权威的经济学家，都无法确定或掌控六个月以后的澳币对美金汇率，更无法预料人民币对美金的浮差，所以，我们现在所有做的一切斟酌、商讨，都是为了将一切可能发生的不利因素考虑进去。

“在这同时，既不能将工厂的价格压得太低，又要达到客户的目标价，还要能够平衡我们的开支，使我们尚有盈利，这就是为什么我要花费大量时间来报价的原因，这是我们公司得以生存的生命线！报价是一门艺术，一场心理战，唯有知己知彼，才能百战百胜！”

我一口气将心里想说的吐了个痛快，我先生岱渃在边上也忍不住插话了。

“一个朋友曾经告诉过我这样的一个故事，仿佛和你们刚才的这番话有关。他现在是个澳洲非常有名的服装品牌公司的老板。但是在三十多年前，他在香港工作时还只是个小学徒。又一次，他的老板与美国来的一位客户，为了一角美金之差来回争议了好几个小时，最后客户不得不让步同意了。可是到了晚上，老板请他的客人到香港最昂贵的一家饭店去，设宴招待，花费的钱远远超过了他们白天争议的数字，客户不解地问这位老板，只见他哈哈大笑着说道：‘我们白天是工作关系，凡是做生意就应该分厘必争，在任何时候都不应该在小钱上轻易让步，因为洪水的缺口就是从这样的小裂缝里开始的，就像一个家庭和一个国家，小处不懂得计算，大处就无法平衡开支。但是今天晚上你是我的客人，我们中国人对待朋友总是竭尽全力，盛情招待，所以尽地主之谊来款待你们，是我非常愿意做的事，根本就不应该去考虑钱的问题。’

“我觉得这和你妈妈现在所做的事道理是一样的，她之所以能够在生意上获得如此的成功，是与她在实践中所总结出来经验分不开的。”

感谢我先生的理解和支持，我相信这样的谈话对儿子的成长是必不可少的，也是极其有益的。

在儿子 Tim 刚来公司的那一段时间里，我们几乎每天争议，在任何一个小问题上我们的意见都无法达成一致。

Tim 总是觉得我太保守，太含蓄，太无宏大的目标，也太谨小慎微。他希望我们的公司可以扩大，不仅局限于澳洲、新西兰和欧洲这几个国家的客户，还应该将我们的生意模式发展到美国和南非去，我们也应该在中国和越南，设立自己的工厂生产线。

他认为我们最需要做的第一步，就是改变我们公司的经营方向，不能仍然生产传统的 Basic（基本普通的）体育服装，而是要将自己的服务和知识提升一步，开始生产 Performance 的新颖体育服装。时代在发展，人们的需求也在改变，我们必须随之进步，不然面临的就将是被淘汰。

Tim 的想法是有道理的，我其实早已意识到了这一点。但是因为我在他来的前几年就一直在考虑退休，想用自己的余生做一些自己想做的事情，自然也就没再往更深一步的将来考虑。

现在儿子的这一番话，使我又必须将自己内心的所需放到一边，重新鼓起劲来，帮助他实现宏大的梦。因为我深知，没有我的帮助，让他独自在这个陌生的领域里孤军作战，是会非常艰难的，我只能选择牺牲自己的路。

在这同时，我也懂得了，自己不应该总将他看做是自己的儿子。他已经长大，是一个成熟的男子汉了，我对他不再应该是永无休止的教诲，而应该平等地对待他，让他闯出一条属于自己的路。

Tim 在澳洲的客户面前，表现出了极大的自信和说话的魅力，几乎每一个他想攻克的品牌和客户，2XU、LORNA JANE、POILAT 等等，这些在款式和面料上都领先世界前位的高档体育品牌，都难能可贵地给了他试单的机会。

Tim 的最大长处是与人打交道。他为人诚恳、低调，非常平易近人。他有着自己独到的见解和洞察力，绝对不会被我的观点所左右。

我除了工作、家庭以外极少有时间再给予其他人，所以一直只维系着几个有限的朋友。但是 Tim 与我截然相反，他的朋友遍天下，从儿时到工作中，他总是将朋友的需求放在第一位，几乎所有他遇见过的人，都会立刻喜欢他，与他成为长久的朋友。

他是个心地极其善良的人，凡事总是为别人着想，哪怕是关系到自己切身利益的事。记得有一次他陪我们去买一辆新车，因为价位挺高的，我希望货比几家，当然更希望得到一个最好的价格。当我们在那个车行里与销售员谈了十几分钟出来以后，Tim 立刻问我是否准备在这个车行买。当我的回答是否定的时候，他立刻不满地对我说："妈妈，你怎么能够不买但是却花费了别人十几分钟的时间呢？这对别人是不公平的！"

"可是，如果我不和他交谈，也不了解他们的价位，我怎么能够得到所需的信息呢？我不从他那里买是因为他们的价格太高了，同样的型号别的车行已经给了我更好的价格。再说，销售汽车是他的工作，为什么你觉得我的询问是不应该的呢？"我不解地问他。

"我只是觉得你不买的话，他就得不到奖金了，所有刚才的工作都白费了。"

哎，我的儿子真是个善良的人，我对此感到万分的欣慰，因为这一直是我教育他并希望他成为的一种人。但是在工作中与人打交道方面，如果他也是只为对方考虑，而不去维护他自己本身公司的利益的话，就会本末倒置，造成很大的不利后果。所以，将生活中的善良与工作中的坚持原则完全分开，是需要有一个很长的磨练过程的。

一晃 Tim 进入我们公司已有三年半了，然而，在经历了生意中的高低起伏，成功而又动荡的 23 年后，我们公司开始面临一个根本的转折。

我希望用最简单的几句话，来归纳我们生意的现状。

我们公司的经营，曾经是一座连接澳洲和中国的桥梁。我们利用自己双语语言优势，以及对中国国情和人情的了解，再加上已在澳洲积累的服装生产经验和客户对我们的信任，在中国 1987 年后对外开放后的近 20 年中，我们公司也因这样的优势而获得了非常大的成功，在过去的五年里可以说是达到了高潮！

但是，世间的任何事物都有它的自然期限，在达到顶峰之后总是会往下滑跌，只是我们谁也没有预料到这个滑坡竟如同一场雪崩，排山倒海般凶猛使我们措手不及，完全失去了应对的能力和转向的时间。

首先是许多与我们合作共事了十多年的客户，迫于市场的价格压力，将直接与生产工厂对话，我们这种桥梁的作用已开始失去存在的需求，就如同香港曾是西方世界与中国接洽的桥梁和纽带，大陆一旦全面开放，香港的贸易公司只能关闭或转到大陆。

二是经过十几年的对外开放的磨练，中国的工厂都已培养出一大批能说英语的跟单员，可以直接与西方的客户交流。

最终是客户要求的价位越来越低，基本已是直接的工厂成本价。像我们公司这样立足于澳洲，一个澳洲员工的工资可以在中国支付五六个雇员，所以即便我们能够为客户提供非常好的服务，但是在价格和服务之间做选择的话，价格永远是他们唯一的首选。

其实在两年以前我们就已意识到了这一点，决定将转向的任务交给 Tim。

记得那是在一次公司的全体会议上，我对大家说：“我们的公司现在就好像是一艘在大海里航行的船，从表面上看，这艘曾经辉煌一度、已经运行了二十多年的船，现在还是能运行正常，一切如旧。但是只有我们掌舵的人知道，船身已因与风浪的搏击而疲惫不堪，内部的机器及零件也早就开始退化，不再跟得上最先进的航海仪器，不定什么时候就会开始进水下沉。

“而作为船长，我早已没有了昔日奋斗的激情，我的思想太落伍，太保守，我的身体和精力也如久经风浪的船身，已经到了应该退休的年龄。如果这条船上仅我一个人，我可以跳上救生艇，非常容易就可以寻找到一个安全的港湾停靠，安然度过我的余生。

“但是在我们的船上还有那么多的员工，中国还有我们的雇员和工厂，在你们的面前还有几十年的路需要走，这份工作对每一个人来说都是非常重要的，所以现在唯一希望的就是 Tim 作为未来的掌舵人，必须去建造一个诺亚方舟，载上所有的人去寻找一片新的绿洲。”

对我来说，无论 Tim 的努力最终是否成功，也不管他是否还会继续这份服装事业，我觉得这一切都已经是不重要的了。至少他在努力！用他的话来说：“我明白有一天，当你将一切传给我的时候，那已足以使我们的生活过得很好。但我绝对不会只想坐享其成，我需要证明自己的生存价值，不让自己的人生白白浪费，至少要做出些什么来，不仅仅是为了钱！就像你当初创业的时候一样，目的不是单为了钱，但钱是对你的努力做出的补偿！我需要看到自己赚的钱！”

在我的心里，对于当年儿子希望加入我们公司的决定，充满了深深的感激。我庆幸在自己的生活中，能够有这样的一个机会与儿子一起工作，能够重新发现一个让我惊喜骄傲的他，也让他更多了解了那个不仅只是嘘寒问暖的妈妈，更是一个事业上的 Partner（合伙人）。如果上帝有一天能够将我重新投回人间，在另一个世界和另一个空间，我将恳请他让我们依然是母子，我希望自己能够比今世做得好一些，做一个能够给予你多一些时间和关注，一个更加爱你的母亲！

亲爱的儿子，谢谢你与我同行！

在失去联系多年以后，经过了几年的不断打听寻找，我终于找到了定居在美国的多明哥哥，当年要不是他慷慨解囊，毅然相助，我绝不可能有机会来澳洲，更不会有可能遇上我的先生，感谢上帝让我有机会在此生能够了却报恩之心。这是他们夫妇今年到澳洲来旅游，在我们乡村家的房前照的。他依然同二十八年以前那样善良、正直，慷慨和英俊！我非常有幸能够多了解他们夫妇，他们在澳洲度过了非常愉快的假期。

这是当年帮过我的好友张杰来澳洲我们乡村家的留影，半个人生过去了，友谊依然如旧。

我们的两个可爱的小孙子年幼时珍贵的留影。

两个长大的小孙子都是空手道的高手。

岱渃儿子的全家。

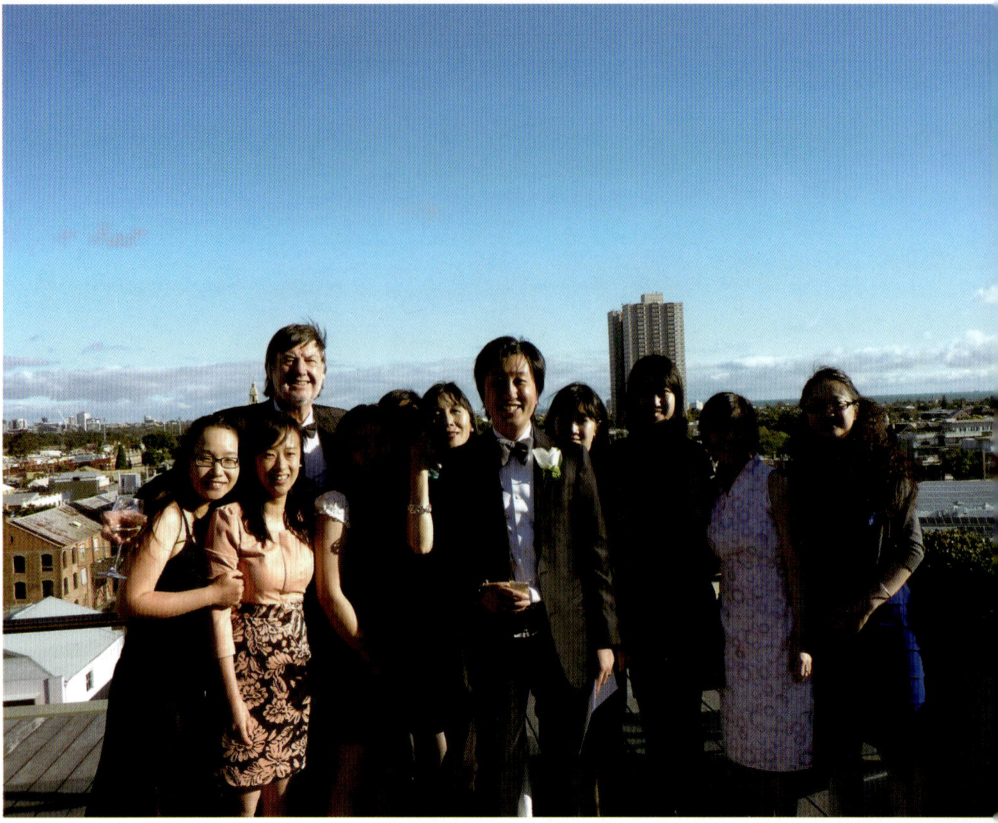

1	3
2	4

1　我们公司的女孩子们在儿子的婚礼上。可惜背光不太清楚，但记忆却是永存的。

2　我的生母在上海，今年已经九十多岁了，依然精神矍铄，思维敏捷，但愿我有她的基因。

3　2013 年我终于又回到了启东，并分别在上海和启东与全体战友同事重聚。

4　在我左边的是当年无私相助的顾建克，可以欣慰的是我终于有了感恩的机会。

1	3
2	4

1　2013年重回福州军区话剧团的旧址，虽然只剩一片废墟，但无法抹去我们永存的记忆。

2　2014年在战友朱时茂和小霞的家中，在我边上的是当年的同屋好友徐苓及朱时茂的儿子——90代的导演青阳。

3　我们5个当年福州军区话剧团的好友再次重聚。左起：李石红、范青、朱玲、范旭霞、徐苓。

4　2014年10月在老战友朱时茂家。

左起：小霞、当年招我去当兵的田仁峰老师、徐苓。

第二十三章

回忆、寻根、重聚、报恩

（2014年）

终于写到这最后一章了。

从我去年开始重新动笔，希望对自己的人生做一次总结的时候起，键盘就一直顺着心走，永远也不知道思路最终会将我引到何方。

没有人给我压力。我的压力来自自己的内心。

人的多重性是那样典型地表现在我身上。在澳洲的那二十多年里，我只允许自己是一个事业上的奋斗者和努力工作者；希望做个好老板、好姐姐、好妈妈、好妻子。我为所有我爱的人和工作在尽力地付出。

然而，那个隐藏在我内心深处的记忆闸门，却一直是紧紧关闭着的，连我自己也不允许轻易进入。也许我是生怕情感的闸门一旦打开，那些被禁锢多年的悲哀往事，又会重新从魔瓶里被释放出来，来夺去我今天的幸福。

可是在过去的一年里，我终于可以将每一个周末都用来记录自己的内心。我是如此珍惜这段完全属于我自由支配的时间，我几乎不允许自己有一天的惰性，即便是坐在那里看电视也会受到内心的自责。梅纽因的话也许是对我最大的启示："如果你想要做一件事，你就必须每天去做。"

我不懂写提纲，也没有写长篇的经验，有的只是内心的那一股无法抗拒的愿望，以及每天催促我坚持的那份执著。

回首望去，我所记下的每一段人生，都与那个时代的特定环境和国家的政策有着直接的联系，那是一段真实的写照，不管是我在中国的前半生，还是在澳洲的后半生。

在这回顾的过程中，我与先生岱诺一起，重新回到了我童年时的故居。我让出租车司机等在苏州河边，激动地独自站在路口，努力地在遥远的记忆中搜寻着儿时的梦。

呵，那条叫新菜场路的小街竟还在，只是那栋留在我记忆中的温暖的小木楼早已消失，取代之的是冰冷陌生的水泥建筑。两岸高高筑起的堤坝像一排钢筋铁面的卫士，对我无尽的乡愁不露一点同情。当年浑浊发臭的苏州河水已经变得异常清澈，只是再也无法寻到摇着木浆的船夫和挂着金锁圈的孩子了。

让我惊喜大叫的是，对门的那个小菜场的建筑还依稀可以辨出昔日的轮廓，尽管门口宽阔的路已经变得如此狭窄。路口有位老人正坐在那里好奇地看着我，当我说明了来意，他轻轻摇着头，无限感慨地说："哎，都拆了，都走了，老的房客全部都没有了，一切都变了……"也许，这条小街也反映出了时代的变迁，所有我儿时的梦都只能保存在宝贵的记忆中了。

我又再一次走在了徐汇区的天平路上，尽管路依旧、树依旧、建筑依旧，却今非昔比，风烛残年了！感谢政府的醒悟，没有将这一带拆迁造高楼，也许有一天，有人能够妙手回春，让这一带重返当年的高雅气质和老上海的特色，将此完整地相传给后代子孙，也能让昔日的记忆永存，那该有多好啊！当然，也许我是看不到这一天了。

对我个人来说，在这个回忆往事、追根寻源的过程中，我非常幸运地重新找到了久已失去联系的朋友和亲人们，让我在这有生之年，得以重新报答当年的相助之恩。没有他们的一路关照和无私帮助，就不会有我今天的幸福生活。

但是因为上海在过去二十年里的巨大变迁，所有我儿时熟悉的街道都已不复存在，手机电话的通讯革命，已经使我完全无法联系上旧通讯录上的朋友们了。每次去上海时蜻蜓点水似的短暂停留，总使我要想寻到他们的意愿化为灰烬。

可是三年前的一个偶然机遇，使我打听到了小邵妈妈依然在世，九十多岁高龄的她住在浦东一个教会养老院。我不顾一切地飞回上海，第二天一大早就赶到那里去看望她。我们四面相对，泪眼汪汪，彼此都不敢相信在这有生之年我们还能相见。虽然我最终没能成为她所希望的儿媳妇，但是在我十六七岁的那几年，抚慰我那颗灰姑娘般孤苦之心的，曾是小邵妈妈那无限温暖的爱。

小邵早已在美国定居几十年，妈妈难舍故土，将自己的残存人生交付给她虔诚的信仰。

我每周打几次长途电话，托人带钱、带物以改善邵妈妈的生活。我明白她并不需要我物质上的付出，对我来说也只是我心意的一种表达方式，但是我从心底里感谢上帝，能够让我在她生命的最后几年付出我的孝心，再次成为她珍爱的女儿。

在她两年前离开世界的那一天，我的心没有哀痛和遗憾，因为我有幸能够站在她的床头与她告别。我亲爱的邵妈妈，虽然我们之间没有任何血缘的关系，但是你在我的心里，永远是最亲的母亲！安息吧，妈妈！

在万般的周转寻觅中，我也最终又找到了帮助我来到澳洲的多民哥哥，重新在美国的三藩市相见。下个月，他和他的妻子就要受我们之邀来澳洲家中做客了，我的心里无比的激动！能够有机会报恩是一件很幸运的事！

从离开启东文工团到现在已经40年过去了，这段17岁时的生活经历一次又一次地从我的记忆深处浮出来，尤其是那次舞台事故造成的腰病，已经折磨了我一辈子，几乎每隔几个月便要复发一次，只不过我现在已懂得如何保护和治疗。当然，几乎每一次的腰痛复发，都会立刻将我的回忆带回启东，不同是，昔日那些似乎痛苦的回忆经过岁月的筛选，剩下的已变成了浓浓的甜美浪漫的意境。

万幸的是，前年偶尔上网，突然，在搜寻“郁菊英”这个名字的时候，同时出现了启东市电视台的一个专题节目“百姓人家”，41期中关于“追寻青春的记忆”的一篇文章，描绘了在2009年12月29日，所有40年前启东文工团成员再次相聚演出的实况场景。一刹那间，所有我昔日熟悉的伙伴和同事的名字都在我的面前展现：郁菊英，王帼英，倪雪芹，徐玉英，朱允明，宣炳麟，张崇玲，还有我的同屋顾秀梅。

就这样，通过启东市电视台的编导陈俊华，我找到了郁菊英，很快便在澳洲相聚，说不完的心里话，叙不完的情，彼此依然是那样的熟悉、那样的亲切，就好像岁月没有给我们的心留下一点距离。谢谢你小郁，你的友情滋润了我的心，在上海，我又找回了一个亲人！

小郁陪我重返启东与所有的文工团同事们再次相见，能见到大家真好！尤其是当年给了我无私相助的顾建克，如果没有他的无私相助，我的人生道路可能就会是完全不同的一个方向和结果。感谢上帝能够让我有机会回报他的恩情！

今日的启东早已变成了一个繁华的城市，昔日人民河边的文工团大楼也早已不复存在，对于这个城市来说，我依然是个陌生人，但留存在我记忆中的那段青春的回忆，却将伴随我终生。

感谢上海人民广播电台的著名播音员张培，我才得以重新找到了福州军区话剧团的战友们。当我迫不及待地拿起电话，才刚刚开口说上一句话，当年的同屋徐苓就惊喜地辨出了我的声音，呵，多好啊，弹指一挥间，岁月已流逝了三十多年，可我们之间的友谊依然如旧。

2013 年 11 月，我又重返福州，在福州军区话剧团和歌舞团的战友聚会上，再次见到了许多久别的战友。

嗨！当年的考官田仁峰老师，谢谢您曾给予我新生的机会！

哎，这不是刘梅英吗？还记得我们俩在宿舍里度过的那无数个促膝谈心的夜晚吗？听说你的“知心姐姐”的节目曾经红极一时！真好！

哇，这就是当年与我同屋的李石红啊，怎么岁月一点也没有给你增添任何痕迹？依然是那样的年轻漂亮，谁也不敢相信当年稚气的小姑娘，如今已是黑龙江电视台的一级大导演了。祝贺你！

孙海英早已成了众所周知的大明星，虽然我在澳洲没有机会看过他的成名之作，但是从心底里感谢他对于这次聚会付出的心血！

小霞，真高兴能够在澳洲与你和徐苓重聚。那天你出墨尔本机场时的一声亲切呼叫，一下子将时光又拉回了三十年！一点也没变，还是那样的清纯，还是那样的美丽，只是更多了一份成熟和自信。看到你和朱时茂在经历了那样的磨难之后有情人终成眷属，并有了让人羡慕的幸福家庭，你们的儿子青杨，已成了中国九零后的第一代成功电影导演，真为你们感到由衷的骄傲！或许，当年厦门水库山脚下的那一场雨中的等待，也为你们今天的幸福添了一点小小的力吧！

在我记忆中永远是那样美丽高雅的程燕，已经在日本定居几十年了，这次我们能够在东京见面，发现时光的流失竟然将我们的心拉近了。有个彼此找到默契的朋友真好，不管身处天涯海角！

真的不敢相信宋玉华已经永远离开了我们，你和佘晨光曾经在团里待我如姐妹，战友情深永世不忘，好在我能够在你的病床前看望你。玉华，你走好！我们来世再见！

没想到徐然在事业正达顶峰时竟也英年早逝，在我们这一批先后入伍的战友中，你和王心海曾经是我们最好的朋友。人生苦短，我们都应量力而行，珍惜自己的生命，请你安息吧，徐然！

张培，还记得几年前你到我澳洲家中的那一次小聚吗？我们发现彼此的内心竟是那样的相像。你在上海伴我重返曾经演出过的歌剧院，带我在衡山路、天平路上的小店里寻找意外的惊喜，在幽雅僻静的小咖啡店里互诉衷肠……谢谢你的牵线，我才重又找回了福州军区的战友们。

原以为你不久终可退休来澳洲儿子身边定居，这样我们可以在澳洲结伴重聚，成为余生的好友！但是没想到癌症这样快就夺去了你的生命。你还比我年轻得多啊，最大的愿望就是想要过一个不是明星的普通人生活，但是，你最终没有如愿。

我一遍又一遍地听着你的录音和录像，那是你先生在你走后给我送来的，你亲切甜美的声音和真挚的笑貌，将会伴随我很久很久。人生有多少个无法弥补的遗憾，你的早逝是最令我心痛的一个无能为力的事实。张培，但愿我们下辈子再相聚！

生命是多么脆弱而又短暂啊，谁也不能保证上帝会让你活到90岁。我要将每一天都当作一个新的今天，把每一个明天都看作是一份来自上苍的恩赐。所以，必须要努力做到不去浪费任何一天，使我剩下的余生每一天都过得很充实。

我常常庆幸自己赶上了这个快速的信息时代，微信的普及使得世界的距离一下子被拉短了。只要一有时间，我就会打开几个不同的朋友圈，看一看国内的战友群里有些什么消息。我常常自嘲地想，即便在微信群里，我也依然是那个喜欢躲在角落里默默无语的孤独者，既自卑又不合群，也从不说话，但是我关注着战友们的点滴信息。

只是，在那些昔日接近的朋友和战友们的小微信群里，我喜欢那份真挚、那份无间的纯朴。一声亲切的呼叫和问候，娓娓道来的家庭琐事，与大家一起分享的一篇短文、一组录像，或是一道美味菜肴的配方，都让我们之间的距离化为零。无论是你在天涯海角，只要有这信息的牵连，你们就不再离我遥远。谢谢你们的友谊！我亲爱的朋友们！

唯有石磊，我决定此生不再重见。

没有人会相信，在过去的三十多年里，几乎每一天，他的名字和他的眼睛都会出现在我的脑海里，不管是在过去艰难困苦的岁月，还是如今幸福美好的生活中，他从来没有离开过我。在我的书架上，摆放着过去三十年来他出版的每一本书，那是我从书店和网上所能搜寻到的他全部的小说和散文，现在，已经排成了长长的两摞。在我几千本的藏书中，他的作品放在书架上最重要显眼的那一栏。虽然我们从 1982 年底开始就再没见过面，但是，通过他的书，他的文章，我一直追随着他心灵的历程和事业的成功。

我从抽屉底层的角落里，将那本珍藏的笔记本找了出来，红色的丝绸封面，并没有随着岁月的流逝而失去色彩，依然是那样的鲜艳。翻开第一页，几枚干枯的小红花散落在夹缝中，留下了点点的种子。他那独特秀丽的题词，立时又唤醒了我遥远的记忆。

我把我的心留给你，留给你一颗永不枯萎的种籽。

在后面的页面上，是他当年写给我的几十首诗。即便他在过去的三十年里出版了几十本小说和书籍，但是这些仅属于我的诗，却默默地静躺在我的抽屉底层里，从来没有发表过。

过去的就让它永远的过去吧，人生总有许多遗憾，留在心底的那份青春时期真挚的感情，将会变成沉默中最美好的遥远祝福！

当我终于有时间来写下这一页的时候，我们在澳洲的公司已经决定关闭了。我相信 Tim 和我们公司的每一个员工，都已尽了自己最大的努力。但是，我们个人的力量太渺小了，无法抗拒这时代变迁的巨大洪流。就像当年我正好赶上了这场变迁，我们公司也因之获得了很大的成功。

但是二十年以后的世界已经变得如此之小，信息时代将所有的需求供应都变得极其透明，万里千山的国界只是邮件发送的一瞬之遥，我们曾经引以为傲的传统经营方式，已经赶不上这个飞速发展的时代了。

我唯一感到遗憾的是失去了我们办公室的员工们，这些跟随了我多年的姑娘们，曾是我每天生活工作中好帮手。大多数的姑娘们都已在我们公司工作了很多年了，在人员流动极其频繁的澳洲，能够有你们这样忠心和称职的员工是我们的福气，我希望能够将你们的名字和为公司工作的时间记录下来，以此来感谢你们对公司的付出：Vivian 11 年、Cathy 12 年、Angela 10 年、Ivy-7 年、Vicky 7 年、Michelle 5 年、Christy 3 年。在中国的 QC 小李 8 年、小蔡 6 年、徐师傅 3 年、Betty 3 年。

我知道有很多人，这份工作曾是你们来澳洲后的第一份工作，我更感谢你们能够如此包容我和支持我，与我共同走过了最艰难和最成功的一段路。

在很长的一段时间里，你们是我在澳洲除了我的家庭以外唯一的亲人，因为我几乎没有任何时间与他人接触。

我看着你们从学校毕业、结婚生子、买房建家，在澳洲成功地立下了足。现在我不得不让你们重新去找工作，开始另一条新的路。希望所有在公司学到的一切，会对你们现有的工作有些帮助。

姑娘们，希望在我老了的时候，还会经常听到你们的消息，有一天，我们可以在乡村的家再相聚！

对于在我澳洲的生活中帮助过我的朋友们，请原谅我在过去的二十多年里一直没有很多的时间给大家，希望在这以后的岁月里，我能够对此作出补偿。

儿子终于找到了一条重新开始的事业之路，明天他就将飞往中国，开始重建一条全新的商业生产网，只是再也不是人工低廉的服装业，而是一个走在世界前列的全新产品。

世界在不断地往前发展，中国也在不断地调整自己，儿子与中国的再度合作，将是一个属于他自己的全新起点！那是他对生命的一种态度，一种对自己未来的选择，作为母亲，只要那是出自他的内心，是一条正道，我就会毫无保留地给予他支持，那是世界的未来！

令我欣慰的是，我先生岱渃和肖明在过去的几十年里一直保持着非常友好的亲人关系，在儿子的心里，肖明永远是他爱戴的父亲。几乎每一次我们去上海，都会与肖明及他的父母重聚。无数次，儿子的爷爷诚挚地对着岱渃说："谢谢你对天天的教育，感谢你对他付出的爱，我们也非常感谢你将他培养成了这样一个优秀的人！"想到这里，热泪突然禁不住涌出了我的双眼。

孩子的爷爷是那样一个优秀、智慧和崇尚中国传统的典型的中国知识分子，当年我们决定将我以及儿子的姓氏，都按照澳洲的传统随我先生的姓改为 Washington 时，他曾经竭力反对，我想他是不愿看到肖家的长孙长子变成一个外国人的后代。可是现在，岱潽和肖家已经完全没有了国家和种族的隔阂，在任何时候，我们都永远是互相关心的一家人。

岱潽现在已经是个自豪的爷爷了，他的儿子 Georg 已经在电脑行业里取得了非常大的成功，Georg 与他的妻子和两个儿子都定居在美国。每一年的圣诞，我们都会与他们相聚，两个小孙子亲昵地用中文称我为“奶奶”，我为自己能有这样漂亮的小孙子们感到由衷的自豪！我非常爱他们！

后　记

夕阳无限好！

（2015 年 3 月）

此刻，我坐在乡村家中的电脑前，看着窗外一望无际的绿色草坪和远处的蓝天白云，不禁感叹命运对我的慷慨。

也许，我今天的生活在别人的眼里已是非常完美：我有一个深爱我的丈夫，一个聪明优秀的儿子，有过一份证明体现我能力的成功事业，更有着一个舒适和完美的家。在经济上，我相信只要我们安排得体，这一辈子是再也不用为生存而忧愁。

尽管在我的童年和青少年时期充满了苦难，但是，现在回首望去，所有的曲折磨难都变成了我的动力和财富。

虽然我已进入花甲之年，但是我的心依然年轻和充满求知欲，我为之感谢上帝对我的恩赐和关爱，也会更加珍惜自己剩下的生命。

现在想来，我在今天之前走过的人生道路，几乎每一年、每一天都是在急匆匆地往前赶着，向着前方一个又一个自己设下的目标，不管是出于无奈或是来自内心的需求。

今天，我终于可以在长跑的终点线前长长地喘上一口气了，我要将自己的余生用来做自己喜欢的事。

有个乡村的家真好，恬静简单，远离市区的喧哗，无需面对世俗的物质诱惑，在大自然的氛围中，我与花草为邻，与万灵生物为伴。

早晨，我踏着露珠在草坪上漫步，微风为我送来悦耳的鸟鸣，我为无花果树施肥浇水，我为残花剪枝修容。当然，勤劳的蜜蜂和蝴蝶比我起得更早，陪着我一起忙碌在色彩绚丽的万花丛间。

傍晚，我与袋鼠和晚归的群鸟为伴，金红色的夕阳刚刚藏进大海，闪烁的银河繁星便铺满了整个的夜空，没有高楼的乡村是一个原始的空间，我可以静静地站在门前的山坡上，独自感受广袤神秘的宇宙天际。

乡村的生活让我感受到了朴实的美，布衣素装，无需造作，还原于一个本色的我。

我希望能用自己的双手和爱心，将这片土地变成一个更美丽的花园，无论是春夏秋冬，四季鲜花盛开，万木长青。

我要开辟一片果林，种植下各种美味的水果，让我的朋友们和鸟儿们共同分享这大自然的恩赐。

能够有个自己的菜园是我的梦想，现在我终于会有时间来将此付诸现实。没有化学药水，不用变种移植，所有的一切都是源于自然，回归自然。

所有花园的落叶枯枝，还有厨房的剩菜烂果，都将成为有机肥料的源泉，来自土地，回归土地，这是乡村教会我的生活哲理。

大自然和土地中隐含着多少知识啊，我很珍惜这段刚刚起步的学习历程。与土地的接触使我感到，退休不是生活的结束，而是一个令人兴奋的全新起点。

尽管在过去的二十多年间，我先生已经带我去过35个国家城市，但是几乎每一次的旅游都是在工作和忧虑的交织中度过的。

终于，我们现在可以完全自由自在地周游世界了，无需每天清晨在宾馆里忙碌在电脑上，也不用再去顾虑生意的起伏跌宕，每一天对我们来说都是一个全新的假日。我想去看冰岛上空神奇绚丽的极光；我想到南非的丛林中向珍稀的动物问好；我想驾车在英国和苏格兰的乡村中浏览那令人心醉的绿色。当然我最希望的还是有机会与我的先生一起，遍游中国的山川与河流。

终于能够有属于我自由支配的时间真好，我要将生命剩下的每一点空闲时间，都用来读我喜爱的书，只要有一本好书在手，我的心便拥有了整个世界。

当然，最最可贵的是，在我的生命中，有一个与我携手前行的伴侣，有一个我能够付之以全身心的爱，并能够给予我同等回报的男人，他就是我最最亲爱的先生岱渃。

重新回顾我们共同走过的这二十年，我们彼此实现了自己的诺言，在这过去的每一天里，我们都互相尊重和彼此珍视，每一天都是一个充满爱的全新的一天。

其实他真正的英文名字是Darryl Washington（岱渃·华盛顿）。我给他起的中文名字仅是英语的译音，岱和渃这两个中文字，分开时并没有一个特定的意义，但是当我将这两个带山有水的中文字组合在一起的时候，它们即刻体现出了我先生的性格，他是一个如高山般坚强持重，又如流水般柔情包容的男人，我此生能够与他为伴，是我的幸运，更是我的福气！

在这个世界上，只要我们互相彼此拥有，就能共同携手走完人生的路。不管这旅途是长是短，我都将永远握住你的手！

人生几何，夕阳无限好！

图书在版编目(CIP)数据

通往幸福的漫漫长路:一个“灰姑娘”的真实故事/朱玲著.—上海:上海人民出版社,2015

ISBN 978-7-208-13115-6

Ⅰ.①通… Ⅱ.①朱… Ⅲ.①传记文学-中国-当代 Ⅳ.①I25

中国版本图书馆 CIP 数据核字(2015)第 144499 号

出品人 邵 敏
责任编辑 邵 敏 崔 琛
封面装帧 锐凡设计
插页设计 Topman Design 五行人平面艺术设计 TEL:021-64750887

出品

通往幸福的漫漫长路
朱玲 著

出　　版 世纪出版集团 上海人民出版社
(200001 上海福建中路 193 号 www.ewen.co)
出　　品 世纪出版股份有限公司上海世纪文睿文化传播分公司
发　　行 世纪出版股份有限公司发行中心
印　　刷 上海商务联西印刷有限公司
开　　本 635×965 1/16
印　　张 42
插　　页 51
字　　数 504 000
版　　次 2015 年 8 月第 1 版
印　　次 2015 年 8 月第 1 次印刷
I S B N 978-7-208-13115-6/I·1409
定　　价 98.00 元